魅丽文化
心晴坊
女性新阅读

路过人间

春日负暄——著

长江出版社
CHANGJIANG PRESS

图书在版编目（CIP）数据

路过人间 / 春日负暄著． — 武汉：长江出版社，
2022.12
ISBN 978-7-5492-8521-1

Ⅰ．①路… Ⅱ．①春… Ⅲ．①长篇小说—中国—当代
Ⅳ．① I247.5

中国版本图书馆 CIP 数据核字（2022）第 201872 号

路过人间 / 春日负暄 著

出　　版　长江出版社
　　　　　（武汉市解放大道 1863 号）
出版统筹　曾英姿
选题策划　石　颖　王　洁　张文超
市场发行　长江出版社发行部
网　　址　http://www.cjpress.com.cn
责任编辑　陈　辉
印　　刷　湖南天闻新华印务有限公司
版　　次　2022 年 12 月第 1 版
印　　次　2022 年 12 月第 1 次印刷
开　　本　880mm×1230mm　1/32
印　　张　9
字　　数　210 千字
书　　号　ISBN 978-7-5492-8521-1
定　　价　48.00 元

目录

CONTENTS

目录

CONTENTS

·　··

路途遥远，

我们一起走吧。

第一章 依赖

正好是春运回潮的日子，平洲火车站人来人往，摩肩接踵，到处都是大包小包，挡人视线。

虽然外面下着小雪，但火车站里人多，空气闷热，李鹤将身上的黑色羽绒服脱下来给旁边的李明泽穿上。李明泽今年才九岁多，人小腿短，长羽绒服穿在他身上把他包得跟个矮墩子似的。

李鹤插着兜靠在火车站的柱子旁边，脑袋上扣了一顶黑色棒球帽，帽子压得低，帽檐的阴影打在脸上，只露出瘦而尖的下半张脸。他用手肘碰了碰站在旁边的李明泽，小声说道：“刚跟你说好几遍了，记得不？”

李明泽顶着李鹤亲手给他剃的小平头，脸色凝重地点点头，看起来紧张得要命。

李鹤嫌弃地“啧”了一声，但还是再三叮嘱他：“你别乱跑，待会儿跟着成叔回去。”

李明泽看了看站在不远处看着他们的矮个子中年男人，虽然不乐意，但还是听话地点头。那男人朝李鹤比了个手势，催他快一点儿。

李鹤看了看三米外一个维持秩序的火车站乘警，轻轻推了李明泽一把：“走。”

李明泽往前走，走了两步还回头看了李鹤一眼，然后凑到了那乘警姐姐身边，喊道：“姐姐……”紧张的表情不用装就自然流露了。

那乘警年轻，大概是新来的，见到李明泽孤身一人，下意识地认为他是走丢的小朋友，要带他去开广播找父母。

就是这时候了。

李鹤趁乘警被分散注意力，远处的其他乘警顾不到这边的时候，挤进了人群里。他个子不算高，瘦削且灵活，在人群中穿行毫不费力。他瞅准了一个拖儿带女、大包小包的男人，避也不避地直直撞上去。

“对不起，对不起……”李鹤连连道歉。

那男人带着小孩子，没空追究他，只是骂了两句。李鹤捏了捏掖进宽大袖口里的钱包，还挺厚。他边往前走，边看也不看地从钱包里抽出两张钞票，随便折了折。凭感觉，应该是两张一百块。

李明泽正被乘警牵着，李鹤刚好路过他旁边，顺手将那两张钞票从李明泽的衣领里塞进去。李明泽浑身一僵，但还是一瞬不停地和那乘警说话。

李鹤将剩下的钞票都抽出来，把空钱包扔进旁边的垃圾桶里。

“我钱包呢？有人偷钱包！”

李鹤眉头一皱，加快脚步往前走，无奈人太多，加上这一嗓子，有人停下来，速度压根快不了。李鹤忙抬头往前看了看，成叔就在前面不远处接应，钱给了他，就算被逮到了也没事儿。

“在前面，那个穿黑衣服，戴帽子的，就是他刚撞了我，他偷我钱包！”

李鹤没回头看，闷头往前挤，人群挤得水泄不通，后头的几个乘警都没那么容易追上他，能跑掉。就在这时候，两个乘警顺着楼梯口走上来，堵在他前面，附近有几个年轻小伙子也伸手来拉他。

成叔见势不好，转头就走了。

李鹤咬着牙骂了一句。他还没来得及将钞票给扔了，就被围观群众拉住了，挣都挣不脱。

乘警过来逮他的时候，李鹤满不在乎地辩解：“警察叔叔，这钱是我的，凭什么说我拿他钱包？这么多钱，谁过年不领几个红包啊！”

领头的乘警一看见是李鹤就知道怎么回事了，毕竟是老熟人了。李鹤小时候在火车站附近当小乞丐，长大一些，派小卡片、卖马扎、领人住小旅馆、扒钱包，坑蒙拐骗，什么都干过，稍有些年纪的乘警都认识他。

没过一会儿，乘警就在附近垃圾桶里找到了空钱包。

在几步之外，围观人群的外围，成叔正在和带着李明泽的女乘警交流。

“哎，警察同志，这是我儿子，刚上了个洗手间他就走丢了，这兔崽子。”

那女乘警将信将疑，直到李明泽不情不愿地叫了声“爸”才信。李明泽被成叔抱起来，从他肩膀看向被人群和乘警包围的李鹤，撇了撇嘴，没哭，但嘴唇抿成一条倔强的线。

李鹤余光见到李明泽被抱走了，松了口气，继续说道：“干什么啊？什么少了两百块？数目都不对，凭什么说这钱是你的……”

人群熙熙攘攘，围观的人渐渐散开，各自走了。

李鹤从派出所被放出来已经是三天后了。

他出来的时候天已经黑了，雪刚停，在路上铺了薄薄的一层，被踩得有点儿脏。派出所对面的路灯下站着个小豆丁，是李明泽。他背着他破旧的小书包，手里抱着李鹤的长羽绒服，站在那儿等着。化雪的时候最冷，他时不时跺跺脚。

“你怎么在这儿？”李鹤走过去。

李明泽连忙把手上的羽绒服递过去，他的脸颊冻得发红：“哥，我等你呢。”

谁也不晓得他要关几天，总不会是每天都来吧？

李鹤说不出话来，摸了摸他的脑袋，说：“我不冷，你穿。”

李明泽笑起来的时候有个小酒窝。他献宝似的从兜里掏出个热腾腾的红薯来。

“我才不冷，焐着呢。”

李鹤把羽绒服套上，将红薯掰成两半，白色的热气带着甜香，勾起人的馋虫。李鹤把大的那一半给他，把自己手上那小半块囫囵吃完，很自然地牵着李明泽的手，往家里走去。

“上学了？”瞥见李明泽的书包，李鹤才想起日子来。

李鹤今年读初三，不上学的日子比上学多，老师、同学也都习惯了。没人管得了他，也没人想管他，估计开学几天没去也没人在意。

套上羽绒服，吃了半个红薯后，李鹤浑身都暖起来了，他看看左右，小声问道："钱呢？"

李明泽急急忙忙地把嘴巴里最后一口红薯咽下去，反手拍了拍书包，说道："藏在书包里，我天天带着呢。"

虽然只是两百块，但对于他们来说也是巨款了。

"走，咱们回去。"

两个人踩着雪，趁着夜色走回去，七拐八绕地，拐入了一条狭窄破败的小巷。地上脏兮兮的，到处都是垃圾，抬头都是横七竖八的电线。巷子里头岔口多得很，不熟悉的人一下就迷路了。

小巷中间有一栋破旧的独栋小楼，大门敞开着，不大的客厅里强行摆下了两桌麻将，里面的人都在吞云吐雾，满地烟头、烟灰和茶叶渣，乌烟瘴气。

李鹤牵着李明泽进去后，径直上楼。

两桌人都没在意他们，只有成叔一边摸牌一边瞅了李鹤一眼。

李鹤注意到了，但没理他，只是加快了上楼的脚步。

天台上摆了几盆半死不活的花，中间用砖和铁皮搭了个小房间，那就是李鹤和李明泽睡的地方。李鹤急急忙忙地开门进去。李明泽放下书包，把书全部掏出来。书包最底下用剪刀划了个小夹层，李鹤塞给他的两百块整整齐齐地藏在里头。

李鹤没来得及理他，踩到吱嘎响的矮柜上。小棚屋不高，这么站上去就要顶到头了，李鹤沿着上面的墙缝一点点儿地摸——空的。

那里本应放着一千块钱，用报纸包成了小包。

那是李鹤的全部家当，但现在没了。

李鹤的心跳都漏了一拍，保持着摸墙的姿势愣了两秒，然后从矮柜上跳下来，一阵风似的三两步下楼去，径直走到成叔旁边，伸出手道：“还我。”

他声音不小，屋子里的人打麻将的动作都停下来了，两桌人都在看他。

成叔手指不停地搓着手上拿的牌，嘬了口烟：“什么东西啊？”

李鹤皱着眉，眼神冷冷的，下巴微微扬起，说道：“我屋里的东西，你拿的，还我。”

成叔把牌扣在桌上，然后把李鹤伸过来的手拍开：“小鸟啊，你说话注意点儿，我什么时候拿你东西了？你是这么跟长辈说话的吗？”

屋内静了下来，大家都在看他们。

李鹤一点儿也不退缩，上前一步，猛地把牌桌给掀了。麻将噼里啪啦地落到地上，还摔了几个玻璃杯，一地狼藉。

李鹤仍旧冷冷的，一字一顿：“还……我。”

旁边人都看着，成叔面子上过不去，腾地站起来，指着李鹤的鼻子：“你什么意思？我什么时候拿你钱了？放的什么屁？”

李鹤从鼻子里哼了一声：“我什么时候说我丢的是钱了？”

“你……你说……我……我没……”成叔被李鹤噎成了结巴，连忙去请救兵，“业哥，你评评理，你儿子说的这是……”

李鹤没等他说完，就小豹子似的冲过去，把他顶在墙上，一拳朝他腹部招呼过去。成叔吃痛，正要还手时又是一声惨叫。原来是李明泽一直在旁边跟着，见打架了，冲上来朝着成叔的大腿就是一口，咬死了不松口。

“好了！打什么！住手——”

李鹤见成叔要提脚，忙拽着李明泽的衣领，将他拽开，脸上不防被拳头擦过，火辣辣地疼。

李德业坐在旁边那桌，刚才一直没说话，如今发了话，两人都没再动手了，只是对峙着。

他跟李鹤虽是父子，长得却不太像，如今他更是一年比一年瘦，像个瘾君子，看人的时候眼神阴森森的。他看着李鹤，慢悠悠地说道："小鸟，给成叔道歉。"

李鹤不服输，抬起手用手背狠狠地擦过被蹭破的嘴角，一言不发。

李德业喝了口水，清清嗓子，又说道："你藏私的事情我还没跟你计较呢。"

李鹤心里一惊，知道李德业说的不仅仅是他藏私房钱，还有他在扒包的时候藏的两百块。成叔肯定是仗着告了他的状，才肆无忌惮地摸他的钱。李鹤知道李德业最不喜欢他这样，他背过手把李明泽往自己背后藏了藏，最后还是服了软。

"成叔，对不起，是我错了。"李鹤知道那一千块要不回来了，憋着一口气，"小情生日，我想给她买条项链而已。一点儿钱，留着给成叔喝茶。"

说完，李鹤头也不回地牵着李明泽出门去了。

见李鹤黑着脸心情不好，李明泽乖乖地一句话不说，只迈着小短腿跟着走。

两人拐了个弯，穿过巷子，有好几家挂着霓虹灯的发廊，五颜六色的。其中一家门口摆个凳子，坐着个穿紧身包臀裙的女人。她的长卷发褪了色，干枯毛糙。女人满脸倦容，打着哈欠，对着霓虹灯的光端详自己艳红的指甲。

"沈姐。"

沈清抬头看了他们一眼，朝里头扬起下巴：“小情在里头。”

李明泽乖乖地叫：“沈姐姐。”

沈清弯腰掐了掐他的脸蛋：“哟，又长高了。”

李鹤牵着李明泽走进去。时间还早，里头没有客人，只有几个员工在，她们和李鹤都熟，也没特意打招呼。李鹤掀了门帘到后头去，里面用隔板隔了好几个房间，李鹤到了最里面那间，敲了敲门。

“谁啊？”

李鹤：“我。”

沈小情声音清脆：“进来！”

李鹤带着李明泽推门进去。里头空间不大，只有一张单人床、一个柜子、一张桌子。桌子上亮着台灯，沈小情正坐在床沿上，专注地给自己的脚指甲上色，已经涂了大半了，红艳艳的。

沈小情头也不抬，嘟哝道：“你死哪儿去了？开学也不来。”

李鹤没理他，揉了揉李明泽的脑袋：“钱呢？”

刚才事情发生得急，但兄弟俩对钱一直都很谨慎，所以李明泽还是把钱放回书包的夹层里，又把书包背好才下楼。他把书包放下来，把那两百块重新拿出来，递给李鹤。

李鹤递给沈小情。

沈小情愣了愣，问道：“你干什么？”

李鹤把刚才的事情简短地跟她说了说，又道：“帮我藏着。”

沈清接过那两百块，又怕弄花了还没干的脚指甲，只好踩着拖鞋站起来擦着地走。她把钱藏到柜子深处一个上锁的小盒子里，边藏边说道：“你存钱干吗？想买什么？”

李鹤把李明泽推到沈清的桌子旁，让他赶紧写作业，自己则毫不见外地坐到沈清的床沿上，耸耸肩：“不买什么，就存着。”

给沈小情买项链不过是个乱说的借口。他存钱想要干什么，就是想着要逃离的那天能用上。他知道这个答案，李德业肯定不会喜欢。

沈小情一回身就着台灯的光见到李鹤脸上挂的彩，惊呼一声：“怎么搞成这样？我给你拿药涂去。”

她开门出去，留了条缝儿，李明泽好奇地往外看，李鹤遮住他的眼睛，说道：“看什么呢？写你的作业。”

李明泽乖乖地任他遮着，眨眼睛的时候睫毛扫过李鹤的手心，痒痒的。

“我写完了。”

李鹤奇了：“这么快？”

他探头看过去，的确写完了，工工整整的。往前翻了几页，都是对钩，连个错的都没有。他搓了搓李明泽的脸蛋：“小明同学，你学习不错啊。”

李明泽撇了撇嘴：“我每回都考满分的，不是跟你说好多遍了吗？”

沈小情回来了，手上拿着云南白药，脚一勾，把门关上。她让李鹤抬起头来，把药往他脸上喷，用棉签一点点儿抹匀。

李明泽紧张地在旁边看着，好像李鹤是个一摔就碎的瓷娃娃。李鹤故意逗他，龇牙咧嘴地呼痛，沈小情掐李鹤的胳膊，让他别装模作样。

李明泽真的吓着了，眼睛瞪大，圆溜溜的，还带着水光，小狗似的可怜巴巴地看着他。

李鹤五岁那年，他妈妈给他买了一只小狗，不知道是什么品种。

那时候，有人在路边摆了个笼子，里面挤满了毛茸茸的小狗。

李鹤蹲下去伸出手，就有一只狗从笼子的缝隙里伸出湿漉漉的鼻子蹭他的手心，又痒又舒服。

他太想要了，想要了好几天，接连几天都到那里去看。那只对他示好的小狗一直没被买走，他说了好几次，都没人肯给他买。

突然有一天，他妈妈给他买了。他高兴得找不着北，找了个纸箱子，里头铺了旧衣服，将狗放进去，和沈小情两个人蹲在旁边看个不停，还找来牛奶喂它。沈小情要去摸，他还不给。

后来，他就知道为什么妈妈突然就给他买了。因为没多久，他妈妈就消失不见了。当时他懵懵懂懂不知道是怎么回事，他一哭着要妈妈，李德业就要揍他，长大后他自然而然就明白了。

试问，有哪个女人会喜欢李德业这样的男人？吃喝嫖赌，做尽坑蒙拐骗的勾当。这一整条街上的混子虽然叫他一声“业哥”，但在李鹤眼里，李德业也就是个小混混而已，等上了年纪，就变成了老混混。

那只小狗，李鹤养了一年，养成了整条街上最听话的土狗。李鹤吹一声口哨，它就跑过来了，抛出去的东西，就没有它叼不回来的。直到有一年冬天，他无论怎么吹口哨，狗都没来。

李德业在屋里炖了一锅热腾腾的狗肉煲。

李鹤当时吓得都愣住了，等回过神来，上去一把就将那锅给掀了，里面的东西洒了一地，随后他被李德业抓着用皮带狠狠抽了一顿，大腿现在还留着浅浅的疤痕。从那以后，李鹤再也没有养过什么东西了。

直到李明泽的到来。

那段时间，李德业不知道为什么干起了卖小娃娃的勾当。他胆子不大，真正危险的事情不敢做，只是为了不菲的租金，给人贩子提供了一个中转的地方。

平洲不算什么大城市，但也不小，人流量大，还保留着一些小地方的陋习，势力盘根错节，加上李德业手下龙蛇混杂，是个中转的好地方。

李鹤那会儿读小学，看着那些小朋友在这里来来去去。

李明泽被送来没两天就发起了高烧，一张小脸烧得通红。他白白的，很可爱，衣服也干净漂亮，看起来就像是好人家出来的，却是一副病恹恹的样子，买家来了一趟又一趟，都没人要他。

卖小孩的人开头还灌他几口水，喂点儿药，后来看他一直没有要好的迹象，就不管他了。

李鹤天天路过那房间，见他烧得难受，圆眼睛里含着眼泪，可怜巴巴的。后来人贩子可能怕被摸到线索一锅端，打算换个地方，李明泽就被留下来了。

李德业觉得他是个累赘，看着病恹恹的，也不知道能不能活，干脆让他自生自灭了。

那天，李鹤放学回来，又一次路过那个房间。

小孩儿哑着嗓子，糯糯地叫了他一声："哥哥……"

李鹤脚步顿了顿，走了进去。李明泽那会儿可能刚学会讲话没多久，加上生病，说起话来含含糊糊的，平、翘舌音不分，牙齿漏风。

"水……"

李鹤犹豫了一下，但出于人道主义精神，还是给他倒了一杯温水。他走的时候，小孩儿拉住了他的衣服。李鹤停下来，只见李明泽眼泪汪汪的，但就是不往下掉，嘴唇上都是干皮，看上去可怜得要命。

不知道怎么的，李鹤想起了那只葬身锅里的小狗。

从那天起，李鹤背着李德业偷偷给李明泽送吃的，还有药。

他突然变成了背着大人养流浪小狗的孩子。病恹恹的李明泽一天天地好起来了，见天儿跟在李鹤身后。

李鹤从他的衣服下摆里头看到上面缝着带名字的标签。李鹤把那标签扯了下来，跟李德业说，他给孩子起了个名字，叫李明泽。

李德业最后还是把李明泽留了下来。因为坑蒙拐骗的时候，小孩儿是最好的掩护，人们往往会对带着小孩儿的人降低戒心。

出于某种藏匿在最深处的阴暗思想，李鹤甚至对小小年纪的李明泽走入歧途有了一种快意。

你看，一个原本受尽宠爱、家庭富足的小孩，落到这个脏兮兮的小巷子里，干起了他一直在干的勾当。

李鹤不止一次想过，要是他也是被拐来的，他不是李德业的儿子，他的人生说不定可以有另一种可能。

但他有一次在李德业的房间里见过他妈妈的照片，那是被撕下来的一角，他和他妈妈长得像极了，包括那略微上扬的眼，尖瘦的下巴，只有眉毛不像。李鹤的眉毛像李德业，带点儿男孩子的英气。

凡是出活儿都是有分成的，李德业有时候就打发李明泽一块几毛，有时候只抓两颗糖。但凡有一点儿，李明泽都屁颠颠地全部给李鹤，有时候还生怕李鹤嫌少，存一阵再给。

他几乎是一步不离地跟着李鹤，李鹤去上学，学校离得近，他就一个人蹲在学校门口等。李鹤怕他再次给人拐走了，骂他，不许他来，他就蹲在巷子口数手指。全世界都知道李鹤多了条小尾巴。

李明泽跟李鹤住在楼顶的小棚屋里。屋里只有一张小小的单人床。李鹤带他睡，小孩儿晚上从不起夜，身上像安了个磁铁，晚上睡觉无论李鹤怎么挪，他都贴得紧紧的。李鹤一起床，他也绝不闹觉，一骨碌就跟着起，再困也不睡了。

真的就跟小狗似的，都不用李鹤吹口哨，一个眼神他就过来了。

李鹤的心软得一塌糊涂。

李明泽可能继承了他那亲生爸妈的智商，脑子好使得很，学习好。李鹤也尽量不让别人带他出去干坏事，就算带出去了，也不让他动手，想着，说不定有一天李明泽能找到他的亲生父母，然后从这里逃走。

反正他自己是不行了，他的根在这里。

“哥，疼吗？”李明泽不错眼地看着沈小情料理李鹤的伤口。

李鹤戳戳他的脸蛋：“不疼。”

又待了几天，等李鹤脸上的痕迹消下去了，总算想起来要去学校应个卯。他也不带书包，就这么套上校服，插着兜，吊儿郎当地上学去。

学校里的学生都是住附近片区的，大家都知根知底，几乎没人会搭理或招惹李鹤，全班基本上就只有沈小情跟他讲话，他也落得轻松。

李鹤坐在教室最后一排。他到了就趴下来睡觉，等到睡眼惺忪地醒过来的时候，已经是中午了，他睡得头发都翘起来了。

他愣愣地打了个哈欠。

教室已经空了，沈小情在门外隔着窗户叫他："小鸟，吃饭啦。"

沈小情长得漂亮，瓜子脸，杏核眼，怡人得像三月的杨柳风。没有女生带她玩儿，护花使者倒是一茬一茬的。

李鹤朝她摆摆手，示意不去了，沈小情蹦蹦跳跳地和她的一个护花使者吃饭去了。

李鹤摸了摸有点儿瘪的肚子，晃晃悠悠地下楼去，看也没看学校饭堂一眼，走到学校围墙边，扒住墙头，脚踩着旁边的树，一下就翻上去了，跟走学校大门一样自然。

李明泽读的小学就在对面，李鹤心里琢磨着中午要带小孩儿去吃什么。

这几天都下雪，不大，路上只有薄薄的一层，但是天气一直阴沉沉的，看得人心情也不由得阴郁起来。李鹤往手上呵了口热气，看见中午放学回家的小学生一群一群地出来，始终没见到李明泽。

李鹤皱了眉，走到学校大门往里看，没瞅见人，便绕到旁边僻静无人处，扒住学校的墙头，刚探出头去，就见到李明泽和几个小孩子正站在教学楼下面，隔远了也不知道他们在干什么。没等李鹤翻过墙去，李明泽就转头走了，没一会儿就见他从校门口出来。

李鹤叫他："怎么这么迟？"

李明泽脸上看不出什么事儿，笑着喊他："哥！我帮老师搬作业呢。"

李鹤没再问，拉着他吃午饭去。

下午放学的时候，李鹤提早逃课了，翻墙出去，在李明泽学校门口躲着等他。小学的放学时间到了又过，也没见李明泽出来。

"你在这儿干吗呢？"

李鹤冷不丁被人拍了肩膀，回头一看是沈小情，连忙把她也拉到墙后面躲着，正好看到李明泽从学校里出来，后头还跟了几个人。

“嘘。”李鹤悄悄地跟上去。

沈小情跟在后头，小声说道：“大哥，你玩哪出呢？”

两个人鬼鬼祟祟地跟在后面。李明泽走的路不是平常回家的路，前头一拐，到了一个人少的巷子里。李鹤拉住沈小情躲着，竖着耳朵听。

李明泽先开了口：“别跟着我，我得回家了。”

领头的是个高壮的胖墩，说起话来跩得二五八万似的。

“你偷我手表就这么算了？”

李明泽：“我什么时候偷你手表了？你烦不烦？”

胖墩：“就是你偷的，不然你打开书包给我看看。”

“凭什么给你看？”李明泽绕开他，“神经。”

胖墩的几个跟班拦住了他。

李明泽是跳了一级的，比同班的孩子年纪都要小。小孩子差一年半年的很明显，李明泽明显没有他们高壮，小巷子被他们堵得严严实实的。

李鹤按捺住过去的冲动，静静地听着。

胖墩：“要么还我表，要么给钱。”

李明泽脸上表情不见怕，只是沉默着不讲话。

小跟班：“他要是有钱还用偷东西吗？”

胖墩手欠地推了李明泽一把：“小偷。你哥也是小偷，我前两天才见到他从派出所出来呢。你要是不还我，我也报警抓……”

没等他说完话，李明泽就冲上去揍他了。他人小，力气可不小，凶狠得像被踩了尾巴的狗。旁边几个跟班去拽他，他压根不分心，就一心骑在那胖墩身上往死里揍他。

沈小情惊叫出声，李鹤反应过来，跑过去一手从人堆里将李明泽拽出来。

李明泽张牙舞爪的，脸都被抓花了，还咬着牙要揍人。小胖墩和他的跟班再狂，也不过是小孩子，见到李鹤和跟在后头的沈小情，马上哑火了，虚张声势地说道："你……你干什么？"

李鹤把冷静下来的李明泽扔到一旁去，脸上没怎么生气，语气却不善："别以为你是小孩儿我就不揍你。"

小胖墩结结巴巴的："他……他偷我手表……"

李鹤："滚蛋。"

几个小孩屁滚尿流地跑走了，转眼间巷子里就剩下他们仨了。

李鹤带头往前走："饿死了，赶紧回去吃饭去。"

李明泽："我没拿他手表。"

李鹤："行了行了。"

李明泽把书包打开，将里头的东西全部倒出来，还抖了抖，里面掉出来一个电子表，看起来价值不菲。

李明泽忙道："我没拿！他们放我书包里的，我不是小偷——"

沈小情看看这个，看看那个，脸上有些尴尬，连忙打圆场："没事儿，没事儿，明儿找你们老师去，赶紧收拾起来，咱们吃饭去。"

李明泽倔强地抿着嘴唇，不肯说话。李鹤没理他，转身走出巷子。

沈小情连忙过去帮李明泽把东西塞回书包里，哄他："没事儿，你哥没生气，咱们吃饭。"

沈小情拉着两人去吃麻辣烫。

整个过程这两个人都像锯了嘴的葫芦，谁也没说话，一个比一个倔，只有沈小情在那儿说个不停，缓和气氛。

到了晚上，李明泽在小桌子上写作业，李鹤趴在床上发呆，两人还是没说话。

外头下起了雨夹雪，冷得很，雨打在屋顶的铁棚上，噼里啪啦地响，那块电子表就放在李明泽手边。

李明泽写完作业之后手都僵了，沉默着钻进被窝里。

小孩子体热，往常冬天，两个人贴着睡，李鹤发凉的手脚一会儿就热起来了，被窝里暖烘烘的。今天两人都不说话，并排躺在床上，中间进风，冷飕飕的。

小桌子上的台灯还亮着，昏黄的光球像一个小月亮。

李鹤突然开口："明天中午你自己吃饭吧。"

李明泽一骨碌地爬起来，说道："为什么？不要。"

李鹤："干什么呢？躺下，冷死了。"

李明泽是个聪明的孩子，一下子就知道李鹤今天为什么生气，也一下子明白了李鹤的意思，他连忙说道："哥，我今天说的话，不是那个意思，我……"

"行了，"李鹤往被子里缩了缩，看着被雨打得响个不停的顶棚，"以后在学校被欺负了要告诉我，不准随便打架……"

李明泽捂住李鹤的嘴巴，不准他继续说了。

"你听我说。"李明泽倒豆子似的，"我没有拿手表，我也不许他说你。你做坏事，我也做过坏事，但都是没办法才做的。"

李德业从来没给过李鹤一分钱，高兴时就管一顿饭，不高兴时连粒米都没有。李鹤还带着李明泽这个小屁孩，义务教育阶段不用交学费，但纸笔、练习册要买吧？李明泽刚上学的时候，李鹤最怕老师突然说要买点儿什么，那就意味着他那几天得省吃俭用，拿凉水就馒头了。

李鹤沉默了一会儿，将李明泽捂他嘴的手拨开，将人拉回到被窝里，盖好被子。

“你要憋死你哥啊……迫不得已做了坏事那也是做坏事。”

李明泽还要说话，李鹤打断道：“要是你不落到这儿，说不定还是个小少爷呢。”

李明泽去搂李鹤的脖子，李鹤推了推他：“多大了都？腻歪死了。”

李明泽将脸埋到李鹤脖子里，声音闷闷的：“就要在这儿。”

第二章 守护

第二天，李鹤没去上学，一大早就送李明泽去学校。到了学校，他直接领着李明泽到老师办公室去了。

全学校都知道李明泽成绩好，但他家里的情况，大家也都知道，所以李鹤一进办公室，全办公室老师的目光都聚集在他们身上。

李鹤平时在自己学校基本上谁都不理睬，总是一副没睡醒的样子，眼睛半眯着，老是打哈欠，来到这儿整个人却恭敬起来。

他朝李明泽的班主任认认真真地打了个招呼，字正腔圆地喊了声“老师好”，然后把那只电子表拿出来放在桌上。

老师都蒙了，说道：“这个是？”

李鹤说：“这个表，你们班一个小胖墩说是李明泽偷拿的，他没拿，老师最好查查监控。”

李鹤将这几天小胖墩和他的跟班们对李明泽的骚扰都一五一十地说了。老师心里喜欢李明泽这个孩子，再三表示会好好处理。李鹤也没有不依不饶，走之前还九十度弯腰鞠了个躬，弄得老师都不好意思了，站也不是，坐也不是。

已经是上课时间了，李鹤没让李明泽送，让他赶紧去上课。

李明泽趴在走廊的栏杆上，看着李鹤插着兜下了楼朝校门走出去，头也不回地朝他挥手。

中午放学的时候，李明泽第一个冲出教室，急急忙忙地下楼出校门，看了又看，都没看到李鹤的身影。

他的心往下一沉，原本还饿着呢，一下子没了胃口，站在校门口发呆。等了好一会儿，有人来找他了，不过不是李鹤，是沈小情。

“你哥让我带你吃午饭呢。”

“姐，”李明泽说，“我哥呢？”

沈小情带着他去吃炒粉。学校附近巷子里的苍蝇馆子，分量足，价钱便宜。沈小情小心地避开地上的脏水，马尾辫的发梢在空中甩来甩去。

“谁知道你哥呢？他今天没来学校，整天神出鬼没的。”

颠锅毫不费力的胖老板娘见了李明泽还给他多加了点儿肉片，一碟炒粉热乎乎、香喷喷的。

整个下午，李明泽都心不在焉的，直到他看到蹲在校门口马路牙子上等他放学的李鹤时，一颗心才放回了原位。

大冷的天，李鹤愣是蹲在路边喝玻璃瓶装的冰可乐，见到李明泽来，他把剩下半瓶的可乐递给他。

李明泽蹲在他旁边，冬天穿得多，两个人像两个圆滚滚的土豆——一个大土豆，一个小土豆。

“我还以为你都不来了呢。”

听出了小孩儿有点儿委屈，李鹤伸手弹了下他的脑门，再次强调：“以后在学校被欺负了一定得告诉我，知道不？”

李明泽就着李鹤的吸管喝了一口，冰凉冰凉的可乐从嘴巴里一直凉到肚子里，又冰又爽，冰得他打了个颤。

他认真地解释道：“没有被欺负，那也能叫欺负吗？烦人了点儿而已，不理就行了。再说了，我不想给你添麻烦。”

李鹤把剩下的可乐一口气喝完了，打了个嗝，将喝空的玻璃瓶子还给小卖部的老板，牵着李明泽的手回家去。

“乱讲，你的事怎么能算麻烦呢？”

两人嘎吱嘎吱地踩着雪回去，李明泽烦闷了一整天，现在终于雀跃起来，说起学校的趣事来，说小胖墩被叫了家长，又说他测验拿了满分，最后说有小女孩送他零食但他没要。

李鹤惊了：“小明同学，你很可以啊！”

李明泽压根没放在心上，只是顺嘴一提，没理他哥，反问道：“哥，你怎么不上学呢？”

“我又不是头一天不上学。”李鹤不在乎地说道，“你好好上学就行了，我找了个活儿干。”

李鹤好久之前就想过了，跟着李德业干那些坑蒙拐骗的勾当不是长久之计，说不准哪天就栽进去了。以前他不得不干是因为年龄太小，没别的来钱的地方，现在不一样了，他满十六岁了，可以找点儿别的事情干了。

沈小情她们家的发廊对面有个台球厅，老板嫌他小，不肯要他，于是李鹤连着好长时间去那儿转悠，磨了一次又一次，总算把老板搞定了。

再过几个月，李鹤就要初三毕业了，混完了义务教育，接下来他也不打算读了。即使想读，也没那个学费。到时候他多兼几份职，攒点儿钱。

去台球厅打工的第一天，李鹤就再三强调，不许李明泽来找他，谁知道没过一会儿小孩就来了。

李鹤在台球厅帮忙收租桌的钱，还搭把手卖饮料、零食什么的，也就是打杂。李明泽到了那里也不打扰他，就站在他旁边帮忙递东西。

来这儿的都是附近的人，也都认识他们哥儿俩。李明泽聪明，不捣乱，老板也乐得多个小劳动力。

李鹤说了他几次，拗不过，最后只能由着他，只是到了晚上十点就赶他回去睡觉。每天都是这样，李明泽在家里睡得打小呼噜，李鹤才回来钻进被窝，李明泽揉揉眼睛，翻个身，贴着他睡。

如此一个月过去，李鹤拿到了他的第一个月工资——八百块。

不多，毕竟他年纪小，也只上半天的班，老板很不情愿地收下他，能拿到这八百他已经心满意足了。他郑重其事地送到沈小情那里叫她帮忙藏起来。存款又有千把块了，李鹤感到满足极了，像将要过冬的松鼠看着满树洞的松果，满足得只想叹气。

一天，台球厅里人少，李鹤在柜台擦球杆，李明泽坐在窗边发呆。

冬天已经到了尾声，空气中依稀有了春天的味道，巷子里的猫天天都在打架闹春，天气一天比一天暖。

李明泽突然站起来，看着窗外，喊道："哥，快来！"

"怎么了？"

李鹤搁下球杆和抹布过去。顺着窗户看出去，对面就是沈小情家的发廊。今天沈清好像没在，门口没有她的身影，只见到沈小情顺着巷子回来，后头还跟了个人，矮个子，佝着背。

"你在这儿待着。"

李鹤对李明泽说，再朝一块儿打工的交代了一句，就急匆匆地下楼去。

沈小情想起家里差不多涂空了的指甲油，快要到家了又拐个弯，抄小道去买。

巷子里静悄悄的，偶尔有一两只野猫横穿巷子。她突然停住，朝身后看了一眼。巷子里空荡荡的，只有她一个，她皱了皱眉，又继续往前走。

突然有人冲出来，把她压到墙上，一股烟臭味萦绕在她四周。

沈小情吓得大声尖叫："谁？！"

那人急急地去捂她的嘴巴，另一只手在她身上恶心地胡乱摸索。沈小情心里知道他是谁，吓得拼命挣扎，但就是挣不脱，冷汗直流。

李鹤是跑着过来的，阴暗的巷子里的这一幕气得他脑袋嗡嗡响。他上去一把将压着沈小情的人拽开，抬脚就朝着那人肚子踹。

那人冷不丁被踹，整个人坐到了地上，破口大骂："谁他妈的……"

不等他再骂，李鹤又上前去补了一脚——朝着脐下三寸踹的。

成叔躺在地上，惨叫声都变了调，开始求饶。沈小情吓得顺着墙瘫坐在地上，不停抽泣。

"我说过的，你再碰她，我就踹、死、你——"

新仇加旧恨，李鹤几乎没保留一点儿力，一个字一脚。成叔在地上滚来滚去，几次想爬起来还手，但李鹤占了先机，压根没让他站起来。

"小情！"

巷子那头传来沈清着急的喊声，是李明泽领着她来的。李鹤一分神回头，成叔忙瞅准了时机，连滚带爬地蹿起来，一瘸一拐地，跑得飞快，从巷子另一头跑走了。

李鹤朝他的背影狠狠地踢出去一个塑料瓶，塑料瓶子摔落在地上，空荡的巷子里响起回音。

李鹤把沈小情拉起来，沈小情抹着眼泪，将身上被扯歪的衣服拽好。

沈清急得不行，跑过来一把将沈小情拉进怀里，嘴里骂骂咧咧的，一副要拿菜刀砍人的劲头儿。

沈小情收了眼泪，从她妈怀里挣出来，跑回家去。

兄弟俩都担心她，和沈清一起追着她回去。沈小情径自回房间去，当着她妈的面摔上门。沈清面上的表情都僵了，深呼吸两次，转头就要找成叔算账去。

李鹤和李明泽面面相觑，最后李鹤轻轻地敲了敲门，没人回应，他又等了等。推开门进去时，沈小情正坐在床沿边涂脚指甲，只是手在发抖，涂得不成样子。

李鹤不知道说什么好，推了推李明泽。李明泽走过去，轻轻摸了摸沈小情的背。

“小鸟啊，”沈小情放下指甲油，抱着膝盖，埋住脸，“我真想离开这里。”

“嗯。”李鹤应了一句。

沈小情自顾自地说着：“你估计是不读高中了，我也不想读，我成绩也烂，但我妈非要我读，塞钱也把我塞到高中去，我不想花她的钱……”

一时间，李鹤不知道说什么好。

生活不太好，却也不太坏。他们不至于挨饿受冻，有手有脚，但再想往前走，却摸不到路。

最后，李鹤说道："既然能读就读吧，总会好起来的。"

沈小情哭累了，躺在床上睡了。

李鹤守着她睡着了才走。

沈清把事情闹得整条街都知道了。

成叔理亏，差点儿被沈清揪着头发把头皮撕下来。虽有李德业护着他，但他脸上、身上都被沈清的高跟鞋跟磕出了血。最后成叔认了个屄，要去给小姑娘当面道歉。

沈小情从房间里扔出个热水瓶，能把人砸死的劲头。

来来去去闹了几天，最后这件事情还是落到了钱上。李明泽路过的时候，正好见到沈小情站在自家发廊门口，一沓一百块被她带着狠劲撒出去，纷纷扬扬地落在巷子的臭水沟里。沈清一边大骂，一边忙不迭地蹲下去捡。

"你个傻丫头，你还能怎么样？谁跟钱过不去啊？你……你帮忙捡啊！"

红票子飘了一张到李明泽的脚边，沾了脏水，李明泽没去捡，跨过去拉沈小情的手。他从裤兜里掏出一颗奶糖，塞到她手心里。

李明泽爱吃奶糖，经常被李鹤损，说他是没断奶的小屁孩，但李鹤还是给他买了一大包。李明泽不舍得多吃，馋急了才摸出一颗。还好，天气不热，不然要化的。

李明泽本来以为沈小情要哭，谁知道她只是吸了吸鼻子，把糖攥在手心里，屈起手指刮了刮李明泽的鼻子尖，转身回房间去了，留下沈清在那里捡钱。

一张张红色的票子沾了污水，被沈清小心翼翼地擦干净，揣进兜里。

李明泽没回家，去了台球厅，看见李鹤正靠在窗边出神。

“哥？哥？”

“哎。”李鹤回过神来，“明儿周一吧？放学你自己回家。”

李明泽：“为什么？”

李鹤手臂搂着他脖子把他拉过来，掐他脸蛋：“你几岁了？还要哥哥接你放学，你丢脸不？闻闻，一股子奶味儿。”

李明泽拼命挣脱出来，嘟哝道：“哪有？”

第二天放学的时候李明泽就没等李鹤来接他，自己回去了。他直接背着书包去台球厅，上楼进门，没见李鹤，柜台上只有另外一个小工。

李明泽：“小正哥，我哥呢？”

韦正头也不抬，指了指通往后厨的门。

李明泽的作业在学校已经做完了，他拿出书包里的书看。

不一会儿，李鹤就从后厨的那个门里出来，额角出了点儿汗。他从柜台的冰柜里摸了罐可乐，猛地灌下去半罐。

韦正看了他一眼，笑道：“你在后厨练长跑？”

李鹤伸手指了指他，示意他闭嘴，回头就见到李明泽一脸疑惑地看着自己。他撩起上衣下摆抹了抹脸上的汗，朝李明泽挤了挤眼。

十分钟过去了，李鹤脸上的汗干了，一脸平静，一点儿都不像在后厨练过长跑。外头吵吵闹闹的，成叔一瘸一拐地领着好几个人进来，他满脸青紫，像被人揍了一顿。

李鹤靠在柜台那儿，把喝完的可乐罐捏扁了，扔进垃圾桶里。

成叔直冲着李鹤过去，但又像忌惮着什么，停在几步之外，气得不行：“李鹤！”

“哎，叔。”李鹤礼貌地说道，“您脸上是怎么了？掉坑里了？”

“你！”成叔气得脸通红，脸上颜色更好看了，“我怎么了？你心里知道。”

“小鸟，你这就过分了，怎么能把人打成这样？”成叔带来的人说话了。

李鹤连手指头都没挪，还是歪歪斜斜地靠在柜台那儿，笑着说道：“叔，你说的这是什么话？我是李小龙还是黄飞鸿？怎么能把人揍成这样？你太看得起我了。”

成叔有苦说不出。他刚是在暗巷里被套了麻袋，被隔着麻袋揍的。谁揍的他根本不知道。他思前想后，最近和他结梁子的也就是李鹤了——拿了他钱一次，又动了沈小情一次。

李鹤慢条斯理地说：“叔啊，看你这伤还热乎着，刚才弄的吧？我刚才一直在后厨呢，不信你问问这里的人，谁见我出去了？”

台球厅里客人不多，再者，客人根本不会留意小工出没出去，大家都说没看见。

韦正也帮了腔：“刚小鸟一直在后厨呢，没出去。”

成叔这下没得说了，他明知道李鹤在说谎，也只能吃个哑巴亏。跟在他身后来的人见状，也只能打圆场：“误会，误会。谁动的手，兄弟们一定帮你找出来，走了，走了。”

人都散了，成叔憋得脸都红了，也只能作罢。李鹤还故作礼貌地上前来给他拉门：“慢走啊，叔。”

成叔一瘸一拐地顺着楼梯下去，拐弯的时候回头，见李鹤还抱着手在那儿站着，居高临下的，脸上没了刚才故意恶心人的笑容，冷冷的，下巴微扬，轻轻地说了句话，只有他们听见。

“不准再动她，我说过的。”

李明泽看了全程，心知他哥刚没有在后厨，而是下黑手揍人去了。

李鹤回来，借着柜台的遮挡，塞了一叠钱给韦正，看上去得有五六百。

韦正低头数了数，笑嘻嘻地揣进兜里，搭着李鹤的肩膀：“下回躲后厨练长跑记得喊我。”

李鹤一阵肉痛，甩开他的手，骂了句：“练你个头。”

等到台球厅打烊的时候，李鹤才发现李明泽没有乖乖回去睡觉，而是趴在角落的桌子上睡着了。李鹤把他叫醒了，拉着他回去睡觉。

“这么晚睡长不高知道吗？你在你们班个头最矮吧？”

李明泽揉揉眼睛，不服气地说道：“那是因为我跳级了，我比他们都小。”

已经半夜了，巷子里静得很，只有隔了好几个路口的烧烤摊还热闹着，人声从远处传来，隐隐约约的，反而显得这儿静。

野猫叫了一声从墙头跃下来，横穿过巷子，又消失在黑夜里。

白天的满地垃圾都隐没在黑夜里，头顶纵横的电线也在夜空的衬托下可爱多了。

李鹤甚至小声地吹起了口哨。

李明泽：“成叔给沈姨钱了。”

“我见到了。”李鹤说，“他给钱是一回事，我揍他是另一回事。”

隔了十天半个月，李鹤总算去学校应了个卯。他出现比不出现更让人吃惊，上课的老师不住地盯他，好像他不该在教室里似的。

在教室里睡了大半天，李鹤回家的时候，李德业的麻将局一如既往地攒着。李鹤毫不怀疑，如果有一天不让这群人打麻将，他们可能会发疯。

但与平时不一样，背着书包的李明泽正站在李德业旁边，他见李鹤回来了，连忙叫了一声“哥”，满脸无措。

李鹤忙过去牵他：“上楼做作业，杵这儿干吗？”

李德业刚和了两把，满面红光，一见李鹤来了，摸了张牌，说道：“哎，做什么作业！赶紧放下书包，出活儿了。”

李鹤：“出什么活儿？”

成叔坐在李德业上家，刚放了好几炮，正肉痛着，没好气地说道：“服装批发市场，正准备换季呢，那儿人多，兜里也有钱。”

李鹤斩钉截铁地说道：“他不去。走，做作业去。”

成叔之前被揍的伤还没好全，脸颊、嘴角还有几块青紫，他斜着眼，叼着烟，说道：“你说不去就不去？不出活儿喝西北风啊？”

李鹤转回来，手上还牵着李明泽，感觉到李明泽的手心沁出汗来，不安地欲言又止。

“我说不去就不去，不出活儿也饿不死。”

听到这里，李德业把牌一推，麻将哗啦啦响，他站起来，盯着李鹤，说道：“翅膀硬了？这里轮到你放狠话？”

李鹤一点儿也不退缩，直视着他老子的眼睛，平静地说道：“不是放狠话，我自己能养活自己，还能多养一个。”

打麻将的人表面上还在摸牌、出牌，实际上都在看他们。

众人的目光让李德业如芒在背，他多年来说一不二的权威被李鹤一而再、再而三地挑战。他胸膛剧烈起伏，拉风箱似的喘着粗气，手高高地抬起来。谁知道李鹤半点儿也不后退，反而上前了一步，眼神冷冷的。他眼睛的形状跟他妈妈很像，藏着李德业不能掌握和控制的叛逆。

“啪——”

李鹤的脸被打得偏了过去，脸颊上马上浮起一个巴掌印。李明泽猛地抓紧李鹤的手。

李德业收回手，说道：“回头不要求我，我一毛钱也不会给你的。”

李鹤冷笑：“得了，说得好像你经常给我钱似的。”

不等李德业再说话，李鹤拉着李明泽上楼去了。回到楼顶简陋的小棚屋，李鹤打开台灯，推了推李明泽：“写作业。”

李明泽眼睛红红的，也不讲话，就杵在那儿。

“行了，”李鹤借着玻璃窗的反光看自己的脸颊，“没事儿。”

虽然被打了，但李鹤一点儿都不觉得憋屈，反而感到一股快意。他已经不是那个宠物狗被煮了还要挨皮带抽的孩子了，他可以做想做的事，保护要保护的人。

李鹤坐在床沿，说道：“干什么呢？快写，写完咱们吃饭去，我晚上还得去台球厅呢。”

李明泽走过去，抱住李鹤的脖子，将脸埋在李鹤的肩窝里。

李鹤推了推他，没推动，叹了口气，哄道：“别哭。”

“没哭。”

“还说没哭，哎呀，你怎么这么嗲啊？”

李明泽还是埋着脸，声音闷闷的：“再也不能让他打你。”

李鹤被他逗笑了：“哎哟，口气不小啊。”

李明泽从他肩窝里抬起头，真的没哭，只是眼睛很红。他吸吸鼻子，不再说话了，在小台灯下面打开他的作业，认真地写了起来。

笔落在纸页上，发出细微的窸窣声，听得人安宁而舒服。

李鹤往窗外看，春天快来了。

不知道是哪家的院墙伸出来一根疏于打理的枝条。

无名的小花是初春的第一朵。

第三章 长大

春天来了又走，辗转路过几回。

进入七月，已经有夏天的气息了，太阳的灼热初见端倪，马路边的树荫下还有一点儿清凉。

树下站着一个少年，穿着短袖白衬衫校服，嘴巴里叼着一根小布丁雪糕，奶味很浓，他手上拿着一本书在看，凉得直吸气。

他正对着一家西餐厅的落地玻璃窗，窗里头是卡座，坐着一个女生。侍应生正在弯腰和她说着什么，脸上满是营业性微笑。

李明泽不时抬手看表，那是他考上初中的时候李鹤送他的礼物，本就是二手的，但戴了三年了，也不旧。已经到了约定的时间，李鹤还没下班，那个女生倒是问得兴致勃勃的，李鹤脸上的营业性笑容都快挂不住了。

也怪不得女顾客要缠他。他今年二十一了，个高腿长，剃着和李明泽同款的短寸，眼角微微上扬，看人时懒洋洋的，假笑的时候总是勾着嘴角，西餐厅侍应生的围裙往他腰上一束，进去吃饭的女顾客都要看他。

雪糕吃完了，李明泽把书合起来放进书包里。他嘴里还叼着雪糕棍，上面还有股散不去的奶味儿。

李鹤总算出来了，急匆匆的，找都不用找，直接就往树下走。

“几点了？几点了？是不是来不及了？”李鹤刚从凉飕飕的西餐厅里出来，太阳一晒，舒服得不行，“那个女的一直问我这个怎么做的、那个怎么做的，我怎么知道？莫名其妙。”

李明泽看看表：“还早呢，还有半小时。”

李鹤突然止住往前冲的脚步，从头到脚扫了李明泽一眼：“小明同学，你是不是又长高了？”

李明泽被他逗乐了：“说得好像我们两年没见了一样，今天早上才一个床上醒过来呢。”

“不是，”李鹤伸手比了比，李明泽已经长到他耳朵尖那儿了，“你长高是按秒算的吧？你才十四岁，蹿那么高干什么？”

李明泽笑了笑：“赶上你呗。”

由于跳级，李明泽一直是班里的小豆丁，一向不是身高拔尖的存在，这两年却拔高了很多，好像身体突然回过味儿来一样。他之前长得太猛，晚上睡觉腿疼，吓得李鹤给他买牛奶片吃。

李明泽顺手把雪糕棍儿扔向垃圾桶，命中。李鹤“啧”了一声，嘟哝道：“无论长多高，还是一股奶味儿。”

两人一路赶回去，蹿进了台球厅旁边的小网吧里，迅速开机。李鹤看着李明泽熟练地打开了页面。还没到点，页面上什么也没显示出来，但十分钟之后，就是李明泽的中考成绩公布的时候了。

李鹤有点儿紧张，手在裤子上搓了搓。李明泽倒是气定神闲，一点儿也不紧张。该是什么成绩，最后大概会落在哪个高中，他心里有数。其实李鹤心里也有数，但还是难免紧张。

左右两边，一台机在打游戏，一台在看美女直播，中间的两人干瞪着空白的页面发呆。李明泽觉得好笑，又觉得他哥紧张他的样子让他心里舒服。

李明泽：“饿了。”

李鹤的眼睛就没从电脑屏幕上挪开过：“都要出成绩了你还饿。”

“天塌下来了也得饿啊。”李明泽说，“哥，你也饿了吧？我去拿两个泡面。”

李鹤马上站起来，摁住他要起来的动作，说道：“你坐这儿盯着，我去买。”好像电脑长腿了，会跑似的。

不等他有异议，李鹤就站起来往前台那儿去。在前台撑着脑袋，打着哈欠问他要什么的，正是睡眼惺忪的韦正。

“你怎么跑这儿来了？”

“泡面两个八块。”韦正揉揉眼睛，“晚上再去台球厅，白天在这儿。”

李鹤：“这么熟了，给打个折吧。”

韦正：“不熟。”

“那送两颗奶糖。”

不等韦正拒绝，李鹤已经在前台的玻璃碗里抓了几颗奶糖，拿着加了热水的泡面走回去，放下，边问“到点了没”，边撕了一颗奶糖塞进李明泽嘴里。

“乳臭未干。”

李明泽嚼着奶糖，又刷新了一下页面：“没到呢，不着急。”

网吧的玻璃门开了又关，一阵风似的进来个人，一巴掌拍在李鹤肩膀上，吓得他差点儿把泡面给泼了。

“到点了？”沈小情看着就像是跑过来的，一脸通红，脸蛋跟苹果似的。

李鹤揉了揉肩膀：“没到点呢。”

一听没到点，沈小情放松下来，连忙掏出个小化妆镜，拨弄了一下跑乱了的头发，左看右看。

她第一次高考的时候本科线都没够着，被沈清揪着送去了复读班，今年高考，比上次进步了一点儿，但还是没上线。母女两人闹了快一个星期，沈清要死要活的，最后沈小情还是妥协了，乖乖地去了复读班，今天是逃了一节课出来的。

“姐。”李明泽叫了一声，淡定地放下泡面，握着鼠标摁了“刷新”，“到点了。”

“嗞——”沈小情倒吸一口冷气，手捏在李鹤肩膀上，猛然收紧。

李鹤没顾上疼，看着李明泽输入查分的准考证号和密码：“快点儿，快点儿，等等，慢点儿，待会儿输错了……”

李明泽屈起食指，利索地敲了一下“回车”。

七百零二分。

比李明泽的第一志愿，省附中去年的分数线高出十二分。

饶是李明泽再成竹在胸，这时候也免不得放松下来，小小地出了一口气。

李鹤和沈小情的反应比他大多了，李鹤屁股下像安了弹簧似的，整个人从椅子上蹦起来，想要冲去哪里，但是又刹住车，勒住李明泽的脖子，揉他的脑袋，低声喊道：“小明同学太牛了，我弟太牛了！”

沈小情低低尖叫了一声，吸引了附近好几个人的目光，连忙捂住嘴，笑道：“可以啊，比你姐我厉害多了！”

李鹤激动得不行，把李明泽的脑袋箍在怀里揉来揉去，惊喜无处发泄，甚至对着李明泽的脑门亲了一口。

李明泽连忙挣脱出来，抹了抹脑门，脸都红了，小声说道：“干什么呢，一脑门口水。”

李鹤说道：“走走走，不吃泡面了，咱们吃好吃的去。”

沈小情：“不了不了，我先走了，回去上课呢。”

李鹤搭着李明泽的肩膀去前台付上网的钱，韦正昏昏欲睡，懒洋洋地说道：“五块四毛。”

李鹤：“四毛哪儿来的？”

“四颗奶糖。”

李鹤爽快地付了钱，笑得咧出一口白牙，他甚少笑得这么灿烂：“我弟考七百零二分呢，牛不？”

外头阳光灿烂，往常逼仄的巷子现在看起来都格外招人喜欢。

李鹤：“吃什么？”

李明泽：“随便吃点儿就行了。”

“别省钱，吃点儿好的，咱们去吃烤肉。”

“好。”

兄弟俩去吃了烤肉自助餐，李鹤是抱着要吃回本的心情拿的肉，但等他抱着肚子吃不下的时候，李明泽还在吃。

李鹤全无形象地瘫坐在烤肉店卡座的沙发上，看着李明泽不紧不慢地烤肉、吃肉，旁边的碟子里竹签垒成一个小山堆，叹道：“怪不得你个子长得这么快……”

李明泽灌下去半杯冰豆奶，满足地打了个嗝，一副意犹未尽的样子。

“别吃了，”李鹤说道，“回头撑着了。”

李明泽还小的时候，李鹤第一次带他来吃这家烤肉自助餐，李明泽像八百年没吃荤的狼崽子，一口气吃下去好多，晚上回家就抱着肚子说撑。大半夜的，没地儿给他找消食药，李鹤只能边骂人边给他揉肚子，揉了半宿。

“还留着空呢。”李明泽摸摸肚子。

李鹤问道：“省附中什么时候新生报到？”

“八月。”李明泽说道，“哥，我想趁放假去找个兼职。”

李鹤想也不想就说道：“别。你好不容易放假了，放松一下，预习一下也行，学费的事情我有数。”

李鹤摸出手机，那是用了好几年的国产智能机，尽管里头啥也没装，也慢得让人抓狂。李鹤毕生的耐性都用在这手机上了。

李明泽凑过去跟他挤在同一边沙发上，两人盯着手机界面，查省附中新生报到要准备什么。

老手机卡得很，李鹤面对这手机，已经产生了老僧入定一般的耐性。半分钟摁一次，不能摁快了，摁快了手机反应不过来，得卡死。

两人盯着手机盯了快十分钟，才成功打开了省附中的官方页面，看到了新生报到通知。

李鹤瞅了一眼，都是寻常物品，最重要的也就是证件和钱。

李明泽说：“得拿身份证和户口本原件。”

李鹤把手机一收，揣进兜里，说道：“我来搞定。好不容易放假了，怎么没见你约同学出去玩？别待在家里，出去玩儿吧。”

自从李鹤发现李明泽被小学同学排挤之后，就特别在意他能不能交到朋友，总害怕李明泽太孤独，产生什么心理问题，总是在能力范围内给他一点儿零花钱，让他偶尔请同学吃点儿零食什么的。谁知道李明泽一声不吭地把零花钱都存起来，存了好久，给李鹤买了部手机。

李鹤算是拿他没办法了。

饭后，两人沿着小河散步回去。以前漂着垃圾、油渍的小河沟，治理了两年后，现在水质还行。傍晚走在旁边，倒也舒服。

李鹤吃得很饱，速度慢得像老头遛弯，边走边想事儿。

他们的身份证和家里的户口本一起，都锁在李德业那儿。

李德业也不知道是什么毛病，这几年来，像没有李鹤这个儿子似的，不管吃，不管喝。对李明泽就更不用说了，也就楼顶上那个小棚屋让两人住着，然而他们的身份证一直被李德业收着。

之前李明泽中考报名要用，还是李鹤趁李德业不在的时候，偷偷拿的。虽然后来又放回去了，但李德业应该是知道了，因为后来他床头那个小柜子加了把锁。

李鹤暂时还不想和李德业撕破脸，所以得想个法子偷偷拿出来，最好是神不知鬼不觉的。

天气已经慢慢热起来了，楼顶的小棚屋只有一扇小窗，闷得很。太阳下山后，晚上还算有些凉意。

晚上，李鹤从台球厅下班回来，洗了个凉水澡，把门开着，让夜风吹进来。他打着赤膊，穿着黑色的老头裤衩，趴在床上玩手机。

李明泽坐在桌边看书，也打着赤膊，他肩宽，但因为抽条长身体，带着少年人的瘦削。他看书的时候很认真，专注得连眉头都微微皱了起来。

李鹤趴在那里玩《开心消消乐》，那是他手机里唯一的消遣。因为手机卡，玩起消消乐来也卡，划一下要等个十几秒，格外消磨时间。

已经很晚了，楼下李德业的牌局还没散，偶尔传来麻将碰撞和“碰杠和”的喊声。李明泽把台灯关了，门掩上一点儿，留了条缝，躺到床上。

李鹤往里头挪，给他腾位置。

这张小床两人躺了十年了，一开始还绰绰有余，随着李明泽一天天长个子，免不得有点儿挤，但屋子小，放不下另外一张床，两人也只能凑合着继续睡。

李明泽侧过来看李鹤，手机的光照在李鹤半眯着眼睛的脸上，有种昏昏欲睡的惬意感。

“哥。”

李鹤应了一声：“干什么？”

“你怎么拿身份证？”

李鹤把手机搁下，趴在床上伸了个懒腰，懒洋洋地说道：“我有办法，你别掺和。睡了。”

还没完全入夏，李鹤怕凉，坐起来把T恤套上，又躺下去，见李明泽还是光着膀子睡，说道：“衣服穿上，别着凉了。”

李明泽刚合起来的眼睛又睁开，嘟哝道：“不凉，热。”

李鹤伸手在他手臂上摸了一把，皮肤上果真出了一层薄汗。李明泽从小就怕热得很。李鹤也就不管他了，怕两个人贴着更热，他躺下后又往里让了让。

谁知道李明泽跟小时候一模一样，身上像安了磁铁，睡着睡着又挪过来。两个人手臂挨着手臂，一个热一个凉，倒也不难受。

第二天早上，李鹤轮休，不用去西餐厅上班，睡了个痛快。迷迷糊糊间察觉到李明泽起床了，他抓了抓脑袋，睁开一双眼睛，见李明泽已经穿戴洗漱好，一副要出门的样子。

“上哪儿啊？”

李明泽说道：“约了同学，打球。”

约同学打球，好啊。

“好好玩，多玩会儿。”李鹤翻了个身，继续睡回笼觉。

等李鹤完全醒过来，已经快中午了，他起床洗漱好，然后下楼。

楼下没人，两张牌桌上麻将胡乱摆着，地上好些茶叶渣和烟头，空气浑浊。一片乌烟瘴气。

李德业估计还睡着。李鹤走到他房门口，轻轻一推门，门没关严实，吱呀一声开了条缝。

李鹤往里看，李德业打着呼，床头的柜子最下面的抽屉挂着一个小锁，锁得严严实实的。他的衣服、裤子随意扔在床边，裤腰带上挂着一串钥匙。李鹤眼神好，看了看，里头最小的那一把，估计就是抽屉钥匙。

李德业的鼾声突然停了，翻了个身，李鹤静悄悄地退开去。

连续一周，李明泽都出门了，一会儿说是初中毕业的谢师宴，一会儿说约了同学打球，一会儿说是一起去爬山，活动丰富得不似寻常。

最近李鹤打工的西餐厅有个兼职不干了，李鹤临时多了好多活，晚上从台球厅下班回来，累得倒头就睡，加上心里还挂着事儿，就没及时过问。

好不容易等到李鹤再一次轮休的日子，结果李明泽一大早就出门了，说是又约了人打球。

李鹤一觉睡到自然醒，从家里出去，找了家文具店，买了一块小孩捏着玩的橡皮泥，揣进兜里，在中午的阳光里插着兜遛着弯到沈小情的复读班去。

李鹤身边认识的人，大多是读职高，能读到普通高中的都很少，更别提大学了。

沈小情虽然高考落榜，但她读一个大专还是绰绰有余的。她妈沈清，一个经营“小发廊”的老板娘，居然铆足了劲儿要让女儿去复读。这一心向学的劲头，左邻右舍嘲笑的居多。

但李鹤隐隐约约知道她为什么要这样，就如同他让李明泽好好上高中一样。想必沈小情自己也明白，所以她最后还是妥协了，去复读班报到。

中午休息的时间，从复读班里出来的学生都是行色匆匆的，脸上没有表情，木木的，走在人群里的沈小情被衬托得格外明媚。

复读班的门外停了一辆救护车，旁边围了好些人。李鹤不喜欢凑热闹，没过去看。

沈小情绕开人群，三步并作两步地朝李鹤走过去，接过他手上的冰可乐，一口气灌下去半瓶，打了个嗝，长叹一口气：“啊……活过来了，困死我了。”

“吃什么？”李鹤边走边说，“说好的洗心革面好好学习呢，怎么就困了？”

“麻辣烫吧。”沈小情慢慢地喝着剩下的半瓶可乐，“我认真学了啊，可困就是困。”

两人去了常吃的一家麻辣烫，店里坐得满满的，好不容易才找到位置。李鹤满碗的肉，沈小情满碗的青菜，两人换着吃。

李鹤：“你估摸着这回能考上不？”

沈小情吸了一根面条，慢悠悠地说道：“我尽力呗，但你要知道，有好多人，成绩不好不是不努力，是真的多努力都学不会，比如我。

“不是每个人都像你弟脑子这么好使的。咱们复读班，好多人都想着自己学不好是因为之前不努力，努力努力一定行。但一努力，发现还是不行，太惨了。这不，今天晕了一个。”

李鹤被她这一番话说愣了，筷子也停了。

“行啊，上个复读班，都给你学成哲学家了。”

“人啊，得认命。”沈小情笑了笑，眼明手快地戳走了李鹤碗里的最后一粒牛筋丸。

两人风卷残云地吃了个干净。午休时间短，沈小情得赶紧回去，李鹤没地方去了，闲得发慌。

“跟你弟玩儿去啊，小朋友好不容易放假了。”

李鹤摆摆手：“小朋友自己找了别的小朋友玩儿去了。”

“哎哟，”沈小情说，“儿大不中留啊。”

目送着她走了，李鹤散着步消食，拐到了李明泽他们学校附近。按李明泽说的，他和同学应该是在学校的球场打球。

李鹤沿着学校外围的铁栏杆走，透过葱绿的爬山虎的缝隙，可以看到篮球场。霎时间，李鹤觉得自己像是那些神经兮兮的家长，站在学校外头偷窥，就为了看自己的孩子有没有干不该干的事儿，奇奇怪怪的。

他打消念头正要离开的时候，看到了李明泽。

放假期间，学校里没什么人，只有足球场、篮球场上有回来打球的学生。

李明泽自己一个人占了一个篮筐，站在两分线那儿，抬手，轻巧地一投，篮球划出抛物线，砸在篮板上，掉进篮筐里。李明泽一点儿不着急，慢悠悠走过去，捡球，走回两分线，再投。

虽则李鹤对篮球没有什么研究，但也能看得出来李明泽的手法有些笨拙，只有准头不错，看起来不像是特别会打的样子，全程也只有他一个人在那儿投。

隔壁篮球场倒有几个男孩子在打球，正儿八经地打比赛，但李明泽一点儿也没掺和。

李鹤看着看着，心里颇有点儿不是滋味儿。

隔壁球场打球的几个男孩子，好些都和李明泽同一个班，他开家长会的时候见过，面熟。但无论是李明泽，还是那几个男孩儿，都没有要一起玩的迹象。

李鹤就站在那儿看李明泽投篮，看了半个多小时，直到李明泽抱着篮球，弯腰捡起放在篮球场边的书包背上，将篮球放在保安室，还和保安聊了几句才慢慢悠悠地走出来。

和李鹤不一样，李明泽走路的时候很正经，腰背挺直，像临风的劲竹，从骨子里透出品学兼优的样子来。洗得发白的校服和仿牌的运动鞋都磨不去他的精气神，李鹤毫不怀疑他会变成一个很优秀的人。

李明泽背着包出来，一拐弯就见到了靠在墙边等他的李鹤。李明泽面不改色，抬手打了个招呼：“哥，你怎么来了？”

李鹤：“无聊，遛弯过来的。你打完球了？”

李明泽刚才只是投篮，所以脸上一点儿激烈运动过后的痕迹都没有，清清爽爽的，但他一点儿都不在意，乱讲话不打草稿：“我有点儿累，先走了，他们还在打。”

李鹤都不知道是该夸他会说谎还是不会说谎，满脑子都是之前去开家长会的时候，李明泽那个戴着无框眼镜的中年女班主任苦口婆心的话——叛逆期的小孩儿啊，不要企图掌控他的一举一动，多给他一点儿空间。

“啊，这样啊，”李鹤说道，“那明天还打不？”

李明泽随口说道：“不打，明天说要一起去游泳。”

狗屁。

李鹤：“我怎么不知道你会游泳？”

李明泽：“明天学。”

去他的多给一点儿空间。

李鹤面无表情地伸出食指在李明泽干爽无比的后脖子上点了点，说道：“你打球不出汗？”

李明泽怕痒，缩了缩脖子，说道：“干了。”

李鹤把食指戳在他的胸膛上，用力地点了点，眯着眼道：“行啊你，对你哥说什么瞎话？我告诉你，我站这儿看了半个多小时了。你就光站在那儿扔着玩，你和谁打球？和鬼打球？”

李明泽站在那儿任他戳，半点儿诸如愧疚、心虚、难堪之类的情绪都没有。

“你让我去打的。”

李鹤被他一噎，声音不自觉地拔高：“我是让你跟同学打，没让你一个人打！”

李明泽：“没同学跟我打。”

“你……”

李鹤没词了，不知道说什么好。路过的人都看他们，可能以为他们要打架。

李明泽垂下眼睛，显得可怜巴巴的。

“我不想玩儿，想找个兼职，攒点儿学费，你也不用这么累。哥，你老是让我出去玩儿，那我只能一个人玩儿了。”

这委屈得……

李鹤叹气，摆手认输：“行了，兼职就兼职吧，别搞太累的。”

李明泽：“我已经找好了，给小学生补课，不累，家长也挺好的，留我吃一顿午饭，我都去几天了。”

李鹤心想，敢情在这儿等着呢。

兼职这事过了明路，李明泽就不躲着藏着了，光明正大地备课。他做什么事情都很认真。这个兼职，是他打印了中考成绩单，站在小学门口找到的。家长原本只是想找个人陪着监督孩子做作业，不承想李明泽出奇地靠谱。

李鹤撑着脑袋，看着李明泽备课用的笔记本，上面字迹工整。

他摸出那天在文具店买的橡皮泥，从塑料小盒子里倒出来，握在手心里捏了捏，软硬正合适。

夏天的时候，热气从地面蒸腾而起，天台上又一直被太阳直射，兄弟俩住的那个小棚屋就格外热。两人就靠着一个小风扇纳凉。那风扇还时不时会因为接触不良停一停。每到这个时候，李鹤就过去照着风扇的脑袋拍两下，风扇随即又嘎吱嘎吱地转起来。

下雨的时候会凉快一些，大粒大粒的雨珠砸在头顶的铁棚上，哗啦啦响，虽然很吵，但下雨带来的凉意让人舒服不少。李鹤起来把窗子关了一半，既不会溅进雨来，也能吹些凉风。

他被夹杂着雨丝的凉风一吹，一个激灵，连忙套上刚才因为热而脱下的上衣，把小风扇挪了挪，对准在书桌旁边看书的李明泽。

“我出去一下。”李鹤边往外走，边顺手把李明泽的上衣搭在他赤裸的后背上。

李明泽套上衣服，应道：“嗯。”

因为下雨，到处都阴沉沉的，李鹤顺着楼梯下楼去，客厅里一如既往，是乱糟糟的麻将桌和满地的烟头。

李德业虚掩着门在睡觉，连雨声也盖不过他的呼噜声，一下下的，有时候一声没接上来，像喘不过气似的。

跟往常一样，李德业的衣服、裤子扔了一地，一串钥匙正挂在裤腰上。

李鹤伸手轻轻一推门。

门旋开，李德业的鼾声停了一瞬，又更大声地响起来。

李鹤从裤兜里掏出那块被捏成巴掌大小的橡皮泥，轻轻地、慢慢地走进去。

钥匙被拎起来的时候发出金属碰撞的丁零声，恰巧被雨声盖住了。李鹤手很稳，准确地找到那把放户口本的抽屉的钥匙，用力摁在手心的橡皮泥上，留下一个清晰深刻的印子。

他小心地将钥匙放下，用手护住橡皮泥，揣进兜里，才站起来，原本震天响的呼噜声突然停了。

李鹤没有回头，镇定地往里走，走到大敞着的窗边，伸手将窗关上，再回头时，果然见到李德业醒了，从床上半坐起来，盯着他。

“下雨了，你的窗开着，地上全湿了。”

李鹤边说边往外走，直到走出门外，也没听到李德业叫住他，只听到了钥匙丁零当啷的碰撞声和开抽屉的声响。

李鹤勾了勾嘴角，将手里拿着的橡皮泥抛了抛，拿了门边的一把破伞撑开，走进雨里去。

雨下得跟倒水似的，伞根本没有用处，才走出去五步，李鹤就被浇得全身湿透。他特意绕远了一些，找了个五金铺子，收起伞抖了抖，掏出那块清晰地印着钥匙印子的橡皮泥，说道："老板，打钥匙！"

"早啊。"

看着永远睡不醒的韦正站在五金店的玻璃柜后看着自己，李鹤愣了五秒，才说了句："见鬼。"

李鹤："你是会分身还是怎么着？怎么哪儿都有你？"

"混口饭吃而已。""打工狂魔"韦正打了个哈欠，伸出手来，"拿来我看看。"

李鹤收回手，满脸狐疑："你会吗？老板呢？"

"老板回家收衣服去了，我会，快点儿，手酸。"

李鹤把那橡皮泥递过去，说道："别逞能啊，我就这一个模子。"

韦正点了根烟叼在嘴里，熟练地把烧熔的铁水浇到橡皮泥的模子里。

等待冷却的过程中，他瞅了一眼站在旁边百无聊赖的李鹤，意有所指："你干吗打钥匙啊？"

李鹤："别人来打你也问？"

韦正抖了抖烟灰，说道："这不是怕你拿来作奸犯科吗？"

"得了，也没见你平时这么疾恶如仇。"李鹤边说边从兜里掏出一张一百，拍在桌上。

韦正立马在嘴巴上做了个拉上拉链的动作，专心地打磨起凝固了的新钥匙。他的手法看上去很专业，没一会儿就做好了。

韦正吹了吹打磨出来的铁屑，将钥匙放在李鹤手里。这会儿，他要是说他会开飞机，李鹤也能信。

“回见。”

李鹤手心里攥着还带有余温的钥匙，撑着他那把破伞回家去了，到家的时候，鞋子里灌满了水，就跟两条小船似的。

李德业居然醒着，他坐在客厅里的一张麻将桌边，旁边坐着一个中年男人，有点儿胖，戴着一顶棕色鸭舌帽，看上去鬼鬼祟祟的。

两人原本正在聊着什么，一见李鹤进门就不讲了。

李鹤懒得理他们，径自上楼了，上到最后一级台阶的时候回头看了一眼。

那戴鸭舌帽的男人又跟李德业说起话来，从李鹤的角度，能看见他后脖子处有一小块红色的胎记，有些眼熟，但李鹤无论如何也想不起在哪里见过。

李鹤收回目光，把方才的思绪丢到脑后，回到了被雨滴砸得噼啪响的铁棚屋。

台灯还亮着，墙边放了两个塑料水桶，接漏下来的雨水，已经积了小半桶了。

李明泽在床上睡着了，他头发长长了一些，毛茸茸的。李鹤寻思着哪天给他剃一剃。他伸手揉了揉李明泽的脑袋，明明稚气刚脱，睡着的时候眉头却浅浅地皱着。

李鹤把一盒刚才顺手买的冰牛奶贴到李明泽的脸颊上。

李明泽马上醒了，睁开眼睛，盘腿坐起来，拧开牛奶盒，咕咚咕咚地喝起牛奶来。

李鹤掏出手机，看了看日历，说道：“下周新生报到是吧？”

“嗯。”李明泽打了个奶嗝，说道，“家教那边给我结了工资了。”

李鹤靠在床边玩手机，伸脚踹了踹他：“你那点儿工资留着当生活费吧，用来吃饭、买东西什么的。学费我都给你攒好了。到时候要我跟你去不？”

李明泽摇摇头：“你上班呢，不用。”他停了停，又说道，“身份证……”

李鹤拿出那把小钥匙，晃了晃：“别担心这个，会搞定的。”

李明泽伸手将喝空了的牛奶盒扔到墙角的垃圾桶去，非常准。他说道：“哥，我不是担心身份证，我是担心你。”

愣了半晌，李鹤才回过神来，搂着李明泽的脖子把他拉过来，揉他的脑袋。

“没事。”

李鹤在台球厅干了好几年活，也算混得如鱼得水。有空桌的时候他会打两杆，有姑娘给他买可乐，他会喝，不会当众下女客的面子。但回头结账的时候他总是会请回去，毕竟养着一个人高马大，食量惊人，还总是得喝奶的李明泽不容易，每天有操不完的心，没有闲钱和闲心搞对象。

这几天，他有事没事就靠在台球厅的窗边，朝自家看。

不知道怎么回事，李德业一反常态，见天儿地待在家里，不怎么出门。那个后脖子有红色胎记的中年男人总是来，一来就钻进屋里跟李德业聊，也不知道在聊什么。

李鹤还是觉得那红色胎记很眼熟，似乎在哪里见过，但往深了想，又想不起来。可能是过去太久了，与之相关的记忆就像在脑海里与他躲猫猫，捉不住。

越想不出来就越想要想起来，李鹤都觉得自己魔怔了，大好青年，一天到晚脑子里不想姑娘，想个中年胖子，但直觉告诉他，这很重要。

晚饭李鹤是和李明泽一起吃的。两个人叫了外卖，在小棚屋里支了张桌子。李明泽好像又长高了，腿塞在桌子底下憋屈得很。

李鹤吃着吃着饭又不自觉跑神了，问道："这几天有个胖子老来，你见着没？"

李明泽不挑食，吃得慢且吃得多。他一直缩着腿有点儿麻，就伸长了腿岔开来搁在李鹤椅子两边。

"看见了，怎么了？"

李鹤："你认得他不？"

"不认得啊。"李明泽停下筷子又想了想，"是谁？"

李鹤："他脖子后头有块红色胎记，我看着很眼熟，你完全不认得？"

"真的不认得。"李明泽把吃完的外卖盒子摞起来，喝完最后一口冰牛奶，"说不定见过，但太小了，不记……"

李鹤突然站起来，差点儿把桌子都掀翻了，他瞪着李明泽，一副见了鬼的表情，喃喃地说道："我想起来了……"

李明泽被他吓了一跳，忙把桌子扶正，问道："是谁？"

李鹤欲言又止，神情复杂，最后他坐下来，低头帮着收拾桌面上的外卖盒，随口说道："没什么，之前来过打台球而已，我记混了。"

看表情就知道不是什么小事，李明泽根本不上他的当，压着桌子不让他收，再一次问道："是谁啊？"

李鹤语塞，两人大眼瞪小眼好一会儿，他才说道："小孩子家别管那么多。"

从小到大，李鹤就没瞒过李明泽什么事，那是因为没什么好瞒的。

李明泽明显不满意这个答案，压着桌子不松手，直勾勾地看着李鹤的眼睛。李鹤索性站起来，往外走："那你收吧，我去台球厅了。"

李鹤一路下楼，今天李德业不在，那中年胖子也不在。

他下楼的时候顺手推了推李德业的房门，没锁，床头的小抽屉依然锁着，一如既往。李明泽下周就新生报到了，一切都不要出岔子才行。

他刚刚突然从脑海的深处将那段过去已久的记忆揪出来，也怪不得李明泽没印象，因为他那时候真的太小了。

又多了一件事情要想，李鹤整个人都不好了，一杆把白球打进洞里。幸好时间早，没客人，不然要让人笑话了。他叹了口气，将球杆靠在墙边，这时候韦正才匆匆赶过来，无疑是迟到了。

李鹤正要说话，韦正利落地从冰柜里拿了一罐可乐当"封口费"："请你。"

李鹤把入洞的白球掏出来，重新摆好，"啪"一声，单手开了易拉罐，问道："干吗去了？"

"刚送外卖去了。那傻子非说自己不吃香菜，问我为啥加了香菜。我哪儿知道？又不是我煮的。"韦正趴在吧台那儿，嘟哝道，"睡会儿，有人来了叫我。"

他几乎秒睡，李鹤也见怪不怪了，一个人打好几份工，不秒睡才怪。两个人虽说不是很亲近的朋友，但也算认识多年，李鹤也曾旁敲侧击地问过他是不是缺钱，说自己虽然钱不多，但能借他一些救急。

那时候韦正并没有答应他，只是说，谁不缺钱，大家都缺钱，钱多又不咬手，越多越好。

李鹤隐约听说过他家里有个生病的爹还是妈来着，也不确定，但既然他不愿意说，李鹤也不是多管闲事的人，也就不再问了。

谁家里没本难念的经呢？李鹤自己家里就够让人操心的了。

晚上回家的时候，李明泽已经睡了，台灯扭暗了一半，给他留着点儿光。李鹤不由得松了口气，他怕李明泽还要追着问。

第二天一早，李鹤还睡着，就听到窸窸窣窣的声音，他将眼睛勉强睁开一条缝，看到李明泽正在换衣服，要出去的样子。他没睡醒，哑着嗓子问了句："去哪儿？今天不是不做家教吗？"

"小孩子家的事儿，你别管那么多。"

李鹤还没反应过来，李明泽就已经把门关上走了。他一骨碌地从床上坐起来，整个人都清醒过来了。

行啊，李小明造反了。

李鹤摔回床上，呈"大"字形躺着，长叹一口气。

接下来几天，李明泽与平常无异，该说说，该笑笑，该吃吃，该睡睡，就是行踪不定，说出门就出门。

李鹤问起来，李明泽就用那句"小孩子家"来搪塞他。老招数，但对李鹤就是管用。他这些年来对李明泽的态度跟护崽的母鸡似的，小鸡行踪不定，他就跟猫爪挠心似的。

但他知道这是李明泽故意套他呢，就强忍着不理会。直到一天晚上，都十一点了，李明泽还说要出门去，李鹤忍不住问他去哪儿。

李明泽靠在门边，板着脸说道："小孩子家的事儿，你别管这么多。"

李鹤被他噎得一怔，有点儿生气了，一拍桌子站起来，说道：

“你造反呢！闹别扭也有个限度吧！”

李明泽只是不说话，抱着手，一副油盐不进的样子，转身就要下楼。

“站住！”李鹤烦躁地挠挠头，“我服了你了，倔得跟头牛似的……”

李明泽转回身来，坐在床沿，一副洗耳恭听的样子。李鹤不由得问他：“说之前，先问问你，你这是要去哪儿？”

李明泽双手撑着床沿，眨了下眼睛，说道：“哪儿也不去，骗你的，不出门。”

李鹤语塞。

李明泽说道：“这下可以说了吧？是谁？”

第四章 隔阂

李鹤真正记起那个中年胖子，是因为他后脖子那块红色胎记，在松垮的皮肉上特别显眼。那时候就是这个胖子抱来吃了药昏睡的李明泽。

天边响起一声闷雷，没一会儿，棚屋的铁皮屋顶就被初夏的雨滴砸得噼啪响。

李鹤顺手抓起桌上一个打火机。他甚少抽烟，怕呛着了李明泽，偶尔才会抽一根。他将打火机打亮了又松手，打亮了又松手，那一簇小小的火苗亮了又灭。

他说道："这胖子前两年借了我一点儿钱，说是救急，说得那个惨，后来人都没影了。我想教训他来着，但他好像和李德业有点儿关系，我就不知道怎么下手了。"

这理由编得蹩脚。

李鹤是个穷鬼，谁能从他手里借到钱？

李鹤把有点儿发烫的打火机往桌上一拍，状似坦荡地看进李明泽的眼睛里："就是这样。"

李明泽不说话，瞳仁黑漆漆的，嘴唇抿成一条平直的线，眉头微微皱起来。

李鹤把房间的灯摁灭了，说道："不说了，这里面没你的事儿，睡觉。"

李明泽："哥……"

李鹤把自己摔到床上，床发出了危险的嘎吱声，他翻了个身朝墙，没好气地说道："小孩子家家别管这么多，你要不睡就出门去吧。"

屋子里一阵沉默，李鹤睁着眼瞪着墙，感到李明泽一声不吭地换睡衣，沉默地躺到床上。

下雨了，屋子里的闷热一下去掉了不少，带着水汽的凉风从窗缝、门缝里钻进来，李鹤心里却躁得慌。

他想，李明泽被拐时还那么小，十多年过去了，这是他最接近自己真正身世的一次，抓住了这个线头，说不定就能顺藤摸瓜，把亲生父母找到，他就有机会回归正轨，开始新生活，拥有更加光明的未来。

李鹤曾经问过李明泽，还记不记得他的亲生父母。

但李明泽被拐时太小了，记忆都模糊了，只记得妈妈姓贺，家里有两层，院子里有棵会开花的树，开出来的花是白色和黄色的，只要一开卧室的窗就能闻到花香，再多的就不记得了。

后来，两人再也没谈论过相关的话题。而这个人贩子的出现，就像平地响起的炸雷，将会把他们的生活炸得一震。

李鹤翻了个身。两人并排躺在床上，床已经很挤了，平躺着的时候肩膀挤着肩膀。李鹤老想着再过一段时间，李明泽去读高中住校了，他就能一个人“大”字形地睡了。

李鹤没睡着，按理来说，找到了人贩子，应该是个好消息，但他心里并不高兴。

他担心，担心的不是帮助李明泽寻亲过程中可能会遇到的艰辛和困难。他可耻地想：哪怕只有万分之一的机会，李明泽找到了亲生父母，这条脏污的小巷，这个简陋的小棚屋，这张狭窄的小床，就只剩下他李鹤一个人了。

他知道李明泽也没睡着，虽然两个人都一动不动，但两人一起睡了这么多年，听呼吸声就知道彼此睡着了没有。

李明泽努力摒弃自己心中那些乱七八糟的想法，强迫自己数羊，听着雨声迷迷糊糊地入睡。

第二天一早，李鹤醒来的时候，床边已经空了，李明泽已经换好了衣服准备出门，他今天要去做家教。

可能是对自己有那么一丁点儿可耻的想法感到惭愧，李鹤揉了揉眼睛，把起床气甩到一边，用那种特别积极向上、情绪高昂的语气跟李明泽说了句“早上好”。

李明泽正在往自己的书包里塞家教要用的书，只应了一声“嗯”。

李鹤知道他在闹别扭，自顾自地说道：“今天还会下雨，记得带伞……”

李明泽又“嗯”了一声，留下一句“哥，我走了”，就头也不回地出了门。

李鹤看了看空荡荡的房间，坐在床上发愣。

明天是周一，早上九点到下午五点，是省附中的报到时间。

李鹤打算在报到的前一天，也就是今天，开李德业的柜子，拿到身份证，第二天去报到用完马上放回去。不是什么万全之策，只要李德业开柜子看一眼，马上就发现了。

但这是李鹤能想到的最稳妥的办法。就算李德业发现了，那又怎么样？吵一架，打一架？爱怎么样怎么样，李鹤懒得多想了，脑子里要想的事情已经够多了。

李鹤今天不用去西餐厅上班，他特意调休了，台球厅也打了招呼不去。他洗漱完随便吃了点儿东西，坐在床上，靠着半开的窗户，有一下没一下地摁着手机上的消消乐。

雨一直淅淅沥沥地下，李鹤从早上坐到了下午，总算见李德业出门去了。

李德业的身影消失在巷子尽头。他应该是往台球厅去了。他喜欢周末去台球厅玩，玩到晚上，说不定整宿都不回来。

他手机一振，上面弹出了韦正发过来的信息。

李鹤用食指点了点，这破手机卡了大概五分钟才弹出消息界面。

“来了。”

李鹤从床上蹦起来，出了小棚屋，边往下走，边回信息：“帮我盯着，有事儿给我打电话。”想了想，他又加了一句，“酬劳明天给你，现金。”

李鹤像个古板的守财奴，所有的钱必须换成现钞捏在手上。他有一张银行卡，里面原本有他妈留给他的一点儿小钱，但早就被李德业提空了，卡也不知道被他塞在哪个角落。他的钱全部都存在沈小情房间衣柜顶上那个上锁的小盒子里，那是他唯一觉得安全的地方。

他沿着楼梯下到二楼，刚停在李德业的房门口，楼下有人敲门叫门了：“李德业！在吗？快开门！”

是那个胖子的声音，很急，仿佛有什么要事。

李鹤皱着眉头，还是回头去开了门。

那胖子见是他，急忙问道：“你爸呢？去哪儿了？电话关机了。”

李鹤上下打量他两眼，不紧不慢地说道：“不知道。他手机破，耗电快，可能没电关机了。你进来等他？”

那胖子还戴着那顶棕色鸭舌帽，帽檐压得很低。他左右看了看，细雨迷蒙，没人出门，巷子里空荡荡的。他说道：“好吧，我坐着等他。”

李鹤放他进来，让他坐在一楼的麻将桌边等，想着拿了身份证就把李德业找回来，说不定还能偷听到点儿什么。

他抬腿回二楼，舌尖咬在齿间，用沈小情的小发卡，把李德业那个旧得不行的房门锁弄开，进了李德业的房间。他手上捏着那把小钥匙，正要去开柜门拿身份证，手机突然响了。

李鹤吓了一跳，骂了一句。

是韦正的电话，他连忙去接，破手机在这关头又卡了。

李鹤气急败坏，划了好几下才接通：“怎么了？”

韦正说道：“你老子手机充上电接了个电话，心急火燎地走了，不知道是不是跑回家。”

李鹤一句“谢谢”都来不及讲，挂了电话跑到窗边往外看，见李德业正沿着小巷子跑回来，连伞都没撑。李鹤的心都提起来了，手脚麻利地开了柜子锁，拉开抽屉。

李德业这个老浑蛋，从来不收拾东西，抽屉里乱得像垃圾堆，什么都有。

他已经听到了李德业拿钥匙开门的声音了，这下糟了。

郭保志心神不宁地打了好几遍李德业的手机。

他是做买卖小孩的行当的，这行来钱，小孩又好摆弄，他干了好多年了，负责接收、中转，辗转好多个城市。这回来平洲，也是来和李德业商量，再一次把他家作为据点，转接几个小孩。

原本谈得好好的，但不知道为什么，这几天被“条子”盯上了。

郭保志不仅买卖小孩，还干了不少坑蒙拐骗的勾当。看“条子”这架势，应该是查他干的其他坏事，否则，办大案哪儿能让他察觉到？

总算打通了，郭保志没好气地说：“老李，快回来，有事儿，我在你家。”

他特意过来，想跟李德业说一声，如果“条子”来问他，千万别说漏了。即使这是室内，他还是下意识地把鸭舌帽往下压了压。

他的目光溜过上楼的楼梯，想起刚才见过的李德业的儿子。他知道李德业还有个小儿子，长得就跟模范学生似的，压根不像这里的种。

门外传来了匆匆的脚步声，然后是钥匙串叮当碰撞的声音。

郭保志站起来，正要去开门，突然，门外出现了别人的声音：“你见过这个……”

听不真切，但郭保志透过铁门之间的缝隙，看到了警服。

李鹤正在用最快的速度翻李德业的抽屉，他不敢发出太大动静，急得用牙咬住嘴唇，咬出了发白的齿印。

他一直警醒地竖着耳朵，听着楼下的动静。钥匙开门的声音停了，有人拦下了李德业，他们这时还在说话。

就在这时，李鹤看到了收在李德业抽屉最底下的一个小铁盒，打开来，里面有好些证件。李鹤翻出李明泽的那张身份证，不小心从里面带出一张老旧的照片。照片上是个靓丽的女郎，一把如水的长发，眼睛和李鹤长得一模一样。

李鹤的动作一瞬也没停，揣好身份证，把那张照片塞回去，将小铁盒放回原处。

还没听到李德业开门的声音，李鹤意识到有点儿不对劲，站起来往窗外瞅了一眼，有两个警察拦住了正要进门的李德业，不知在说什么。

警察很眼熟，是附近的片儿警，和他们一家都是老相识了。

李鹤竖着耳朵听，但是隔太远了，没听到在说什么。耳尖的他听到了细碎的开门声，还有脚踢到铁桶之后的杂音。

他们家有个后门，从里往外能打开，门外面还摆了几个大垃圾桶。

李鹤知道，那个胖子从后门溜了。

他有心去追，看了看抽屉外面被翻出来还没放回去的东西，深吸一口气，耐住性子。明天李明泽得去报到，这件事必须万无一失。他尽量又轻又快地将东西放回去，将柜子、房门重新锁好。

李鹤冲下楼梯的时候，正好和李德业打了个照面，李鹤一句话都没和他说，径直朝还没关严实的后门冲去。

最近一直在下雨，整条狭窄的小巷里，到处都是黑漆漆的积水，那个旧垃圾桶被踢翻了，垃圾散了一地，又脏又臭。流浪猫被他吓了一跳，叫一声，蹿走了。

幸好巷子另一头是死路，李鹤想也不想，顺着巷子追出去，踩了满脚的脏水也不管，拐弯的时候和回家的李明泽撞了个满怀。

李明泽被他撞了个趔趄，反手拉住他，问道：“哥，去哪儿？”

李鹤正着急呢，放眼望去都没见那胖子人影，也不知道跑到哪儿去了。他反手想甩开李明泽，急匆匆说道：“回头再说！”

谁知道李明泽的手劲出奇大，没甩开，李鹤烦躁得想骂人。李明泽的脸色却很平静，就是不松手，不依不饶地问：“去哪儿？”

“你犯什么病？”李鹤急得狠狠一甩手，甩开后冲出巷口，看着纵横复杂的小巷。目之所及连个鬼影都没有了，只有满地的脏水和垃圾。

他骂了一句，一脚踢到旁边的墙上，踢掉了一大块墙皮，鞋子都蹭上灰了。他没好气地回头，发现李明泽还像个桩子似的站在那儿，心里头更是烦躁。

从想起那个胖子就是当年的人贩子开始，他心里就有一股无名的烦躁，就像睡觉时听到屋檐的滴水声，一声滴下来了，在等待下一滴滴下来的空隙间，坐立不安，辗转反侧，但他压根不想深究这烦躁和不安来自哪里。

李鹤插着兜，一脸“谁也别惹我”的臭表情，擦过李明泽的肩膀，走回家去。李明泽再一次反手拉住他，问：“到底什么事？”

“哥”也不喊了，李鹤有点儿火，说道：“没你事，小孩子……”

“小孩子家别管是吧？”李明泽面无表情地扯了扯嘴角，转身朝反方向走了。

什么态度！

李鹤大声说道：“去哪儿？”

李明泽头也不回：“没你事儿。”

李鹤如果是个炸弹，这会儿都要炸了。他大喊：“李小明，你给我站住！”

李明泽回过头来，问道：“那个胖子，到底是谁？”

李鹤脑袋上都要炸出蘑菇云了，忍无可忍地低声吼道：“人贩子！”

一时间，两个人都沉默了。李明泽也没想到是这个答案，脸上呆愣了一瞬。流浪猫从垃圾桶后面探出头来，凶狠地叫了一声，警告杵在它地盘上的这两个人。

两人大眼瞪小眼，李鹤还要维持自己恶狠狠的生气表情，瞪得眼睛都要流眼泪了。李明泽犹豫着说道：“是我……”

李鹤打断他的话：“是。”

“为什么不告诉我？”

李鹤耐着性子解释，仿佛在和小学生解释“一加一”：“这件事你别管了，你也管不了，我来整，你好好学习就行了。”

李明泽不买账，眉头慢慢皱起来，两个人面对面站着，好像对峙：“我的事我为什么管不了？”

大概是“我的事”三个字，像一只宽大的手狠狠地拧了一下李鹤的心脏，一下子就将他这两天的烦躁和不安从心里拽出来，甩在两个人面前。

是啊，这是李明泽的事。李明泽甚至不姓“李”，他李鹤不过是个小混混，占了个哥哥的名头，还不是亲生的。

李鹤摊开手掌，举起来，姿势好像投降。他想了想，把兜里辛苦弄出来的身份证掏出来，塞进李明泽手里，说道：“行，那我以后不管你的事了。”

李明泽却没接，身份证掉地上了。

“你是不是早就嫌我烦，不想管我了？”他说。

李鹤愣了一秒，面无表情地上前一步，攥紧拳头，冲着李明泽的脸就来了一下。李明泽的脸被他打得歪向一边，嘴唇还是倔强地抿成一条线，不发一言。

李鹤胸膛剧烈起伏，忍住怒气，眼睛都红了："李明泽，你有没有良心？"

李明泽的脸还歪着，被李鹤打到的那一边侧脸开始泛红，到了晚上可能得肿。李鹤深知自己在气头上的时候使的劲儿不小，想问问他疼不疼，但看他那副倔样，话到嘴边又咽下去了。

昔日的小豆丁，现在已经长得快赶上他了，脸上的稚气褪去，取而代之的是少年意气。李鹤无端生出一种不安，就像老鹰看着快要离巢的小鹰。

他转身离去，顺着路回家了，留下李明泽一个人站在积满污水的小巷子里。

李鹤到家的时候，李德业正坐在楼下的一张麻将桌边，见李鹤回来了，忙站起来，还是那副阴恻恻的表情，像阴沟里往外窥视的老鼠，让李鹤浑身不舒服。

"站住。"他说，"你知道什么？"

李鹤不耐烦地上楼："什么都不知道。"

李德业在他身后说："你要是往外乱说，特别是'条子'那里，我奈何不了你，但你那个小崽子，快上高中了吧？以前偷过东西的人能上高中吗？"

李鹤脚步顿了顿，头也不回地上了楼。

他知道，李德业真的是阴沟里的老鼠，名声差到了地底。李德业是小学学历，估计连省附中的门朝哪边开都不知道。但光脚的不怕穿鞋的，他要真是去搅和一番，李明泽在学校估计不会好过。

又开始了，又开始了，好像条件反射一样，遇到李明泽的事，他就不由自主地操心。

李鹤泄愤地踢了一脚摆在床边的小风扇，踢完又吓得连忙打开看看踢坏了没有，生怕大热天唯一的风扇坏了。

他心里的火越烧越旺，没跟后来回来的李明泽说一句话。

第二天就是省附中报到的时间，李鹤早上要去西餐厅上班，早早就起床了，起来的时候李明泽还睡着，侧躺着。

李鹤小心地跨过他下床，收拾好自己，临出门的时候还是折回去，就着晨光看了看他的侧脸——青了一小块。

李鹤认真地观察了一下，确认他没醒，伸出手指轻轻点了一下那块青的地方。李明泽在睡梦中动了动，好像是疼了。李鹤连忙收回手指，急匆匆地出门上班去了。

接下来几天风平浪静，除开两人基本不讲话之外，和之前根本没有差别。

李鹤打定主意一句也不问关于报到的事情，李明泽把身份证交还给他的时候，是低着头递过来的，像蔫了的小狗，欲言又止。他也默不作声地把身份证收回来，找了个李德业不在的时候，偷偷原样放回去。

他去过一趟派出所门口蹲点，怕李德业知道，只是旁敲侧击地问那天来的一个警察。那警察也没当回事，说是有个搞假证的，是个中年胖子，后脖子有块红色胎记，有人说在李家附近见过，问李鹤见过没。

李鹤说没见过，再问那胖子叫什么，警察就不肯说了。

夏天就这样过着，楼下的麻将声天天响着，比窗外的蝉鸣声还要聒噪。李鹤在西餐厅里得穿着衬衣、马甲，还得装模作样地系条黑色围裙，一出了空调的范围，连T恤都快穿不住了，热得人发蔫儿。

李明泽的头发长长了一些，往常他的头发都是李鹤帮忙剃的，但现下他们正经历着有史以来最长的一次冷战。李明泽知道自己放奶糖的罐子总被他哥悄悄塞满，可他哥面上还是冷冰冰的，他压根拉不下脸去讲话，顶着一个在外头剃的狗啃似的头回了家。

“噗——”李鹤见到这个“狗啃头”，一口冰可乐差点儿喷到了地上，笑得连两人正在冷战都忘了，“谁给你啃的？这审美挺独特。”

李明泽抬手摸了摸新剃的发楂，说道：“小正哥。”

巷口的老王剃头要十块，韦正拍着胸口说他剃只要五块，剃完之后镜子都没让李明泽多照。

李鹤嫌弃地“啧”了两声，伸手拍拍他的后脑勺，说：“我给你再啃啃。”

天台除了两人住的棚屋之外，只有几盆半死不活的草，被晒得卷起叶子，从来没人浇过水，也不知道为什么还没挂掉。李明泽找了个背阴的地方，放了张板凳，脱了上衣，打着赤膊，背对李鹤坐下来。

李鹤穿着件松垮的旧背心，久违地点了根烟，咬在牙齿间，把用了好几年的旧推子找出来。电线通过窗户在屋里插上插头，李鹤用手指点了点李明泽的后脑勺，说：“头低点儿。”

李明泽将头又低了一点儿。

他一直在抽条，长得太快了，略有点儿瘦削，但肩膀是宽的，介于少年与青年之间。

李鹤咬着烟，仔细地贴着李明泽的头皮帮他把头发剃整齐，碎发一点点儿掉在他光裸的脖子和肩膀上，又随风飘落了一些在地上。

阳光和阴影的分割线，随着时间的推移，一点点儿地在李明泽的脚边挪动。

李明泽的头发短得不能再短了，泛青的发楂显得后脖子的皮肤格外白。

李鹤嘴巴里叼的烟快燃尽了，烟灰落在了李明泽的肩上，微热的触感烫得李明泽一抖，耸了耸肩。

剃好头之后，李鹤摸了摸李明泽的后脑勺，发楂磨得他手心发痒。

李明泽的后脑勺圆滚滚的，一看就是小时候很受宠爱，常被抱在怀里。李鹤就不一样了，后脑勺平平的，想是小时候太乖，整天睡觉。

“你这里凸起来的，”李鹤把烟蒂扔了，摸着他的后脑勺说道，“是反骨。”

李明泽还低着头，小声说了句：“哥，对不起。”

李鹤愣了愣，拍了拍他的脑袋，说：“哦。”

李明泽：“我错了。”

李鹤转头把推子上的碎头发一口气全吹掉，含糊地应了一声。

李明泽又说：“哥，我说错话了。”

你别不理我。

李鹤嫌弃地“啧”一声，猛地推了一下他的脑袋，说道：“你没说错，我就是嫌你烦，烦死了。还不快去把头发冲掉！”

李明泽乖乖地起来，把板凳收回去，把地上的头发扫了扫。

他身上有汗，碎头发黏住了，弄不干净，他干脆直接开了天台的水龙头，接了水管往身上冲水。有时候天气太热了，他们睡觉前就这么冲。

等冲干净了，李明泽身上湿漉漉的，裤子也湿答答的，紧紧地贴在腿上。他进门抓了一条毛巾搭在脖子上。

李鹤正靠坐在床边摁他的手机。

窗台边有个旧八宝粥罐子，是李明泽的奶糖罐，他从小爱喝牛奶、吃奶糖，李鹤总不忘记把他的糖罐子填满。

李明泽从里面抓了两颗糖，撕开一颗，讨好地抵在李鹤的嘴边。

李鹤张嘴把糖吃进去，漫不经心地问："是不是该军训了？"

下周一就是，所以李明泽才着急着要剃头。听到李鹤这么问，他心里涌起一阵莫名的窃喜，即使是两人在冷战，李鹤也永远做不到不管他。

"下周一去，军训就要住校了。"李明泽边擦身上的水边说道。

"得拿点儿钱给你备着……"李鹤边玩手机边嘟哝着。

房间里弥漫着一阵奶糖味儿。

李明泽想说，我自己也有钱。他当家教那一段时间，攒了一些钱，完全够军训期间的吃饭和开销，但他没说。他知道，要是这么说，李鹤就要生气了。

这几天，他想了很多，他哥什么都不告诉自己，原因就是自己压根儿帮不上忙。

李鹤说得对，他就是小孩儿。

他要快点儿长大，长大并不意味着离开，长大意味着他可以反过来替他哥操心了，赚钱给他花，关心他，保护他。

第五章 高中

夏日午后的台球厅闷热得很，老板抠门，那台破空调都多少年了也舍不得换，缝缝补补又三年。空调光运转，吹出来的风却不怎么凉快，只是个摆设。

趁老板不在，客人也都在家里避暑，李鹤大胆地把冷饮的冰柜打开，任里面的冷风吹出来打在后背上，才总算没有一个劲儿地冒汗了。

韦正从外面回来，整个人汗得像从水里捞出来的，估计是又赶着饭点去送了几单外卖。他一回来就挤开了李鹤，双手扶着打开的冰柜，吐着舌头降温。

李鹤被挤开了也没说什么，靠在柜台上，托着腮，百无聊赖地打哈欠。也不知是不是苦夏，最近他总觉得没什么精神。李明泽也不在，回到家，一个人呆呆的，连句话也不用说，整个人更懒了。

韦正随口问道：“最近怎么没见你弟？”

李鹤："头发被你剃坏了，不敢出门，在家哭呢。"

韦正有些讪讪的，厚着脸皮说道："哪儿能呢？"

李鹤摊开巴掌朝上，说道："这你也敢收他五块？还回来。"

韦正："两……两块……"

"你是貔貅转世吗？抠门精。"李鹤翻了个白眼，从打开的冰柜里拿了一罐冰可乐，"五块钱你就收着吧。"

韦正嘿嘿一笑，跟着也拿了一罐，问道："你弟开学了？"

李鹤仰起头喝下去半罐："没，说是军训呢，得训两个星期。"

"那你岂不是轻松了？不用带孩子。"

虽说李明泽名义上是李德业的小儿子，也没多少人知道他其实是被拐来的，但凡是有眼睛的人都知道李德业管生不管养，他连李鹤都没怎么带过，更不用说这个不知道哪儿来的小儿子了。

说李明泽是李德业的儿子，倒不如说他是李鹤的儿子更像些。

理论上，不用带孩子了，李鹤应该轻松了，他却觉得空落落的。晚上躺在床上，他习惯性地缩手缩脚让出一半，睡了好一会儿才反应过来旁边没人了。

李明泽才去军训的第二天，李鹤就想着要不要溜达到省附中附近看看他。但即使去了也进不去，见不着，他也就打消了念头。

跟空巢老人似的，真是见了鬼了。

他正愣着不知道该怎么回答韦正，楼下传来一声中气十足的喊声："李小鸟！吃饭去了！"

两人从窗户探出头去，楼下站着的是沈小情。她穿着一身橘黄色的连衣裙站在阳光下，像株向阳的花。她朝楼上挥手，李鹤这才想起来约了沈小情一块儿吃饭。他转头拍了拍韦正的肩膀，说道："走了。"

他下了楼，发现韦正还倚在窗边，沈小情大声招呼韦正：“小正哥！一块儿吃？”

韦正跟吓了一跳似的，缩回去，又露出半个头，闷闷地说道：“吃过了。”

沈小情不过随口招呼一声，也不在意，抓着李鹤的手臂，急匆匆地走，边走边说：“饿死我了，快走快走。”

对面的发廊白天是关着门的，估计是听见声儿了，门打开来，沈小情的妈沈清探出头来，喊道：“小情，煮了饭，回家吃？”

沈小情头也不回，扯着李鹤一个劲儿地走，说道：“下午上课呢，来不及。”

李鹤回头看了一眼，沈清慢悠悠地走出来，在太阳底下伸了个懒腰。

这几年，沈清不如以前年轻、漂亮了，就算粉底一年比一年打得厚也盖不住皱纹，头发枯黄地打着卷儿，没有表情的时候眼皮往下耷拉，没精打采。

沈小情甚少聊她妈，即使和李鹤也不聊。

两人挑了一家常去的炒粉店，粉才端上来，沈小情就狼吞虎咽地吃下去小半碟。李鹤看呆了，怕她噎着，拿一次性杯子给她接了一杯热水。

“你这是复读吗？不知道的还以为你关集中营了。这是几顿没吃了？”

沈小情就着水咽下去一口粉，边吃边说：“用脑子很累的，再说我脑子不好使，用起来更累。”

李鹤不太饿，把自己碟子里的粉拨了小半到沈小情的碟子里，说：“问你个事儿。”

“说。”

李鹤的筷子在碟子里戳来戳去，小声问道：“你记不记得有个胖子，总是戴着帽子，后脖子有块红色胎记，之前去过你们家店里的。”

沈小情说：“好像是有这么一号人，怎么了？”

李鹤连忙问：“你有没有听他说过，他是哪里人，是干什么的之类的？”

沈小情风卷残云地吃完了炒粉，捂着嘴巴打了个嗝，擦擦嘴巴，掏出小化妆镜涂唇膏，边涂边嘟着嘴巴说道：“好像听到了。他说他是哪儿人来着？岭安……岭安人。”

李鹤低头琢磨：“听着口音是有点儿像……还说了啥？”

沈小情把化妆镜“啪”一声合上，说道：“后面没听见了，我塞上耳机听听力了。”

那个胖子说不定真的是岭安人。

岭安是一个发达的南方城市，四季如春，温暖潮湿。说不定李明泽也是那里的人，他小时候说话就有点儿大舌头，平、翘舌不分，普通话说得不好，后来才改过来的。

沈小情猛地站起来，说道：“我得走了，下午周考呢。”

李鹤边想事儿边慢慢吃完，然后躲着太阳，插着兜，踱着步回台球厅去，一上楼就见韦正鬼鬼祟祟地给客人推自己进的烟。

李鹤清了清嗓子假装没见到，捞起一根台球杆，俯身下去打了几杆。旁边有几个女孩儿，可能是附近职高的学生，小声地说他帅。

韦正朝他挤眉弄眼。李鹤请了那几个女孩儿喝可乐，收杆儿下班回家去。

晚上睡觉的时候，李鹤把自己扒得只剩裤衩，呈“大”字形趴在凉席上。破风扇嘎吱嘎吱转，他只觉得又热又躁，烙饼似的不停翻身，睡不着爬起来从糖罐子里抓了颗奶糖塞进嘴巴里。

外头还闹着，楼下李德业的麻将局还没散，说笑声、叫骂声不断。

李鹤嚼着糖，一觉睡到第二天中午。他听见响动醒过来的时候，一抬头，发现李明泽背着书包站在床头。

李鹤还没睡醒，眼睛眯成一条缝，惊道：“你不是在军训吗？”

李明泽的头发被剃得短得不能再短，只剩下一点儿发楂，将周正的五官清晰地凸显出来。才军训了一个星期，他就已经黑了不少，看起来像是又长高了，整个人笔直挺拔。

李明泽放下包，说道：“周末休息两天，周日再回去。”

李鹤边套衣服边问：“军训好玩吗？晒成了个炭球。”

没啥好玩的，就那样，晒太阳、踏正步、唱军歌，无聊又累人。新同学都是从各个初中考进来的精英，大家都不熟，客客气气地互相介绍，没有什么特别的。一说要放假，李明泽赶紧抓了些东西塞进书包里回家了。

“发什么呆？”李鹤推了他一把，“走，吃饭去。”

两个人又去了那家自助烤肉店。带着李明泽去吃自助餐，绝对不亏本。

李明泽不紧不慢地匀速进食，一串接着一串，边吃还要边喝豆奶，歇都不用歇，用来插木签的桶都快被他放满了，才满足地表示吃饱了。

李鹤琢磨了一下，主动说道：“这几天都没见那个胖子了。”

李明泽没什么表示，只是“嗯”了一声。

李鹤说：“如果你再见到他，要第一时间和我说。”

不等李明泽回答，他又补了一句：“如果我再见到他，也第一时间和你说。”

李明泽说：“好。”

兄弟俩吃得走路都打晃。

李鹤下午要去西餐厅上半天班，晚上要去台球厅值班到凌晨。他让李明泽自己去玩，要么出去逛逛，要么在家看书、睡觉。

李明泽拒绝了，直接从书包里掏了本书，坐在西餐厅外面树荫下的长椅上看书。李鹤工作的间隙，一抬头就能看见他在那里低头认真看书。

“不热吗？”李鹤下班时问他。

“还行。”李明泽后背出了一层薄汗，买了根牛奶冰棍，吃得只剩下棍子了。

晚上李鹤在台球厅值班，李明泽找个靠窗的角落继续看书。一本厚厚的大部头，从早看到晚，差不多都要看完了。

台球厅里吵吵闹闹，灯光昏暗，他自岿然不动，一页一页地翻，不快不慢。李鹤怕他近视，找了个充电的小夜灯，给他夹在旁边照着看。

那几个上职高的女孩又来了，租了一张桌子，看着不太会打，瞎打，小声说，大声笑，时不时你推我，我推你地去看站在吧台玩手机的李鹤。

韦正推他：“等你请喝可乐呢。”

李鹤头也不抬，兴味索然：“没钱了。”

韦正：“怎么没见你谈恋爱呢？”

李鹤翻个白眼："你不也没谈？"

"没钱。"

那群女生你推我，我推你，最后推出一个长得最漂亮的女孩。

那女孩的头发烫成大波浪，还染了点儿颜色，嘴唇涂得很红。她拨弄了一下头发，敲了敲吧台桌子："帅哥，来罐可乐。"

韦正自觉地没动，李鹤回头捞了一罐放在桌子上，懒洋洋地说道："两块。"

那女孩把可乐推回去，笑道："请你喝。"

李鹤这才抬眼看了看她，的确是个漂亮女孩儿，说实话，没有沈小情长得好看，但那股"我知道自己长得很好看"的劲儿估计挺招人的。

他无所谓地把可乐抓在手里，说道："谢了。"

那群女生跟啦啦队似的，一个劲儿起哄，估计自己觉得挺小声，但其实全台球厅的人都听见了，连心无旁骛正在看书的李明泽都把书放下来，抬头看看这头发生了什么事。

那女孩仿佛被壮了胆，继续说道："帅哥，你是不是在隔两条街的西餐厅打工啊？我在那儿吃过饭。你叫什么？"

大家都往这儿看，李鹤不想下女孩的面子，说道："李鹤，鸟字边。"

女孩儿说："我叫邱悄悄，下次请你吃饭啊。"

一群女孩儿笑着闹着结账走了。

前脚刚走，后脚就有人开起玩笑来："小鸟，艳福不浅啊。"

李鹤不喜欢这样开玩笑，懒得回答，有一口没一口地喝可乐。

几个小混混都是住附近的，是李德业麻将局的常客，和李鹤也算熟悉，玩笑开着开着就开得没了边儿。

“不过，小鸟不是常跟一个女的一块儿吗？”

“哪个女的？”

“就那个，沈清的女儿，也是漂亮得不行。”

“哟，沈清的女儿啊。话说，沈清那娘们儿不行啊，她女儿倒是……”

李鹤皱着眉头抬起头来，还没来得及骂人，倒是韦正先发了火，抓起李鹤喝剩下的可乐罐扔过去，正中说话那人的后脑勺。

可乐淋了那人一脑袋：“你干吗？！”

李鹤用手一撑吧台，利落地翻出去，一把抽走他们的台球杆，微微抬着头，仰着下巴看人，推着他们几个往外走：“走走走，打烊了。”

那几个人正准备拥上来，李鹤反手直接把门摔在他们脸上。他回头去看韦正，韦正低头不看他，从冰柜里另抓了一罐可乐，说：“赔给你。”

李鹤不接他的话，问道：“你喜欢她？”

韦正大怒：“不是！”

李鹤：“知道了。”

“真的不是！”

李鹤说：“都说知道了，走了，李小明，下班回家。”

李明泽拿着书，伸了个懒腰，跟着李鹤下楼，走着走着，冷不丁问道：“哥，你谈过恋爱吗？”

李鹤回头看他，反问道：“你要谈恋爱？”

“不是，我问你呢。”

李鹤插着兜，吊儿郎当地走在前面，说道：“不能早恋知道不？不对，早恋也不是不行，别影响学习就行。也不对，早恋要有分寸知道不？不能欺负女孩子，要知道什么该做，什么不该做……”

他在前面絮絮叨叨，李明泽在后头哭笑不得。

这么些年，除了沈小情，真没见李鹤跟哪个女孩儿走得近。李鹤一天天做的事情，就只有赚钱、存钱，别说谈恋爱了，跟女孩子搞搞暧昧都没有。但李鹤已经不小了，他总要谈的吧，还要结婚、生孩子。

李明泽突然就出了神，觉得自己在想一些很奇怪的事情。

他和李鹤，就像一个人身上的左腿和右腿，离得再远也就是一步的距离。如果李鹤谈恋爱了，结婚了，生孩子了，会怎么样？

晚上睡觉的时候，李鹤也在想这个问题。

床重新变得很挤，李明泽的体温要比他高，两个人肩挤着肩，肌肤贴合的地方出了一层薄薄的汗，黏黏腻腻，却有种熟悉的亲切感，是过去很多年每一个夏天都有的感觉。

关于婚姻，李鹤的直观印象只有无尽的争吵甚至是打架；关于孩子，他只想到被抛弃和孤独。他没办法想象有朝一日，这张床的另外一侧，换成一个面目陌生的女人。

他在床上翻了个身，身后是李明泽平稳的呼吸声。

他毫不怀疑李明泽的出类拔萃，他的设想中，李明泽的人生，应该是学业有成，婚姻美满，家庭幸福，万事顺意。

省附中不远，就在沈小情的那个复读学校附近，校园环境很好，食堂饭菜尤其出名。省附中常有人调侃说“不努力，高考完就去隔壁”。

学校要求全体住宿。开学前几天，李鹤就跟个老太太似的，唠唠叨叨，怕李明泽收拾漏了东西，怕他钱不够花。

开学前一天下午就要入校住宿了，李鹤送他过去。

李鹤特意选了自己褶皱最少的那件 T 恤，他原本还想着要不要穿个衬衫什么的，但他唯一的衬衫就是西餐厅的工作服。他想了好会儿，一回头发现李明泽正坐在床沿看着他，嘴角微翘，眼睛里却满是揶揄。

李鹤老脸一红，套上那件 T 恤，踹了一脚李明泽的小腿，说道："笑个屁啊，走了。"

沈小情也来了，她穿了一条白色的连衣裙。她有很多连衣裙。即使置装费约等于零，她也总是能从很便宜的地方淘到衣服，自己改一改就能穿了。神奇的是，她穿上都很好看。棉白的连衣裙，她穿上之后，每一条褶皱都盛满阳光。

按她的意思，刚好周日有空，她也要去一下省附中，吸吸学霸们呼吸的空气，说不定能打通任督二脉，从此成为学霸。

李鹤冷笑两声，随她去了。

李明泽叫她："姐。"

沈小情现在要抬头看他了，说："怎么长这么高了？"

李鹤撇嘴："见风就长，跟葫芦娃似的。"

沈小情捏着嗓子叫他："爷爷！妖怪，还我爷爷——"

李鹤捏住她的后脖子作势要打她，沈小情拼命躲。他一回头发现李明泽脸上没有表情，好像不开心似的，忙问道："怎么了？要上学了，紧张了？"

李明泽摇摇头，说："没，走吧。"

省附中的大门开着，门前整条路都停满了送孩子来上学的车，全部都是好几个大人大包小包地簇拥着一个孩子。

李鹤这一行三个人怎么看怎么与众不同，东西也不多。被铺什么的学校统一发。李明泽背一个书包，手上拎一个书包，装点儿衣服和生活用品，多的一点儿也没有。

能考进省附中的孩子，大多都是各个初中的佼佼者，年少气盛自不必说，走起路来下巴都抬得更高些，跟随其后的家长更是满脸喜气，与有荣焉。

李鹤揣着兜走，还是吊儿郎当的，一路走到了对应的宿舍楼和对应的房间。

四人间还算宽敞，上床下桌，但是没有独立卫浴。

李明泽开始收拾，擦桌子、床板什么的，李鹤站在旁边给他递东西，沈小情趴在窗边往外看，尽情呼吸学霸们呼吸的空气，小声哼歌。

陆陆续续有人上楼来了，宿舍门一开，进来的是个熟人——头发扎得规规矩矩的邱悄悄。

一进来就见到了李鹤，她瞪大眼睛，笑着喊了声："帅哥，这么巧。"

后面鱼贯进来好几个人，新入学的是邱悄悄的弟弟，矮矮的个子，笑起来有虎牙，一副鬼灵精的样子，一起的还有姐弟二人的大哥，说是正在省附中读高三，高瘦挺拔，戴着细边框的眼镜，没什么表情，一脸骄矜，仿佛不会正眼看人。

邱家的父母也在，邱悄悄凑到李鹤旁边，小声套近乎："帅哥，这是你弟吗？也好帅哦。"

李鹤有一搭没一搭地应几句，李明泽只抬头看了一眼，又低头默默收拾自己的东西，沈小情在旁边用手肘杵了杵他，挤眉弄眼的。

剩下的两个舍友也陆续来了，跟在最后一个室友身后进来的，居然是韦正。他满头是汗，穿着发白的旧T恤和蹭得脏兮兮的工装裤。他是帮忙搬东西的。每年开学或放假，在校门口帮忙搬一趟行李能赚个几十块。

宿舍里挤满了人，忙忙乱乱，李鹤恰好抬头看见了他。两人四目相对，李鹤刚要开口叫他，他倒是避开目光不说话。

一屋子闹哄哄，沈小情已经和邱悄悄交上了朋友，聊得火热，正尝试和她那冰山大哥搭话。韦正低着头从雇主那里拿了钱，也不点，急匆匆地转头就走。

李鹤拿了一瓶没开封的矿泉水，几步追到门外，塞给他。

韦正愣了愣，眼角余光扫到屋里沈小情的白色连衣裙，接过水，闷闷地说了声“谢谢”，然后走了。

校园里一直忙乱到太阳落山。

斜晖从窗户照射进来，落在宿舍的地板里。宿舍的另外三个人都已经安顿好了，大家都走了，沈小情也回去写她永远写不完的试卷了。

李明泽的东西不多，衣服整整齐齐地放进衣柜里，书本之类的东西也摆上了柜子。李鹤左看右看，实在没有不妥帖的地方了，他才说道：“我走了。”

宿舍里面的另外三个男孩子，有的戴着耳机听音乐，有的开始看书、做题，李明泽轻轻带上门，一路送李鹤下楼。

校园里的晚风好像都和别处不一样，空荡的校园被少年填满，远处的球场传来了篮球砸在地上的声音，李鹤插着兜，一脚把地上的小石子踢出老远。兄弟二人一直沉默着，再往前走就要走出学校了。

李鹤停住，回头一看，发现李明泽已经快和自己差不多高了，两人视线平齐。

“不用送了，回去吧。”他说，“别整得跟生离死别似的，周末就回家了。”

李明泽没说话，只有嘴唇微微抿成一条直线，嘴角往下拉，眉头微皱下压，怎么看都不高兴，像闹别扭的小狗，凶巴巴的。

李鹤在裤兜里掏了掏，掏出出门时抓的奶糖，塞进李明泽手心里，说道：“行了。你还小吗？该断奶了。在学校别和同学吵架，有事儿回来告诉我。”

旁边时不时有爸妈和孩子抱在一起，依依不舍地分别。

李明泽上前一步，一把将他哥抱住。

李鹤先是一愣，下意识想要推开，想了想又忍住，抬手拍了拍李明泽的后背，说道：“差不多得了，小时候都没这么黏人的……”

李明泽没松手，抱了好一会儿，他的侧脸贴在李鹤的腮帮子旁边。李鹤身上的味道他太熟悉了——用了好几年的柠檬味沐浴露味，洗衣服的肥皂味，淡到几乎没有的烟草味，还有一点点儿汗水味道。

但这味道又突然陌生了起来，有青草、晚风和一些说不清道不明的味道，他想仔细再闻，被李鹤推开了。

李鹤低头看了看时间，说道：“我该去台球厅值班了，你赶紧回吧，早点儿睡。”

话没说完，他转头走了，一手插着兜，一手在空中挥了挥，剩下李明泽一个人愣愣地站在原地，想那到底是什么味道。

李鹤到家的时候已经很晚了，平日里风雨不改的麻将局居然没组起来，李德业和成叔两人在桌边坐着，中间摆着的烟灰缸里堆满了烟蒂，二锅头只剩下半瓶。

李鹤推门推得急，正好听到了一些话尾。

“很危险……”

“人不够。”

两人见到李鹤推门进来，马上闭了嘴，成叔甚至皮笑肉不笑地给李鹤打了个招呼。

李鹤没理他，抬脚上楼，上了五六阶楼梯，突然心头一动，站定，扶着楼梯栏杆往下看，朝他们两个人说道：“缺人吗？我能干不？”

两人被他问得一愣，面面相觑。

成叔先反应了过来，嘬了口酒，说道：“没什么，就摸包什么的，你不是不干吗？”

李鹤压根不信，摸包对于他们来说哪里是什么危险的事儿？但李鹤也不急，他没管成叔话里话外的那点儿讽刺，趴在栏杆上，下巴垫在手背上，说道：“带我一个吧，缺钱。”

提到钱，李德业总是很警惕，他马上说道：“缺钱？干什么？”

李鹤想也不想，紧接着说道：“养孩子。”

成叔差点儿把嘴巴里的那口酒喷出来了，嘿嘿一笑，说道：“对哦，明泽该上高中了。”

李鹤不想多说，扔下一句“缺人就叫我”，头也不回地上楼了。多说无益，这两个老浑蛋，浑蛋了大半辈子了，可能到闭眼那天都不懂什么叫责任和良心。

小小的铁皮棚屋里，又只有李鹤一个人了。

他随便用凉水冲了个澡，在凉席上睡成“大”字形，窗户敞到了最大，企图让那一丝并不存在的风吹进来。他拿起手机，漫无目的地摁了又摁，心里想的是，李明泽这会儿不知道睡了没，想着想着就昏沉地睡过去了。

没过几天，李鹤自个儿都还没开始急，成叔就来了。

韦正又不知道偷溜去哪里赚外快了，李鹤无聊得只能在台球厅里拍苍蝇的时候，成叔来了，笑得比苍蝇还恶心。

“小鸟啊，上回你说缺钱，现在还缺不？”

李鹤耐着性子回答：“缺，非常缺。”

明明附近就没人，距离最近的一桌客人都在十米开外，成叔还要一副商谈国家机密的样子，凑到李鹤旁边。一股子陈年老烟枪的味道，把李鹤恶心得够呛。

“步行街，下周六，跟我一块儿。”

李鹤别开脑袋，垂着眼睛，说道：“好啊。”

周六那天，李鹤起了个大早去敲沈小情的门，他本来以为沈小情十有八九没有起床，谁知道沈小情飞快地开了门，刚洗完的头发吹到半干，眉毛看起来新修过，像春天的柳叶，脚指甲红彤彤的，像一粒粒小红豆。

她说：“早啊，干什么？”

李鹤从门缝里挤进去，说道：“拿点儿钱。”

沈小情踮起脚，从衣柜最上面把她帮李鹤藏钱的小盒子拿出来，开了锁，问：“拿多少？”

李鹤也没点数，抓了一沓，揣进兜里，要走的时候，没忍住，回头问了一句：“你收拾得这么整齐干什么？约会？”

“没啊。”

沈小情把他赶出门去，吹风机重新响起，还夹杂着哼歌的声音，也不知道是在哼什么歌，语调飞扬，听得李鹤心情也好了起来。

但他的好心情只维持了一小会儿。

李鹤远远就看见成叔带着几个小混混，蹲在街口不远处抽烟。李鹤把兜里的钱再往里揣了揣，拉上口袋的拉链，用眼神朝成叔打了个招呼。随后，几个人好像入水的鱼，融入了如织的人潮里。

李鹤很快就找到了目标——几个结伴出行的女生，叽叽喳喳地聊着天，包背在身后，左看右看，全无防备。成叔在不远处盯着，李鹤和几个小混混挤到她们身后。李鹤伸手去拉包，几个小混混堵在他身后，把他和后面的行人隔开来。

李鹤很轻易就摸到了女生的钱包。几个女生甚至还在聊着当红的明星，一点儿都没察觉。

李鹤将那钱包揣进自己的另一边兜里，正要将拉开的包拉回去，后面的几个小混混突然往前一挤，把李鹤推了个踉跄，被偷的女生马上回过头来，一眼就看到了自己敞开的包。

李鹤一秒钟也没犹豫，在那女生大叫“小偷”之前，连忙挤开旁边的人，钻进路边的小巷里。

很快，身后就响起了追逐的脚步声，李鹤边跑边把那钱包打开看了看，里面大概放了七八百，不多。就在他走神看的这一会儿，脚步慢了，后面的人追上来了，他回头瞥了一眼，是步行街的保安。

李鹤被猛地推了一下，差点儿摔倒在地上，脸颊蹭到水泥墙，火辣辣地疼。

他想也不想，将那个钱包原封不动地扔到地上，趁那保安一分神，扒住小巷里的铁栏杆，手脚利索地翻过去，七拐八弯，消失在巷子里了。

等李鹤回到家的时候，成叔和那几个小混混比他早到家，正气定神闲地在那儿抽烟。一见李鹤来了，成叔装模作样地给了旁边的小混混一脚，骂道：“让你笨手笨脚，你哥都挂彩了。”

那小混混站起来就要喊“哥”，李鹤打心底里硌硬，没搭理他们，从兜里掏出早上从沈小情那儿拿来的钱，当着成叔的面数给他看：“八百。”

成叔只从里面抽了两百，说道：“给你爸买烟，剩下的你揣着。哎呀，帅小伙脸上挂彩了可怎么办？”

李鹤多的话一句不说。不仅挂彩了，还白赔了两百给这个老垃圾，他心里头气不顺，将剩下的六百揣回去，黑着脸上楼了。

一推门，发现李明泽已经回来了，正在桌边写作业。他抬头看了李鹤一眼，一声“哥”尾音还没落下，就站起来，指了指李鹤的脸，皱眉问道：“这儿怎么了？”

李鹤睁着眼睛说瞎话：“路上差点儿摔了一跤，蹭到墙了。”

他就着柜子玻璃看了看，脸颊上破了皮，红通通一片，倒没流血，就是沾了不少墙灰，看上去挺惨。他正要抬手去蹭，李明泽抓住他手腕不让他碰，摁着他在床边坐下，翻出小药箱来，用棉签蘸了红药水，一点点儿地给他抹，脸上满是严肃的表情。

李鹤倒吸一口气呼疼。

这招好使，李明泽忙放轻了劲儿，表情也不像刚才那样严肃了。

“上高中好玩儿吗？”李鹤不着四六地问道。

李明泽：“嗯。”

“哎，”李鹤说，“我保证以后走路一定不走神，再也不摔跤了，摔跤的时候离墙远点儿。”

李明泽捏住他的下巴，严肃地说道：“你别动。”

李鹤讪讪地说：“哦。”

上高中一点儿都不好玩。

本来上高中是好玩的，省附中却把这一点点儿好玩也抹掉了。

李鹤从来没见过学霸李明泽在周末写过作业。以前，李明泽的作业都在周五晚上解决掉，甚至从不会超过周五晚上九点。但现在李明泽似乎和复读生沈小情一样，有写不完的卷子。

和之前一样的是，李明泽仍然恨不得当一块磁铁，紧紧吸在李鹤身上。

现在已经进入盛夏了，李鹤没舍得让李明泽在炎热的室外等。

李鹤在西餐厅也打了几年工了，会来事儿，和领班关系不错。西餐厅不到饭点儿人不多，他让李明泽躲在角落的桌子那里写卷子，到了饭点儿人多的时候就让他去员工休息室。

员工休息室没有桌子，李明泽坐在木长椅上看书，路过的都知道他是李鹤的弟弟。

李明泽性子安静，没人和他搭话，他能一整天不说话，自己干自己的事情。

周日中午，李明泽吃过饭就要回学校了，两人说好了下班之后带李明泽去吃常吃的那家烤肉。但李明泽等来等去，都没见李鹤下班。

李明泽从员工休息室里看出去，李鹤正站在窗边的一张桌子旁，微微弯着腰，不知在说什么。

那桌的客人李明泽眼熟，是同宿舍的邱昊的姐姐邱悄悄，入学那天见过。

饭点已经过了，店里只剩下她这一桌，桌上的盘子都空了，邱悄悄还一直问个不停。李鹤脸上挂着笑，但李明泽了解他，笑意不达眼底，眉头轻轻皱着，可以看出他已经很不耐烦了。

其他员工拿算今天的账当幌子聚在前台，其实是在看八卦。

看来邱悄悄是这里的常客。

同学八卦邱昊的时候，李明泽偶然听到他家里是省厅的，家底丰厚。这也不奇怪，邱昊用着最新款的手机和耳机，那耳机大大的，隔音能力一绝，他在宿舍听音乐的时候，谁叫他都听不见。

李鹤直了直有点儿酸的腰，眼神扫过在远处等着的李明泽，李明泽适时地指了指自己的肚子，面无表情地眨了眨眼。李鹤知道他肚子饿了，心里也着急，怕耽误他回学校，“嗯嗯唔唔”几句应付了热情高涨的邱悄悄。

“那说好了啊，下次一起吃饭啊。”邱悄悄笑着说道。

李鹤自己都不知道自己答应了什么，飞快地给她结了账，风一样地溜回员工休息室，打卡，换衣服，一气呵成。

李明泽就坐在后面的椅子上，有一页没一页地翻自己的书，但其实半点儿心思都没在书上。他先是想着邱悄悄，然后心思又放在了正在换衣服的李鹤身上。

李鹤算瘦的那一类，几乎没有多余的脂肪。他闲着没事的时候，会在家里做做俯卧撑和仰卧起坐，平时又总是跑来跑去，运动量颇大，手臂肌肉线条起伏流畅，抬手脱衣服的时候，腰上有腹肌，不太夸张，浅浅的沟壑，几块紧实的肌肉整齐地码着。裤子松松地挂着，胯上有斜斜的两条凹陷。

李明泽不禁伸手摸了摸自己的腹部，瘦是瘦，但没什么肌肉，好像不太够看。

“走了。”李鹤换回T恤和牛仔裤，转过来说道，“你干吗呢？发什么呆？”

李明泽连忙把自己的手从衣服里伸出来，若无其事道：“没事，就是饿了。”

李鹤急忙道：“走走走。”

两人照例在烤肉店吃到十二分饱，李鹤差点儿没扶着墙出来，慢慢溜达着送李明泽回学校。到校门口的时候，李鹤想给李明泽塞几百块零花钱，李明泽又一脸坚决地推了回来。

“我有钱。”他说。

李鹤问道：“你哪儿来的钱？”

“之前做家教的，还有剩，你不用给我钱。”

李鹤半信半疑地把钱揣回去，嘟哝道：“你这饭量，别把自己饿着了，真不缺什么了？”

李明泽想了想说：“糖吃完了，买点糖吧。”

李鹤“啧啧”了两声表示嫌弃，打了个响指，话不多说，转身边挥手边走了。

李明泽还站在原地。他发现，自从他上了高中之后，就总是看李鹤的背影。李鹤每次送他来学校，总是先转身的那个，告别得比谁都爽快。

李明泽还能看到他后脑勺的发旋，他的头发长长了一些，发旋的位置头发乱岔，像睡觉睡乱了。他哥还没留过圆寸之外的发型，不然头发长长了，估计会乱蓬蓬。

他漫无边际地想着，整个人都放空了，一转身就撞到了人。

“谁？”

邱昊摘下他那个从不离身的亮蓝色大耳机，一抬头见是李明泽，原本满脸的不耐烦都一扫而空。

他们宿舍关系算不上好，也算不上不好，没什么矛盾。在省附中，基本上没人有空跟同学闹矛盾，都忙着学习呢，早晚见面问声好，路过说声“让让”就顶天了。邱昊完全就是那种被家里宠坏了的小孩，每天戴着个耳机，不爱跟人讲话。

第一个星期摸底考成绩发下来了，李明泽拿着成绩单，略显烦恼地皱着眉头。

邱昊难得八卦了一下："怎么？考得不好？"

他凑过去一看，年级第五！他惊得差点儿骂娘，抬头看了李明泽一眼，说道："哥，你高兴傻了？"

李明泽说："不太好，语文没考好。"

邱昊小心翼翼地问："哥，怎样算好？"

"第一吧。"李明泽把成绩单折起来塞进书包里，不打算拿回家给他哥看了。

邱昊顿时连眼神都不一样了。在他眼里，李明泽从一个土里土气，不爱讲话的舍友，变成镶了金身，发着圣光的学霸。

这会儿，他见李明泽心不在焉，挤眉弄眼地用手肘杵了杵他，笑道："杵在这儿跟电线杆似的，看哪个美女呢？"

李明泽还在想着他哥什么时候给他买糖，顺嘴说道："没看美女，看帅哥……"

邱昊没听清："什么？"

"没什么。"李明泽和他一起往宿舍走，问道，"你有亲戚小孩需要家教吗？"

第六章 周旋

趁李明泽上学去了，李鹤耐着性子和成叔周旋了几天。

李鹤几乎每天都要去沈小情那里拿点儿钱，沈小情以为他拿钱去吃喝嫖赌了，一脸怀疑地看着他：“你拿这么多钱干吗？”

李鹤捏了捏小盒子里剩下的钱，一沓钱飞速变少，现在只剩下薄薄一叠，李鹤心疼得要命。除了给李明泽花钱，给谁多花钱都像割他的肉。但是已经开始干了，得不到结果就停下来的话，岂不是前功尽弃？

他也想过，几百块而已，偷了就偷了，不必拿自己辛辛苦苦存的钱补上。每到这时，他就想起还是个小豆丁的李明泽抱着他的脖子，认真地和他说的话：“你做坏事，我也做过坏事，都是没办法才做的。”

他小时候眼睛圆圆的，眼珠子像两颗黑葡萄。

沈小情坐在床边改她的新裙子，淡绿色的，像春天新抽芽的小草。

她抬起头，狐疑道：“小明上学要用这么多钱吗？”

李鹤生怕她告诉了李明泽，马上说道：“你最近怎么这么神采飞扬？这么多新裙子，你是不是……”

沈小情眼睛瞪圆，抬手在嘴巴那里做了个拉上拉链的动作，警告他不许继续往下说。

彼此都闭了嘴，不打听对方的小秘密。

谁没有秘密呀？这条街上谁都有自己的小秘密。

李鹤把新拿的钱揣进兜里，今天成叔要他去的地方是蔬菜批发市场。满地的烂菜叶子，被来来往往的人踩得脏兮兮，污水顺着不平的地面到处流，被过于灼热的日光烤干，在地上留下污渍。

那几个没正形的小混混，再一次在李鹤快得手的时候“不小心”出了岔子。

李鹤咬着牙，在拥挤不堪的蔬菜批发市场里左躲右闪，一脚踩进积水坑里，鞋子脏了不提，还差点儿把脚崴了。

真是够了，又贴钱又冒险。

李鹤一肚子的火，脸阴得像酝酿暴雨的乌云。

果不其然，一见他回来，成叔又唱起了红脸，一脚脚地踹他的小弟们，骂他们功夫不到家。他嘴上说得狠，被踹的人也哀哀叫痛。

李鹤冷眼看着，没有一脚踢到实处。他面无表情地上前一步，一言不发，抬起脚干净利落地踹了一脚狠的。

那小弟大叫一声，叫得比刚才真情实感多了。他被踹了个趔趄，直接倒在成叔身上，旁边几个人连忙去扶。那个被踹的小弟衣服肚子那块儿赫然印着一个脏脚印。他才站起来，一旁手插在裤兜里的李鹤上去又是一脚，几个人没提防，倒成一片。

李鹤皮笑肉不笑地说道：“成叔，你带的人不行啊。幸好是我，要是别人，早就被逮了八百遍了。”

成叔扶着腰站起来，没好气地把来扶他的小弟推开，抬头看李鹤。

李鹤生气的时候最喜欢摆这个表情了——眼睛半眯着，似笑非笑，薄薄的嘴唇勾着，嘴角锋利得像刀子，微微抬着头，用下巴看人。

他向来不好惹，成叔尤其知道。

“教训得好。”成叔回身又把那个才爬起来的混混踹倒了。

李鹤不耐烦看成叔演戏，火候也差不多了，他再耐心周旋下去，反而不像他的性子了。

他上前一步，推搡了成叔一下，把他推到墙边，避开其他人，从兜里掏了一包皱巴巴的烟，自己咬了一根，侧身避着风，边点边说：“这么点儿钱，我不够花，上回脸上还挂彩了。叔，你知道的，我干活很稳妥，别兜圈了，我知道你们有来钱快的活儿。”

李鹤感觉到那老浑蛋不住地盯着自己的脸，他镇定地低垂着眼睛，把烟点着了，吸了一口，白色的烟雾在两人中间盘旋上升。他不着急，他知道，成叔也不过是李德业手底下的一条狗而已，只能乱吠，做不得主的。

他尖锐的虎牙咬着烟，手上又点一根，捏着烟屁股，塞进成叔的嘴巴里，摊开手掌拍拍他的脸颊，咧嘴一笑，说道：“考虑一下，一起发财啊。”

不等对方回应，李鹤叼着烟，插着兜转身走了。

李鹤狂得要命的架势只维持了一小会儿，转了角，一躲开那堆人的目光，他龇牙咧嘴地把烟吐了，踩灭，扔进路旁的垃圾桶里，然后扶着墙抬起脚来看，脚踝那里果然肿起了一点儿，就那么一小会儿，鞋子就挤脚了。

脚好痛，可能是真的崴了，踢的那两下又太狠。

“倒霉。”

李鹤回头看了看，见没人跟过来，便扶着墙，一瘸一拐地走回去。

接下来几天，李鹤找了治跌打损伤的药油来涂，整个房间都是药油的味道，不知道的还以为住了个老头子。李鹤自己都嫌弃自己，睡觉的时候拎起薄薄的被子嗅了两下，皱着鼻子扔到一边，大开着窗户散味。

到周末李明泽回来的时候，他看李鹤的眼神就像是看一个不省心的熊孩子，上星期蹭了脸，这星期崴了脚。

“怎么崴的啊？”李明泽皱着眉头问道，一副很苦恼的样子。

李鹤心虚，眼神飘忽：“走着走着没看着，踩坑里了。”

李明泽正顾着看那架在床上的，还有点儿肿起的脚踝，没留意李鹤的表情。

“哥，你怎么这么不省心啊？”李明泽小老头似的叹了口气。

李鹤伸手一把揪住他的校服，把他拽过来，咬牙切齿地挠他痒痒，边挠边说：“你怎么跟你哥说话呢？小屁孩子，长胆子了。”

李明泽被他拽了个趔趄，撑住了床沿才没摔倒。他跪在床边，反手也去挠李鹤的胳肢窝。最怕痒的还是李鹤，谁都碰不得他的腰，一碰就痒得满床打滚，都快笑出眼泪来了。

“别……别挠了，腿！我的腿！别压着了……”

两人幼稚地闹了一通，肩并肩横躺在床上喘气。

大热天里出了一身汗，李明泽皱起鼻子闻了闻，说道：“一股老头味儿。”

李鹤侧过头，见李明泽正促狭地笑着，他少有笑得这么明朗的时候，从侧面看，鼻梁高挺笔直，周正英俊。

李鹤用好的那条腿踹了他一下，没好气地说道：“闭嘴。”

李明泽从床上蹦起来，抓起放在桌上的那瓶跌打油，蹲在床边，让李鹤的脚踩在他膝盖上，给他涂药。

李鹤百无聊赖地动着脚指头，看着李明泽新长出来的那点儿发楂，没忍住摸了一把，手心被刺得痒痒的。

李明泽甩了甩头，说道：“哥，我明天早上去同学家玩儿。”

他低着头，一下下地给李鹤轻揉肿起的脚踝。

李鹤脚上也痒，缩了缩，随口问道：“哪个同学？”

“就我们室友，你见过的，小个子，戴着大耳机的那个。”

邱悄悄的弟弟。这句话李明泽没说。

李鹤收回脚，左右端详自己被涂成暗黄色的脚踝，那里正火辣辣地发烫。他应道：“去呗。”

他没多问，李明泽松了口气，心里某个地方却空落落的。

他为什么没有多问？

周日那天，李鹤的脚踝已经好得差不多了，只是还不能久站，走路的时候也不能太过用力。

西餐厅那边请了几天假，台球厅那儿轻松，他大多数时间也只是在柜台那儿坐着，打杂的活儿交给韦正去干。

倒也奇怪，往常雁过拔毛的韦正也没不情不愿的。

李鹤好奇地问道：“你转性了？”

韦正不讲话，有些心虚似的左看右看。

李鹤坐在柜台边，托着腮看他，想了想，迟疑着问道："你不会是……"

韦正警惕起来："是什么？"

李鹤："沈小情……"

韦正的脸两秒内就涨红了，整个儿黑里透红。他支支吾吾地说不出话来。李鹤生怕他紧张得原地晕厥过去，连忙闭了嘴，抬手在嘴巴上比了拉上拉链的手势。

李明泽说他直接从舍友家出发，和舍友一道回学校去，走之前还叮嘱他小心脚。李鹤摆摆手让他赶紧滚蛋。

邱昊家住在繁华的市中心。他表弟读小学，和他家在同一个小区。按邱昊的话来说，他表弟学习极差，令他姑妈头疼得要命。姑妈一听说李明泽是省附中的学霸，二话不说就答应了，把小孩儿送到了邱昊家的书房，等着李明泽来"收拾"他。

李明泽坐了大半个小时的公交车，从破败的老城区到了繁华的市中心，按着邱昊给的地址到了他家。

高层一梯一户的大跃层，墙壁和地板都光洁如新，连电梯的角落也没沾上一点儿灰。李明泽没到过这样的地方，摁门铃的时候都有些迟疑。给他开门的是邱悄悄，踩着拖鞋，笑得很开心。

"哎，是你呀。"邱悄悄回头朝楼上大喊，"邱昊！"

李明泽很有礼貌地在玄关换好鞋子，邱昊没搭腔，邱悄悄嘟哝道："这臭小子，又戴着耳机……表弟就在书房里，我领你过去。"

书房在楼上，一路上邱悄悄都在向他打听李鹤。

"你哥哥这几天怎么没去西餐厅上班啊？"

李明泽说："有事。"

邱悄悄眨眨眼睛。她是聪明人，明白李明泽似乎不想说，马上转了话题：“那下回带上你哥一起来玩呀。”

“谢谢。”李明泽没答应，指了指面前书房的门，“那我进去了？”

邱悄悄看着书房的门在自己面前轻轻阖上，站在原地愣了一会儿。他的态度礼貌却冷淡，跟自己得罪了人似的。这两兄弟性格完全不一样，长得也不太像。她耸耸肩，回自己房间去了。

李明泽在对付小孩子这方面全无心得，但他胜在说一不二，给表弟上的第一课还算成功。上完课之后，邱家要留他吃饭。他确实是妈妈们都喜欢的优秀范本，成绩好，讲礼貌，长得精神。

邱妈妈张罗了一大桌饭菜，见邱昊还窝在自己房间里不见人，对李明泽说：“这孩子真是的，你帮我叫一下他，楼上最里面的房间。”

李明泽答应了一声。舒服松软的室内拖鞋踩在木地板上一点儿声音都没有。李明泽在走廊上和一个高大的男生擦肩而过，是邱悄悄和邱昊的大哥邱嶙，在省附中读高三，很出名。

李明泽礼貌地朝他点点头，邱嶙只是垂着眼睛扫了他一眼，便默不作声地下楼了。

成叔这几天来台球厅来得特别勤，连韦正都觉得不对劲，问李鹤他是不是看上了这里的哪个妞。

李鹤耸耸肩，回了一句：“鬼知道。”

他其实知道成叔在等他开口，但他就是不问，谁先问谁就掉价儿了。

李鹤曾经看过巷子里的流浪猫捉老鼠，它能沉下心来，长久地伏在下水道的出口旁边一动不动，连胡子都是静止的，等沟渠里的老鼠一冒头，一击即中。

于是李鹤也就不动声色，与平常无异，话不多说，事不多做。

李鹤明显感觉到成叔急了，就像沟渠里的老鼠，急得忍不住要探头出来看看。李德业的坑蒙拐骗的业务明显不如前几年好干了，成叔也该急了。

近年来，治安越来越严，连小偷小摸也不好干了。再说，现在的年轻人到大城市里洗个碗、看个门也能月入几千，干吗这么想不开，留在这里跟着李德业这个老混混干不正经的勾当？

坑蒙拐骗事业缺新鲜血液，更缺李鹤这种机灵聪明的。

成叔走过来，敲了敲柜台，说道："小鸟，陪叔来一局？"

火候到了。

李鹤把目光从自己的手机上移开，抬起头来，无所谓地笑了笑："好啊。"

李鹤虽然在台球厅工作，但几乎没有在人前打过球。他没有自己专用的杆子，只随便挑了几根，在桌上滚了滚，找出里头最直的，摩挲了几下被用得光滑的杆头。

有人帮他们摆好了球。他们大多打中式八球，黑色八号球摆在倒三角形的正中间。

成叔先开球，台球撞库的声音响个不停，抢先送了一颗彩球入袋。他面露得意，李鹤十二万分地捧场，啪啪鼓掌，笑容可掬，做足了后辈应给前辈的排场。

轮到李鹤的时候，他架好杆，弯腰俯身，一腿微屈，旧T恤短了，随着动作提了起来，露出一小截紧实的腰。

他的下巴轻轻搁在球杆上，眼神专注，微微蹙着眉头，只听清脆的一声，彩球应声入袋。

旁边有他的粉丝团，就是邱悄悄以及她的姐妹们。

李鹤时常寻思，这职高和普高不都是高中吗？怎么这么不一样？李明泽天天试卷都做不完，邱悄悄和她的小姐妹仿佛不用上学，见天儿来台球厅报到。

才打进去一个球，邱悄悄用手肘杵了杵她的小姐妹们。几个女孩小声说，大声笑，跟一群小麻雀似的。

李鹤把球杆杵在地上，没正形地屈腿靠着，朝他的粉丝团挥了挥手，跟奥运冠军荣归故里似的。成叔脸都黑了。

两人你一球，我一球，没有空杆，很快，桌上只剩下各自的一颗彩球了。谁先把自己的那颗打进袋，谁就赢了这一局。

成叔明显紧张了，反复在自己的衣服上擦手心的汗，击球的时候击歪了，撞了一下桌边，没有入袋。他正要气急败坏，突然发现，他的球正好停在了白球和李鹤的球中间。

李鹤也皱了眉。他如果要击球，白球势必会撞到成叔的球，到时候反而把成叔的球撞进去，犯规输局。

成叔好像觉得自己已经赢了似的，靠在桌边，点了根烟，悠悠地说道："小鸟啊，不是我说你，叔打台球的时候，你还没有这杆儿一半高。"

李鹤不理他，想了一会儿，再次俯身瞄准。

他轻轻吁了口气，舌尖轻轻咬在齿间，眼睛微眯，抬高杆尾，干净利落地出杆，用力很猛，击中了白球的下半部分，白球跳起，越过横在前面的"拦路虎"，将李鹤自己的那颗彩球撞入袋中。白球在众人的喝彩声中颤颤巍巍地停在袋边。

他赢了。

韦正激动得从柜台翻出来，一拳捶在他肩上："牛啊兄弟，跳杆！”

李鹤嘴角微微翘起，还要佯装不在意，摆摆手：“小意思，小意思……”

他回头去看成叔，成叔气得吹胡子瞪眼，但还要装大度，泄愤似的把球杆重重一放。李鹤还不想把他气死，连忙说：“承让，承让。叔，今晚你这桌的钱我给啊。”

成叔假笑：“小鸟，一起出去抽根烟？”

李鹤把杆一放，说道：“好啊。”

楼道里很狭窄，也不通风，只有拐角处的墙上有个转着的排气扇，上面积满了尘垢。天花板上吊下来一个小灯泡，散发着昏黄的光。李鹤本就不喜欢抽烟，更不喜欢在这种地方抽烟，烟递到手上也不过夹在手指间。

成叔靠在楼梯扶手上，吐出一口白色的烟雾，说道“你上次说，想要和我们一起发财？”

李鹤的目光扫过他的脸，耸耸肩，说道：“是啊，缺钱。”

成叔话锋一转，盯着李鹤的脸，说道：“你爸上回和我聊了一会儿，说你这几年都和他不亲，他……”

李鹤冷笑一声，截住他的话：“别说这些有的没的了，叔，我就是想赚点儿钱而已，我干活你知道的，带……”

楼梯上来了人，两个人都同时住了嘴，侧过身去，在狭窄的楼道里让出位置来，等人过去。

“带我不吃亏。”李鹤压低声音继续说，“如果不愿意，那就算了……”

成叔再次将目光钉死在李鹤的脸上，好像要从他脸上看出花。

成叔越谨慎犹豫，李鹤心里就越确定，他们在考虑拉他入伙的，真的就是他想的那件事。

李鹤耸耸肩，转身往回走，脚下步子不停，心里在默默数数，数到第五秒，上到第四个台阶的时候，就被成叔叫住："小鸟……"

李鹤回头，懒洋洋地应了一声："哎。"

成叔左右看了看，压着声音说道："这事儿不能往外说知道不？现在暂时还没有活儿，等有活儿的时候再找你。"

李鹤心头一跳，追问道："什么时候？"

"等过年。"

现在才十月份，离过年还有好长时间。李鹤一时间有点儿失望，但又像放下了心头大石，连走路的步子都轻快了起来。

成叔径自离开了，李鹤回到了台球厅时，大家还在讨论他刚才那下漂亮的跳杆。他一进门，韦正就朝旁边努努嘴，邱悄悄正坐在柜台边，明显是在等他。

李鹤原本不想理她，想了想又停住脚步，坐在了她旁边。

邱悄悄把早就准备好的一罐冰可乐推给他，易拉罐上还冒着凉气。李鹤接过来开了，仰起头，喉结滚动，喝下去小半罐。

邱悄悄："我周末的时候见到你弟弟啦。"

李鹤顿住，搁下可乐，转过去看她。

邱悄悄笑道："你不知道吗？我弟找了他给我表弟补习。你弟真不错哦，学习又好，又乖，比我弟强多了。"

李鹤没说"知道"，也没说"不知道"，只是"嗯"了一声，把剩下的可乐一口气喝完了，打了个小小的嗝，捏扁了易拉罐，往旁边的垃圾桶扔，没扔准，碰到了垃圾桶的边沿，又掉了出来。

这周末回家的时候，不知道怎么的，还没推门，李明泽脸上就一阵热。他皱着眉头站在门外愣了一会儿，才将那一点儿别扭消除，推开门，发现李鹤没在里面。

李明泽把东西一放，出门去台球厅。

下楼的时候，楼下的麻将局雷打不动地开着。烟雾缭绕，电风扇有气无力地转着，整个一楼又闷又热。李明泽向来是不和他们说话的，他眼风都不给一下，径自出去了。

台球厅里的空调不太灵光，冷风若有似无，整个台球厅比外面凉快不了多少。

李明泽一进去就见到了李鹤。李鹤正靠在柜台边，有一搭没一搭地和邱悄悄聊天。邱悄悄穿着短 T 恤和热裤，脸上的神情简直要比外面盛夏正午的太阳还要炽烈。

李鹤脸上表情不多，手抓着 T 恤下摆，不住地给自己扇风，白肚皮若隐若现。

邱悄悄先见到李明泽，朝他招手，把她自己手边一罐没开的冰可乐推给他，亲切又熟络地招呼他："弟弟来，喝可乐。"

李明泽自认和她并不熟，没去接，只是朝李鹤说道："哥，吃饭了吗？"

李鹤看看时间，该是吃饭的点了。他打了个电话给韦正，让他赶紧滚回来接班。

李明泽瞥见邱悄悄一副跃跃欲试的样子，说不定想要和他们一起吃饭。李明泽心里一阵不痛快，朝李鹤说了句"走了"，便带头往外走。

李明泽一路下到楼下，他哥从后面赶上来，三步并作两步下了楼梯，用肩膀撞了他一下，笑道："跑这么快干吗？有这么饿吗？"

李明泽含糊地答应了一声。

李鹤问："吃什么？"

"烤肉。"

"还是那家？"李鹤嘟哝道，"人家老板看见你都憷了，薅羊毛也别猛逮着一只羊薅……"

走了两步，李明泽冷不丁地问道："我的糖呢？"

李鹤被问得一愣。这几天他脑袋里都想着事儿，把给李明泽买糖这件事给忘了。他一看李明泽，脸上没有表情，就这么冷着脸往前走，好像是生气了。他又用肩膀撞了撞李明泽，说道："多大事儿？待会儿就给你买。"

烤肉吃到一半，李鹤出去上洗手间，顺道从路边小卖部里买了大白兔，一买就买了两大包。李明泽就爱吃这个，从小吃的就是大白兔。他还小的时候，大白兔外面那层米纸都能一点点儿一点点儿地吃十分钟。

李鹤把糖往桌上一放，说："喏，你的糖。老板还问我为什么买这么多，我说家里的小屁孩馋了……"

李明泽拆了一包，塞了一颗糖进嘴巴里，一嚼，浓浓的奶香味溢出来。

他突然发现自己生气得莫名其妙。多大的事儿？说到底也没什么好生气的。他抬头笑了笑："谢谢哥。"

李鹤心想：青春期的小孩儿真难搞。

回家的一路上，李鹤都在想，他们省附中这学期家长会什么时候开，他得再多积累一点儿对付青春期小孩儿的招数。

走在回家的那条小路上，李鹤偶尔会感到恍惚。

发廊、麻将馆、台球厅、小卖部……头顶纵横交错的电线像纠缠不清的蛛网，地上积聚的污水是一个个他们要跨过的湖泊，偶尔路过的流浪猫狼狈又骄傲。

这是天下最具烟火气的地方。

他有种错觉，他仿佛会永远走在这条小路上。

李明泽走在他后面，落后半个身位，突然说道：“哥，我最近又开始做家教了。”

李鹤飞快回答：“哦。”

李明泽没想到李鹤会是这个反应，脚步顿了一下，落后了两步，又大步追上去，继续说道：“是我舍友家的表弟，每周日下午去上两个小时的课，一次四百。”

李鹤插着兜走在前面，脚步轻巧地跳过那些脏水坑，嘴里甚至哼着歌。

“挺好。”他说。

“我不会耽搁学习的，对不起，之前没告诉你。”李明泽有些急，“你不反对吗？”

李鹤耸耸肩：“有什么好反对的？你也不小了，会自己判断的，我还能管你一辈子？”

像一脚踏空，李明泽愣在原地。

他上高中了，身边全部都是半大男孩，每个人都在要求自由和独立，期待着逃开父母、师长的管辖，发出独属于自己的声音。他也不例外。他希望李鹤能把他当成一个独立的大人来看待，而不是小孩。

但他没想到这一天来得这么快。成长比他想象中的简单得多，也快得多。

真正到了这个时候，他却有些不高兴。眼前又是李鹤的背影，上次长长了的头发已经剃短了，在他不在家的时候剃的，也不知道是去哪里剃的，是街口的老王还是台球厅的韦正，他不知道，李鹤也没说。

他什么都不知道，但又什么都想知道。

他想做一个像大树一样独立的男人，又想做李鹤护佑下的，永远与他分开不到半米远的男孩。

李鹤转回来，笑道："干吗？傻了？快走。"

晚上睡觉的时候，李明泽把青春期的怅然若失都放在了一边，突然变得很别扭。

李明泽平时睡觉的时候都跟个磁铁似的贴着李鹤，今儿都快睡到床边了，床这么小，两人中间还隔了一条大缝。

李鹤一阵纳闷。虽说天气热，但他们也凑合了这么多年了。他问了一句："你干吗？回头翻个身摔下去了。"

李明泽闷闷地应了一声，一阵窸窸窣窣的声音后，总算是往里靠了靠，两人又重新手臂贴着手臂。

李鹤出了一身汗，烦躁地挠挠脖子，翻了个身，听着吱嘎吱嘎的老风扇运转声，睡着了。

等李鹤睡得没动静了，李明泽又轻轻地往外挪了挪，两人中间又留出一条大缝来。

早上不用上班，李鹤往常都是一觉睡到日上三竿的，谁知道一大早就被窸窸窣窣的声音吵醒。他不耐烦地睁眼，发现外面天才蒙蒙亮，估计还没到六点。

"你干吗？"李鹤趴在床上，揉着眼睛问道。

李明泽正好站在门边，听到李鹤的声音，整个人顿住了，手上抓着条湿内裤，从耳朵开始红到脸上。

李鹤从床上坐起来，眯着眼睛又看了一会儿，脑子慢慢运转，彻底醒过来了。他咧嘴一笑，趴回到床上，朝李明泽眨眨眼：“大清早的，火气挺旺啊，李小明。”

李明泽窘迫极了，这么大个子，恨不得原地缩成一团，立马消失。

李鹤促狭地瞄了一眼，又弹坐起来，坐在床沿，一本正经地说道：“我回避？”

“不用！”

李明泽面无表情地说了一句，以迅雷不及掩耳之势冲出去。

门被重重地关上，李鹤又扑回到床上乐不可支，笑了一会儿又停了，老头子似的长叹一口气。

孩子长大了呀。

叹了一会儿，他又觉得自己没道理。有什么好伤春悲秋的？天要下雨，娘要嫁人，小孩儿要长大，这都是顺理成章的。

李明泽穿着背心和大裤衩，蹲在天台上开了水龙头搓内裤，水哗哗地流，没一会儿就洗好晾起来了，湿内裤迎风招展。

他没马上回去，撑着膝盖蹲在墙边，等脸上的热度降下去了，没那么别扭了，才回房，回去才发现李鹤已经出去了。

李鹤一整天都不知道去哪儿了，直到太阳快下山了才回来，回来时还搬了一块床板。

李鹤把床板往小棚屋的墙上一靠，又三两步下楼去，在附近修房子的地方捡了几块砖回来，在原本的床边垒好四个墩子，将床板往上一放，铺上闲置的床单和凉席，又把自己的枕头往上一扔，拍拍手，完事儿了。

小棚屋空间不大，虽说弄回来的这个床板窄窄的，但架好之后，房间里只剩下下脚的地方了，走路都要跟螃蟹似的，贴着墙靠边打横走。

李鹤开心地说道：“你哥我聪明吧？咱们又多一张床了。以后你一回来，我就架起来，不睡的时候，床板靠墙放就行了。”

李明泽没应声。

“天气这么热，挤得难受。”李鹤说，“你也不小了啊，该断奶自己睡了。老王家的孙子八岁就自己睡了，你都快十五了。”

李明泽想不到任何理由拒绝这个建议，客观来说，这个方法棒极了。

他想了又想，最后只是把自己的枕头和李鹤的枕头调换了一下，闷闷地说道：“我睡床板吧，我回来了自己架上。”

李鹤从善如流：“好呀。”

两人第一次分开睡的时候，李明泽翻来覆去了很久。空间宽敞了很多，凉快了很多，风扇吹来的风有了更多的空间可以流动，晚上也不再因为翻身而吵醒对方。但他还是觉得不舒服，轻轻地翻过来，翻过去，过了很久很久才睡着。

李鹤也没睡着，但他没动，侧身朝着墙，看着墙上的小窗户。窗户外面是夜晚的天，云开月明，银白的月光洒落下来，风吹过时候，有叶子簌簌的声音。

老王家的孙子今年八岁，几年前患过过敏性哮喘，最近好像好转了许多。老王给他剃头的时候一直在念叨这件事，他多嘴问了一句怎么治的。

“叫什么来着？医生说的，特别专业，”老王想了又想，“叫‘脱敏疗法’，过敏着过敏着就不过敏了，我也搞不懂，好了就行……”

李鹤闲着无聊，剃头的时候拿出他那破手机，花了五分钟查了一下，意思是让身体反复出现过敏的反应，当身体逐渐能够适应的时候，过敏的症状就可以视为消失。

既然小孩儿注定要长大离开，那么提前彼此适应，适应着适应着，也就习惯了。

李鹤有些矫情地想道，他们两兄弟得互相脱敏。

如果注定最后还是要走不一样的两条路，那提早适应彼此独立、分离，也不失为一件好事。

李明泽呢？

李明泽从小就是个敏感的小孩儿，特别是很小的时候，最怕李鹤突然不喜欢他，然后把他送走。那时候，只要李鹤心情一不好，他就小心翼翼地把自己存的奶糖全部塞给李鹤。

李鹤刚开始还不耐烦搭理他。那时候是大冬天，天很冷，李明泽很宝贝他的奶糖，揣在怀里，居然把糖暖得融了，软塌塌的，隔着糖纸一捏就扁。李明泽生怕他哥嫌弃他的奶糖，大冬天的愣是傻乎乎地跑到外面，两只手捧着那颗小小的糖，吸着鼻子又把糖冻硬了。

李鹤跑去外面把他拎回来，见他小脸通红，鼻涕吸了又流，气不打一处来："李小明，你脑子坏掉了？"

李明泽用冷冰冰的小手把糖塞给他，小心翼翼地说道："哥哥，不生气了。"

李鹤抓走他的糖，故意做鬼脸吓唬他："生气生气，就要生气，气死了。"

李明泽嘴一撇，眼泪在眼眶里打转，强忍着不流下来，可怜巴巴的。

"不生气，"他忍着哭，忍到打嗝，整个身子一抖一抖的，

“别……不要……我……”

李鹤没想到把他吓成这样，手忙脚乱地，倒了热水来哄他喝，帮他擦掉像水龙头似的流个不停的眼泪。

李鹤为了证明不生气，三两下吃掉了糖，还张嘴给他看，拍着他的背哄他：“没说不要你啊。哥怎么会不要你呢？谁说不要你的？我打他！”

李明泽搂住李鹤的脖子，眼泪蹭得李鹤衣服湿漉漉的。

李明泽从小就敏感，长大了也很敏感，他感觉到他和李鹤之间有些东西变了，但他又形容不出来。他哥一如既往地待他好，他上学回家，他哥上班回家，一成不变。

他不知道怎么样才好，他知道，很多事情是不能靠奶糖解决的。

他能做的，是更快地长大，跑得更快一点儿，紧紧跟在他哥的身边。成为了不起的大人，说不定就能解决很多问题了。

第七章 新年

当一切都按部就班，时间就过得飞快。

李明泽没有一次考试跌出过年级前三。他从学校里默默无闻的新生，变成了闪着光的学霸。

学校里最出名的是高三的邱嶙，第二个就是他。偶尔有女生往他抽屉里塞早餐和零食，他都不吃，也退不回去，全部便宜了邱昊。

邱昊边吃边愤愤不平："你比邱嶙的待遇还高级。"

他从来不管邱嶙叫哥，听说不是同一个妈生的，李明泽没有多问。

李明泽亲眼见过邱嶙把一大堆零食、礼物和情书，在下课人最多的时候，一下扔在楼道的大垃圾桶里，扔完之后还去洗了洗手，当时走廊上就有几个女生哭了。

夏天的炽热转瞬即逝，随着秋天的最后一片黄叶落下，辗转又是冬天。

李明泽来到平洲的时候正好是冬天，他那时候还小，根本不记得生日，李鹤干脆让他随自己大年初一过生日。

大年初一本是个很好的日子，但从来没有人为李鹤的出生而庆祝过。

李鹤从小不过生日，没有得到过生日礼物，但自从带了李明泽一起过生日，那好歹也要庆祝一下，一人一颗糖也是庆祝。

李鹤年前升了职，在西餐厅当了个小领班，工资涨了一些，自然而然也忙了一些。他甚少在台球厅看场了，老板雇了个新的小工，但有时韦正会拜托他去帮忙顶一顶。

他大概掂量了一下自己这段时间存的钱，准备给李明泽买个礼物。

高一上学期的期末考，李明泽考了总分年级第二。散学典礼的时候要上台领奖状。他心里其实不太高兴，因为他就差年级第一的女生零点五分而已。

这点儿不太高兴，导致他领奖的时候一直在走神。他的面无表情，在旁观者眼中就变成了“宠辱不惊”，又惹来好一阵夸奖。

但一想到散学典礼结束之后就可以放假、过年、过生日了，他又高兴了起来，举着奖状和校领导合照的时候，甚至没控制住，扯着嘴角微微笑了笑。

相机“咔嚓”一声按下快门的时候，他正好微笑，眉眼飞扬，灰扑扑的校服冬袄也盖不住他的少年意气。

散学典礼结束之后，李明泽快步往宿舍走，想着把不多的东西打包一下，直接就可以回家了。李鹤今天要上班，没办法接他。他赶紧回去还能赶上他哥下班，一起去吃晚饭。

有人在宿舍区门前的小道上截住了他，是个面熟的女生，好像是隔壁班的。

“那个，等一下……”

李明泽刹住脚，疑惑道：“怎么了？”

那个女生手上还拿着什么东西，她低着头，不知道是不是冷风吹着的原因，整个人都有点儿发抖。她小小声地说：“我……我听说你马上要生日了，这个……这个，送给你……”

李明泽没多想，直截了当地说道：“谢谢，但是不用了，你拿回去吧。”

他打算绕开她继续走，谁知道那个女生再一次拦住了他，抬起头来的时候，脸颊涨红，眼睛里好像有水光。李明泽被她吓了一跳，下意识地问道：“你怎么了？”

“我……我……对不起，我……”她喊道。

李明泽没想到她小小的个子居然能发出这么大的声音，吓得倒退了一步。惊吓大于惊喜。幸好他刚才溜得快，此时小道上只有他们两个人。

他一时有些手足无措。他收到过很多女生送给他的零食，但从未被当面表白过。

“抱歉。”李明泽说道。

那个女生听到“抱歉”两个字之后，就像一下子被戳漏气的气球，肉眼可见地瘪了下去，眼里的眼泪快要包不住了。

李明泽有些惊讶，他是第一次见到这个状态中的人。

女生好像要趁气球里的勇气漏光之前把想说的都说了，直接截断了李明泽的话，一股脑地把话说出来：“我在你隔壁班，坐在窗边每天都能看到你。有一次你路过的时候正好看到我，我的心跳得好快，好像要蹦出来了一样。可一想到你，我又开心又难过。我……如果不说，我会永远后悔的。对不起，打扰了，我……”

李明泽还没想好怎么接话，那个女生拿着准备送他的礼物，在眼泪流下来之前，一阵风似的跑走了，连名字也没有留下。

李明泽一个人站在原地愣了好久，直到别的同学的笑闹声渐渐近了，他才突然惊醒，匆匆离去。

李明泽回到家，把东西一放，从衣柜深处翻出自己的围巾戴上，又顺带拿上李鹤的那一条，出门去了。

冬季天光收得快，太阳以肉眼可见的速度消失。

李明泽到达西餐厅外面的时候，天几乎全黑了，冷风呼呼地顺着人们的衣缝往里钻。李鹤还没下班。隔着靠路边的落地玻璃，李明泽能见到他在里面工作的身影。他正在给靠窗的一桌客人结账，微笑着弯腰。每一桌都有仿真的电蜡烛，昏黄的烛光摇曳着，投在他脸上。

李明泽呼出一口白气，站在窗玻璃的另一边静静地等。

那客人结账后走了，桌子空了，李鹤弯腰收拾桌子，黑色的侍应生马甲可能小了，勒得他的腰有些难受。他察觉到玻璃窗外站着人，抬头发现是李明泽，笑了，偷偷指了指在不远处训人的经理，又指了指挂在墙上的钟，示意“快下班了”。

李明泽往前一步，离玻璃太近了，呼出来的热气喷在了玻璃上，起了一层白雾，模糊了他的脸。

李鹤“嗤”一声又笑了，伸手隔着玻璃在李明泽额头的位置弹了一下，收拾了桌面的东西，转身回去换衣服准备下班。

明明是隔着玻璃，根本没碰到，李明泽却无端觉得自己额头一阵发痒，下意识地抬手摸了摸。

冬天的风跟刀子似的，李鹤怕冷，裹了厚厚的羽绒服，像个黑不溜秋的煤炭。

反观李明泽，他从小就是个小火炉，现在也不怕冷，只穿了件藏青色的毛衣，围着围巾。毛衣是李鹤淘汰了给他的，前两年穿还大，现在肩背已经绷紧。

李明泽把顺手带过来的围巾挂在李鹤脖子上，李鹤三两下裹紧了，挡住风。

“放假了？”李鹤问。

“嗯。”李明泽落后了半步。

两个人的身影被路灯拉得很长，黑色的影子时不时交叠在一起，又分开，摇摇晃晃地往家的方向走去。

大冷天最方便的吃法就是打火锅。

窄小的铁皮棚屋里，小桌子放在床边，电磁炉里的汤“咕嘟咕嘟”地烧开，里面煮熟的丸子浮浮沉沉，带着食物香气的白雾蒸腾上升。桌子又矮又小，兄弟两人都个高腿长，四条腿憋屈地在桌子下挨挨挤挤，李明泽却觉得格外舒服、熨帖。

李鹤已经吃饱了，吃得小肚子微微凸出来。他靠在床沿上玩手机，时不时长叹一声“好饱”。

半大少年正是最能吃的时候，李明泽的肚子里像有个黑洞，剩下的丸子有条不紊地进了他的口中。

“什么声音？”李鹤放下手机问道。

李明泽竖起耳朵去听，叫骂的女声顺着巷子一路传过来。李鹤皱着眉头跪在床上，把小窗打开，在呼呼的风声中勉强辨认。

“好像是沈姨的声音。”李明泽说道。

李鹤认真听了听，确实是沈清的声音，就是不知道在骂谁，在骂什么，等他想再细听的时候，又没了声音。

最近见沈小情的机会也不多，她好像比之前更神出鬼没了，见天逮不到人。

“这么晚就算了，明天去问问小情。”李鹤说。

李明泽已经睡了几个月床板了。之前都还挺好，但随着天气一天天变冷，李鹤倒睡不着了。

今天格外冷，比起前两天，气温直降了四五摄氏度。李鹤本来就怕冷，他钻进被窝里缩成一团，过了半天脚还是凉的，气得他翻来覆去，把自己裹成了个茧。

李明泽听着他的动静，不说话，适时地翻了个身。

李鹤像条毛毛虫，裹着被子挪到床边，扒着床沿往下看，看着李明泽仿佛熟睡的身影，轻咳两声，试探道：“李小明，你睡了吗？”

李明泽佯作睡眼惺忪：“嗯……睡了，怎么了？”

“你觉不觉得，这天啊……”李鹤说，“有点儿冷。”

“还行。”李明泽睁眼看向趴在床沿的他哥。

房间里很黑，彼此之间只能看见轮廓，唯有一点儿微光，从床边墙上的小窗里照射进来，正好落在李鹤一张一阖的嘴唇上。

李明泽第一次这么认真地看朝夕相处的人的嘴唇。李鹤的上嘴唇很薄，唇峰锋利，下嘴唇却厚一些。

李明泽漫无边际地走起了神。

“我觉得挺冷的啊。”李鹤絮絮叨叨地说道，“是不是我这床被子不够厚？之前怎么没觉得呢？”

李明泽含糊地“嗯”了一声，好像昏昏欲睡。李鹤急了，从被窝里伸出手来轻轻推了李明泽一把，说道：“你要不上来睡吧，你哥快被冻死了。”

李明泽睁眼答应了一声，爬到床上，钻进了李鹤的被窝里。他把自己盖的那一床被子也扯了上来，两床被子压得厚厚实实。

李鹤舒服了，感觉被窝里来了个大暖炉。热气源源不断地从李明泽身上传过来，两个人贴着的地方暖烘烘的。

两个人背对着背，紧紧贴着，李鹤的手脚很快地暖起来，没一会儿就睡着了。

李明泽一大早就出门了，去给他舍友家的表弟上课，出门的时候李鹤还迷迷糊糊的。看时间差不多了，李鹤长叹一声，离开了被窝，换衣服准备上班。

中午的时候，趁经理不在，李鹤拜托别的员工帮他顶一顶，找沈小情吃饭去了。

沈小情的复读学校上课得上到腊月二十七。

得知这个消息的时候，他们正坐在常去的那家炒粉店里。沈小情用手指点着油腻腻的菜单，想来想去也不知道要吃什么。

李鹤嘲讽道：“天啊，你们原来还有假放。”

沈小情在桌子底下踢他一脚：“这不叫放假，叫放风。”

“姐姐，菜单都让你看出花来了，到底吃什么？”

“好油，”沈小情嫌弃地皱起眉，“这些都放好多油，很容易胖的，我最近都胖了。”

她根本算不上胖，腰就一点点儿，风大了都能吹走。冬天裹上了羽绒服，也没觉得她臃肿。最后沈小情还是只点了一碗素面，千叮咛万嘱咐老板别多放油。

李鹤懒得理她，自顾自地吃自己那盘香喷喷、热乎乎的炒面，别提吃得多香了。

“昨晚那动静是你妈在骂人吧？”

沈小情在素面里挑挑拣拣，恨不得吃进嘴巴里的面以条算。

她说：“是啊。”

“骂谁呢？”

“我。”

李鹤愣住，问道：“骂你干吗？考试没考好？”

她说：“我有喜欢的人啦。”

沈小情把这句话说得云淡风轻，说的时候她甚至还在挑拣着面条，脸上表情都没多大的改变。但李鹤觉得她整个人陷入了一种奇怪的氛围，就好像冬天和她无关，她的世界正春暖花开，风是软的，花是香的，小鸟从南方飞来，雪化成了春水——沈小情有喜欢的人了。

李鹤一惊，问道：“谁？韦正？”

沈小情：“什么啊？你不认识，别瞎猜。”

“你别影响了……”

学习。

一句话没讲完，李鹤都觉得自己像个快退休的古板老教师，最后还是默默闭嘴了。

接下来知道的人是李明泽。

从放寒假到过年前，李明泽每周去邱昊家给他表弟补习三次。他表弟还带了一个同学来，算是拓宽了市场。虽然两个小孩学习一个赛一个烂，但李明泽还能收拾得过来。凭借家教这个活儿，他也算能赚点儿钱了。

那天他从邱昊家上完课出来，出了小区，站在萧瑟寒风里等公交车的时候，见到了拐角处的两个人。他不过是眼风扫过，本不在意，移开目光之后又皱着眉头看回去，两个人他都认识。

目不斜视往前走的是邱嶙，他气质冷清，连鼻梁上架的眼镜都泛着冷光。后面依依不舍，来回踱步，不舍得走的是沈小情，她穿着白色的羽绒服，脸红扑扑的，嘴角带着笑，眼睛里有光。

李明泽等的车来了又走了，他没上车，他和沈小情一起盯着走进小区里的邱嶙，发现邱嶙自始至终都没有回头。直到邱嶙不见人影了，沈小情才回过神来，一下子就见到了站在公交站的李明泽。她一瞬间有点儿慌乱，又有点儿害羞，不好意思地朝他笑了笑。

李明泽和她一起等下一趟车。

“你……”沈小情说道，“别跟你哥说哦。”

李明泽答应了一声，想了想又问道：“你们在……谈恋爱？”

沈小情“扑哧”一笑，每一句话的尾音都像是被春风吹起的树梢，颤抖着，带着雀跃：“还没呢。”

“你喜欢他？”李明泽问。

“是呀。”

他又说：“大家都知道，邱嶙是要考到首都去的。”

沈小情脸上的光芒暗淡了一瞬，但很快又重新亮了起来，像被剪过烛芯的烛光，越发摇曳闪亮。

没有任何困难能阻挡情窦初开的少女。

“我知道呀，我也可以考到首都去。”

他们等的公交车来了，李明泽落后一步，让沈小情先上车，这个话题就这么结束了。在车上，沈小情坐在靠窗的位置。窗外是冬天灰蒙蒙的天，树叶都落了，只剩下枯枝，但她心情好得很，时不时还哼起歌来。

李明泽则在发呆。他突然发现，“喜欢”这个概念在他生活中的出现频率突然变得好高，然而他还没搞懂这到底是什么。

临近过年，天气一天天变冷，年味却不浓。李德业一年到头除了打麻将就不干别的，生活一塌糊涂，过年这么有仪式感的事儿，根本指望不上他。

因为大年初一是两兄弟的生日，李鹤还算上点儿心，提早买了些红的“福”字，往墙上贴了几个。年货什么的就不必采购了，他买回来几包大白兔，放在抽屉里，任李明泽过年期间敞开了吃。

李鹤还心烦着呢，之前成叔和他说，过年的时候有信儿，然而并没有。

西餐厅过年休假了，李鹤每天闲着，见天地在李德业和成叔面前晃来晃去，就是默默地提醒他们，别把这事儿给忘了。其实他心里没底，也慌着，还不能让李明泽看出来，于是越等越生气。

“叔，”李鹤直接在麻将局上把成叔截住，脸色阴沉，“你之前怕不是逗我吧？说好的带我赚钱呢？”

李德业手一抖，手上的麻将掉在麻将桌上，狠狠地瞪了李鹤一眼。

成叔猛地站起来，推搡着李鹤往外走，边走边小声训道：“你小点儿声。”

李鹤在心里翻了个白眼，无所谓地耸耸肩。

两人站在门外的墙边，成叔左右看看没人，才小声说道：“暂时没消息啊，现在管得严，不好做。”

李鹤心中烦躁，耐着性子说道：“叔，你好歹给我透个底，是什么样的活儿，哪儿来的，我心里有个底，老这么吊着没意思。”

成叔压着声音，都快成气声了，听在李鹤耳朵里，却跟打雷似的。

“你知道的，以前干过的……买卖……”成叔比了个抱小孩儿的动作，一脸讳莫如深，“从岭安那边进的货。”

和李鹤之前猜的完全一样，他松了一口气之余，心怦怦跳起来，脸上的慌张都不用装，自然而然流露了出来。

“叔，这能做吗？很危险吧？”

他的慌张反而给成叔壮了胆，成叔以一副过来人的语气安慰李鹤：“没事儿，之前都干过的，很谨慎。这个来钱快，你想赚钱就做这个。”

李鹤戏很足，犹豫来犹豫去，甚至在原地踱步了半分钟才咬咬牙说道：“行，我干，记得带我。”

成叔眯着眼认真地打量他的表情，说道：“我还以为你不会愿意干这个，毕竟，那小子……”

他说的是李明泽。

李鹤努力做出无所谓的表情来，冷淡地说道：“要是弄不来钱，他还长不了这么大。上学不花钱？”

成叔暂时满意了，拍了拍李鹤的肩膀：“行，你是个胆大的，有消息就通知你。”

等他走了，李鹤靠着墙蹲下来，在无人的小巷里吹了一会儿冷风，发着呆。

远处传来一声口哨声，李鹤抬头看去，是韦正，正骑着他的“小绵羊”过来。李鹤伸了伸脚，韦正大喊出声，及时在他前面刹车：“大过年的，想断腿直说啊！”

李鹤被风吹蔫儿了，没精打采地问道：“忙什么呢？大过年的也不歇一歇。”

韦正从他的“小绵羊”上下来，蹲在李鹤旁边，一起发呆，说道：“跑跑腿，给人送点年货什么的，刚送完，歇会儿。”

两人默默地发了一会儿呆，各想各的，李鹤冷不丁说道：“对了，沈小情说她有喜欢的人了。”

“啊。”韦正发了个无意义的单音。

李鹤：“叫唤啥呢？”

韦正搓了搓自己被冷风吹得发红的手，淡淡地说道：“我知道啊，前两天送货的时候瞅见了。那男的挺帅的，就是没什么表情，跟个面瘫似的。”

李鹤还想说什么来着，韦正突然撑着膝盖站起来，又骑上了他的“小绵羊”，说道：“走了，送货去了。”

李鹤蹲在原地，看着他骑远了，心里有点儿说不出的滋味。

突然，面前有个高大的阴影，李鹤抬头，发现李明泽回来了，插着兜站他面前，从兜里掏出个钢镚，拇指一弹，弹进李鹤怀里。

李鹤气笑了：“去你的。”

李明泽笑着说：“过年好。”

李鹤想跳起来揍他，发现脚麻了。李明泽朝他伸出手来，李鹤握上去。李明泽的手很暖，比他的暖多了，手掌宽大又干燥。不知不觉，他的小屁孩已经长成了大男孩的模样了。

过年前那会儿，李家兄弟都完全闲下来了，一个不用上班，一个不用去当家教，见天的大眼瞪小眼。

除夕那天，阳光明媚，晒在人身上暖融融的，完全化解了寒冬的冷意。

两人就跟老大爷似的，沿着家附近的小河遛弯。李鹤更无聊，走着走着就开始踩李明泽投在地上的影子，李明泽躲着不让他踩。

“哎，”李鹤突然说道，“你们班的同学都是哪里人？都是本地人吗？”

李明泽回答道：“一半一半吧。”

“有没有南边的人？比如岭安啊什么的。”

李明泽仔细地想了想：“好像没有，太远了。怎么了？”

李鹤移开目光，看天上的云，地上的影，回答道：“没什么，随便问问。对了，你好像长高了。”

李明泽停在原地，两人比了比，李明泽已经比李鹤高出一点点儿了，不多，就一点点儿。李明泽连心脏都跳得比平时轻快，笑着说：“哥，我比你高了。”

李鹤连忙跳开，不跟他比了，嘟哝道：“得意什么？再高也是我养大的。”

吃过晚饭，李鹤又开始无聊了。他从小卖部花几块钱买了两盒沙炮。火柴盒大小的盒子里装着枯黄的干草屑，里头塞着一粒粒白色小玩意儿，用力扔在地上能炸开，声音不小，威力不大，是小朋友们过年的最爱。

李鹤跟巷口老王家的八岁小孙子对着扔，两人都较上了真，腾挪躲闪，声音在小巷子里不绝于耳，平添了一点儿年味。

李明泽跑出去买了个小生日蛋糕，就两个巴掌大。他煞有介事地用缎带绑好，拎在手上。

月亮都被云遮住，看不见了，风一阵阵地吹，冷得刺骨，把路边的玻璃窗吹得一下子关上。果然，没一会儿，李明泽感觉到鼻尖一阵凉，抬头一看，小小的雪沫从天上落下来。老王大声喊他孙子回家去，八岁的小鬼头做着鬼脸跑走了。李明泽拎着蛋糕，把他哥领回家去。

李鹤坐在床沿，看着李明泽支好小桌子，把蛋糕的包装盒小心翼翼地掀开，将蛋糕拿出来，放在桌子上，插好两根蜡烛。

那蛋糕虽然不大，但雪白的奶油看得人食欲大增，中间点缀着一颗鲜红的草莓。奶味很浓，果然是李明泽的偏好。

李鹤伸出手指，跃跃欲试，想要勾挖点儿奶油尝尝，李明泽用严肃的眼神阻止了他："还早呢，得到十二点。"

李鹤只好妥协。

他弟弟总是很特别，有时候成熟得像个老头，某些时候又幼稚得像个小孩。

蛋糕就这么搁着，李鹤开始趴在床上玩手机，用手机看春晚直播。但他的手机卡得要命，缓冲十分钟，观看三十秒，气人得很。但李鹤被气习惯了，全世界最能得到他的耐心的，就是他的破手机。

李明泽罕见地没抓紧这个空隙看书，他也趴在了李鹤旁边，双手垫着下巴，陪着李鹤看这个一卡一顿的春晚。与李鹤不同的是，他的心情好得很，嘴角一直翘着。

他一直盯着时间，离十二点还有几分钟的时候，便煞有介事地叫李鹤把手机放下。那一卡一顿的晚会声音作为热闹的背景音，嘈杂却不恼人。两人并肩挤坐在床沿上，李明泽拿了李鹤平时用来点烟的打火机，小心翼翼地把两根蜡烛点燃。

李鹤说："怎么才点两根？"

“太多了插不下啊。”李明泽分别指了指两根蜡烛，“你一根，我一根。”

房间里的灯关了，两颗小火苗闪烁跳动，温暖又明亮，像两颗永恒搏动的心。这罕见的仪式感让李鹤也不自觉地陷入了氛围里，他犹豫道：“是不是得闭眼许个愿？”

手机里的春晚主持人开始倒计时了，李鹤急了：“快快快，闭眼许愿。”

李鹤率先闭上了眼睛，摇曳的烛光打在他的脸上，让他本就好看的五官染上了奇异的神采。他太认真了，眉头蹙起，睫毛轻颤，烛光将他睫毛的阴影投在下眼睑上，摇晃颤动，好像蝴蝶在扇动翅膀。

李明泽没有闭眼，他愣住了。

他和李鹤靠得很近，肩并着肩，手挨着手，光和影在李鹤的侧脸上摇曳，像两团氤氲的云。李鹤的五官突然变得越发陌生起来，直挺的鼻梁，上挑的眼尾，略厚的下唇，都在氤氲的光影里模糊不清。

背景音在倒数。

“三、二、一——”

“新年快乐！”

李鹤睁开眼睛时，李明泽还能看到他交叠的上下睫毛慢慢分开。他将蜡烛吹灭，房间一下子就暗了。外面不知道哪里在放烟花，声音似乎近在耳边。

时间突然间被无限拉长。

他哥李鹤站在他面前问他：“你怎么了？发什么呆？许愿了吗？”

李鹤从枕头底下拿出一个盒子，塞进他怀里，笑道："别发呆了，看，给你的生日礼物。"

李明泽喉咙干涩，说不出话来。他的魂已经不在这里了，好像抽身在外，只剩下躯体在按部就班地说话、行动。

他也拿出送给李鹤的二十二岁生日礼物，是一个新手机。两个手机盒子放在一起——两人不约而同地给对方买了手机。

李鹤失笑，鼻头有点儿酸涩。他抬手揉了揉李明泽毛茸茸的脑袋，想了想，抬手抱住了李明泽。

李鹤说："谢谢。"

第八章 青涩

新的一年，有很多大事，沈小情第三次高考便是其中之一。

出成绩的那天，几人聚集在当时李明泽查中考成绩的那家网吧。沈小情紧张得脸都白了，一把掐住李鹤的手臂，声音也抖了：“小鸟，你……你帮我……帮我查一下……”

李鹤被她掐得龇牙咧嘴：“大姐，松点儿劲成吗？”

电脑桌上搁着沈小情的准考证，李明泽帮她对照着输号码进去，鼠标挪到确认键上，沈小情突然大叫：“慢点儿！小明别点！”

李明泽被她吓得一哆嗦，问道：“怎么了？输错了？”

“别管她，没输错，点——”

李鹤把她的手甩开，直接抓着李明泽的手摁了鼠标。沈小情紧张得快厥过去了，闭上眼睛不敢看：“怎么样？多少分？”

分数不赖，比她前两次考得都要好，上本地的二本绰绰有余。

沈小情将屏幕上简单的三个黑色数字看了又看，沉默不语。李鹤高兴地推了推她的肩膀，说道：“高兴傻了？这分数不错啊！

还不满意？”

李明泽坐在旁边，他心里很清楚沈小情脸上的表情离高兴差远了。邱嶙早就已经被首都最好的大学提前录取了。省附中门前的大红横幅拉了快半个月，凡是路过的人都能看见。邱嶙在学校里的名声越来越盛，但他还是那副骄矜自持的模样，不苟言笑。

“怎么了？”李鹤不明就里，收了笑，追问道。

沈小情的眼眶有点儿红，吸了吸鼻子，笑着回答道：“没事，高兴呢。”

兄弟俩把沈小情送回家去。沈清兴奋地问分数，沈小情没回答，径自回了房间关上门。还是李鹤告诉了她，把她高兴得不行，估计不到晚上，整条街的人都要知道她们家出了个大学生了。

回家的路上，李鹤突然问：“你想去哪里上大学啊？”

李明泽正在走神，被问住了，愣了一下，说道：“我……我不知道。”

李鹤插着兜走在前面半步远，自顾自地说道：“怎么能不知道呢？你们学霸不都是目标很明确的吗？最好的大学应该在首都吧？或者出国念？哇，那我得多给你攒点儿钱……”

李明泽压根没有想过这个问题，他没有一个明确的目标，只是按部就班地学着。因为所有的远大目标都意味着他和李鹤的分离，他下意识地不想去考虑这个问题。

他盯着李鹤毛茸茸的后脑勺，上面的头发长长了一点儿，他很想去碰一碰，摸一摸，手感应该会像春天冒新芽的草地，他说：“哥，你头发长了，我今晚给你剃？”

李鹤无所谓地说道：“好啊。”

六月的天气还不算特别热，因为要剃头发，李鹤把上衣脱了。

他身材保持得不错，腰紧而瘦，这几年在西餐厅上班，养白了不少，是健康的浅麦色，只有在太阳晒不到的地方显现出他原本的白皙。

线条流畅的肌肉和总是懒洋洋的神态让他看起来像睡不醒的猫科动物，他坐在板凳上，托着下巴安静地等着。

李明泽穿着李鹤的旧T恤，T恤已经小了，绷在身上，手上拿着那个用了好多年的旧推子。他伸出手，轻轻按在李鹤的后脖子上。

他手心是热的，烫的，李鹤的皮肤是凉的。

“哥，头低点儿。”

李鹤听话地低下头，电推子发出嗡嗡的声音。兄弟俩帮对方剃了这么多年的头，技术都很娴熟了。

李明泽剃得很认真，碎头发一点点儿地落在李鹤的脖子上，痒得他不住耸肩乱蹭。

“别动。”李明泽说着，低头帮他吹了吹。

李鹤打了个颤：“好了没？痒死了。”

“快好了。”

剃好之后，李明泽在他哥的脑袋上轻轻摸了一把，手心被发楂刺得发痒。

李鹤压根没在意，站起来猛拍肩上、脖子上的碎发。

小巷的另一头又传来了沈清标志性的尖利大嗓门，又不知道在吵什么。李鹤皱起眉头，走到天台的边上，撑着石栏杆往外探头，声音模模糊糊的，听不清。

“怎么还吵架？不都出了好成绩了吗？”李鹤嘟哝道。

李明泽隐约知道她们在吵什么，但不好说，只能假装自己不知道。

“哥，脖子上还有头发。”

李鹤挠了挠，脖子上被他挠出了几道红痕。他的脖子敏感得很，一点点儿痒都受不了。摸来摸去，那根小小的碎发紧紧地贴在颈侧。他仰起头，把脖子露出来，朝李明泽说道：“快，帮我弄掉。”

他露出脖子之后，李明泽发现，他的颈侧有一颗痣。李明泽从来没有留意过这颗痣，但现在这颗痣显眼得很，就大模大样地点在皮肤上。

李鹤咽了口唾沫，喉结上下滚动，皱着眉头说：“愣着干吗？头发还在不？弄掉。”

“嗯。”李明泽含糊地应了一声，伸出手，轻轻地把那根碎头发捏掉了。

第二天还是周末，李明泽不用上学，陪着李鹤去了沈小情家。两人敲了半天门，是沈清开的门。她眼睛肿着，看上去像是哭肿的，披头散发的。她这两年更老了，脸上的肉都耷拉着。

李鹤吓了一跳：“沈姨，怎么了？小情呢？”

沈清见到了李鹤像见到了靠山，一把抓住他的手臂，说道：“这死丫头，不知道脑袋哪条线搭错了，好好的，说要报首都的大学。她那个分数哪里能报啊？好不容易考上了，难道还去读大专吗！吵了两句，跑出去了，不知道跑道哪儿去了，真是，我……”

李鹤安抚她：“别着急，我去找。”

好不容易才劝好沈清，让她待在家里。说是找，谁知道这丫头跑到哪儿去了啊？李鹤头疼地叹了口气。

李明泽犹豫着说道：“我可能知道她去哪儿了……”

李鹤跟着李明泽坐了几站车，车停在了一个高档小区门口。两人下了车，李鹤简直摸不着头脑，正想问这是哪儿，赫然见到沈小情就站在那小区门口的拐角，她前面还站了一个男的，看着有点儿眼熟，但李鹤想不起来是谁。

沈小情正和那个男的说着话，隐约能听到沈小情的声音，好像有点激动。

李明泽说："那个是邱昊的哥哥，邱嶙，我们学校的。"

李鹤更茫然了。邱嶙他听说过，李明泽他们学校门口挂的大横幅的主角，但这人怎么和沈小情扯上关系的？他没来得及多问，说道："悄悄过去点儿，听听他们说什么。"

他蹑手蹑脚地从旁边靠过去，躲在墙边，眼神警惕，跟猫似的。李明泽不合时宜地想笑，李鹤回头瞪他一眼，说："别出声儿。"

两人的谈话声清晰了起来。

"我也可以去首都的，可能不是很好的学校，但是……"这是沈小情的声音，声音还带着一点儿不易察觉的颤抖，但脸上还强撑着笑意。

但她的话马上被邱嶙打断了，邱嶙的声音和语调还是与他平时一样，冷淡且理性，好像在讲解一道答案显而易见的数学题："没必要。"

沈小情不死心，继续问道："那我们……"

"就这样吧，"邱嶙抬手看了看表，"我还有事。"

这还有什么听不懂的？李鹤又不笨，一下子就听明白了。他眉头紧锁，胸膛起伏，气得不轻，恨不得就这么冲出去暴揍渣男。他忍住了，但有人没忍住。

旁边突然冲出一个人去，他一开始以为是李明泽，吓了一跳。回头一看，发现李明泽站在他身后也是一脸吓到了的表情。

冲出去的是韦正。兄弟俩偷听得太入神了，根本没发现还有一个人在偷听。

那两人也是吓着了，根本没想到会冲出来一个人。韦正气势汹汹的，一下子就和邱嶙打了起来。沈小情被撞得坐在了地上，完全吓呆了。

李鹤急了，连忙冲出去要拦。

韦正是在街头混过的，体力好，力气大，邱嶙看起来也不文弱，一点儿都不好拦，场面混乱得要命。

邱嶙是练过的，一拳挥出去，没打中韦正，反而擦到了拉架的李鹤，打得李鹤的脸都偏过去，脸上火辣辣地疼。

拉架被揍的概率很大，李鹤压根没在意，还要去拦。紧跟着过来的李明泽却生气了，猛地一把将邱嶙搡开，拦在李鹤前面，一拳将邱嶙揍得倒退了两步。

李鹤头大，没想到又多了一个人要拉架。

幸好，邱嶙挨了这一拳，好像清醒过来了。他抬手蹭了蹭嘴角的伤痕，捡起混乱中被踩碎的眼镜。沈小情回过神来，拉住了韦正，不让他动。李鹤拉住李明泽。

李明泽显然是真生气了。

李鹤好久没见过他生气了，他的胸膛起伏，从耳根到脖子那一片都是红的，眉头压低，鼻头皱着，龇出一点点儿牙，好像要咬人似的。

一时间没人说话，场面有些难看。不远处的小区保安正看着这边，犹豫着要不要过来。邱嶙只是扫了他们一眼，脸上不见生气，最后看了沈小情一眼，转身走了。

韦正还要去追，但还是停住了脚步，因为沈小情“哇”的一声哭了。他手忙脚乱的，不知该先递纸巾还是先说话。

李鹤不知突然间开了哪一窍，拽了拽李明泽，小声说："我们先走吧。"

他们走的时候，韦正压根没留意，因为沈小情还在哭。

后来沈小情不再哭出声了，只是眼泪不停地往下掉。她鼻子眼睛红彤彤的，坐在路边的石凳上，不住地吸鼻子。韦正去保安室借了一大包抽纸。她不停地往外抽，不一会儿就抽掉了一半。

好不容易不哭了，她好像才发现旁边这个坐立不安、手足无措的大个子，眉头一皱，差点儿又要哭了。

"你怎么能打他呢……"

沈小情抽走了最后一张纸巾，擤了擤鼻子，站起来扔进垃圾桶里，又坐回去，表情平静了很多。她叹了一口气："对不起。"

韦正不好意思起来："没……没事。"

"其实我早就猜到啦。"沈小情小声地说，"我再复读十年也没法上重点，再努力十倍也不能和他相衬。他也没喜欢过我，人啊，得认命……"

说到最后，她眼眶又红了，但是这次没哭，甚至笑了笑，只是笑得勉强。

听她这么说，韦正急了，站了起来，说道："不能这么说。怎么能这么说呢？你……"

沈小情眨眨眼，没心情反驳他，只是低头看着自己的脚尖，小声地说："哦。"

韦正泄了气，一屁股坐回去，低着头，也看自己的脚尖。他想了又想，等面前的车过去了一辆又一辆，他才说道："我妈生病了，病了好几年了，一开始医生说她只能再活三个月，可她现在坚持三年了。一开始医生说费用太高了，我们负担不起，但我们现在也还在治啊。所以说，不能认命，只是你们不合适而已。”

从三年前起，韦正就在与看不见的病魔拔河，虽然他一个人拔得筋疲力尽，但好歹是把住了绳，没输。

沈小情是第一次听他说自己的事情，一时不知道说什么才好，话在喉头滚来滚去，最后只能说道：“谢谢你，你……要加油。”

她站起来，认真地把裙子上的褶皱弄平，长长地出了一口气，说道：“我先回去啦，小正哥，谢谢你。”

韦正站了起来，想说什么，最后还是没有说，静静地站着。催送外卖的电话打到他手机上，他接了，赶紧推着被忘在旁边的电动车走了。

回家的路上，李鹤还是没忍住说了李明泽：“你掺和什么呀？回头他到学校告你的状怎么办？”

李明泽没说话，一到家就拉着李鹤坐下来，看他脸上的伤。

只是被蹭了一下，脸颊发红，李鹤用舌头顶了顶，不太疼。但李明泽还是煞有介事地帮他涂药。李鹤踢了踢他的小腿，不满地说道：“你平时在学校不打架吧？我告诉你，不许打架，知道吗？”

李鹤想了想，又说道：“要是那个四眼回去告你的状，你就说是我打的，揍不死他。”

李明泽手上拿着棉签，故意用力戳了戳，李鹤被戳疼了，吸了口气，瞪他：“干吗？不服气？”

“说了不能让你再被打的。”李明泽闷闷地说道。

李鹤没想到他突然提起这茬，顿时哑了火。

一想起刚才李明泽气急了的样子，他的心也不自觉地软了，不再说话，乖乖地让李明泽给他上药。

本不严重的伤口，被煞有介事地涂了红药水，反而看着有些吓人。李鹤对着镜子照了照，嘟哝道：“这让我怎么见人？”

他躺到床上，透过小窗子看向外面一小片天空，想了想刚才的事情，不由得叹了口气。感情这回事，真的很难弄明白啊，幸好他暂时没有这个烦恼。

见李明泽正在收拾东西，李鹤趁机教育他：“你往后谈恋爱，千万别谈那种不喜欢你的，太难搞了，得找个对你好的才行。”

李鹤说完翻了个身，打了个哈欠。李明泽收拾好了东西，一回头，发现李鹤居然侧着身睡过去了。

李明泽在学校迎面遇到过邱嶙一次，邱嶙说：“帮我跟她说声对不起吧。”

李明泽没有答应，也不准备说，多说无益。

沈小情的事情最终还是过去了。

她最后还是填了本市的二本学校。沈清喜气洋洋地送她去学校。李鹤那天上班，没法去。李明泽在学校请了半天假，帮忙拿行李。

沈清不化妆的时候，和别的家庭的妈妈一样普通，甚至更憔悴、苍老一点儿。

沈清忙里忙外，李明泽和沈小情连插手的机会都找不到。沈小情的未来舍友以为李明泽是沈家的儿子，拐着弯问电话号码。见李明泽一脸尴尬，沈小情干脆把他拉到了门外吹吹风。李明泽祝她之后一切顺利。

沈小情低头抠手指，新涂没多久的红色甲油被她抠得坑坑洼洼。她被录取之后，她妈给她递了个存折，里面是这些年给她存的学费，存入的数额有整有零，存款时间长达二十年。

她说："小明，要对对你好的人好一点儿。"

李明泽应了一声，他发现沈小情比之前成熟了很多。她之前总像个咋咋呼呼的小姑娘，现在不像了。他突然问道："你还喜欢他吗？"

沈小情脸色一暗，然后又打起精神说道："还行吧。不切实际的事情要少想。"

是吗？

李明泽下意识觉得她说得不对，但又不知道如何反驳。

九月的艳阳还不是最炽热的时候，省附中高三学生全部列队站在操场的阴凉处。凉意聊胜于无，大家却没有半点儿不耐。还留有一点儿稚气的青春面庞带着昂扬的斗志，还有几分容易被忽略的茫然和紧张。

主席台上，一男一女两个学生，穿着校服，衬衫雪白，大树枝叶筛碎的阳光洒在他们身上，碎金一般地摇曳、闪烁着。

女生的声音朝气蓬勃，通过麦克风传遍整个校园，甚至在学校大门外的马路上也能隐约听见，有几个好奇的路人驻足倾听。

"有志者，事竟成，百二秦关终属楚。苦心人，终不负，三千越甲可吞吴！"

轮到男生了，他上前一步，麦克风对于他来说有点儿低了，他微微弯腰。比起以激情煽动观众心绪的女生，他明显沉着多了。清朗的声音传出来，像奔流的河，目标坚定，终将汇入大海。

"很高兴能站在这里……"

他一开腔，底下的女生开始窃窃私语，站在旁边的老师们一遍一遍清嗓子也压不住女生们的骚动，甚至有人偷偷拿出手机，用校服的袖子做掩护，偷偷拍照。

“如果你问我，如何才能成功，我会说，凡事相信，凡事忍耐，凡事盼望，爱和梦想永不止息。”

雷鸣般的掌声响个不停，李明泽被恰好照射过来的一束阳光晃了一下，他眯着眼睛鞠了一躬，绅士地让旁边的女生先走，随后一起下了主席台。

巧的是，旁边的女生就是那一次与他相差零点五分的年级第一，也是把他堵在宿舍楼下的小道上告白的女生，但李明泽至今没记住她叫什么名字。

她不再像那天那样羞涩窘迫，脸上是飞扬的神采。她说：“一起加油吧。”

李明泽说：“好。”

今天是高三开学的第一周，但李明泽最想收到的祝福并不是来自这里的任何一个人。拐过教学楼，他靠着墙掏出兜里的手机，正好收到一条短信，时间掐得刚刚好。

“发完言没？高三快乐，李小明。”

李明泽刚才只为保持礼貌而翘起一点点儿弧度的嘴角一下子就翘得很高，甚至露出了一点儿门牙。他靠在墙上，飞快地回了信息：“谢谢哥，爱你哦。”

李鹤正靠在西餐厅卡座的隔断后面摸鱼，刚想把手机揣回去，手机一振，李明泽的回复马上就来了。他一看就觉得肉麻得牙酸，心里暗暗嫌弃了一番，没回李明泽，把手机收起来，干活去了。

日子还是那样平淡，眨眼就过了。

高三优等生李明泽毋庸置疑长成了人人羡慕的样子，成绩优异，清朗英俊。他的个子越长越高，不到十七岁就高出李鹤半个头。

沈小情开学读大二，读的是师范专业，沈清帮她选的，她没有反对。她的追求者能绕学校一圈，但也没见她谈恋爱。

而韦正，还是打着很多份工，但他上星期来找李鹤借钱了。

“小鸟，我知道你也不容易，我……”

让一个已经长成男人的二十岁出头的人低头借钱，太难了。

他一脸窘迫，脖子都红了，额头上青筋凸起，他还想再说，李鹤没让他继续说下去。像韦正这么拼的人，不到绝处，哪里肯开口借钱？

李鹤说：“我闲钱也不多，都先借给你，如果不够的话，下个月发工资了再给你。”

韦正没多说，眼眶红了，但没哭，只说了两声“谢谢”。

后来沈小情不知道从哪里知道了这事，把自己兼职攒了一个学期的钱全都借给他了。韦正开始还不肯要，是李鹤帮忙偷偷塞进他家的门缝去的，塞了就跑。

有时候，李鹤会想，所有人都在自己的路上跋涉，只有他，晃晃悠悠的，每天一成不变。

李明泽上高三之后，周五晚上要上晚自习，周六上午还要上半天课，如果回家的话，只能待一个晚上，周日又要回学校了。

不少高三生周日待在学校，好几周才回一次家。李明泽则是每周雷打不动，周六一下课就走，半秒钟也不耽搁。

邱昊扫他一眼，嘟哝打趣道：“不知道的还以为你每星期赶着回家谈恋爱呢。”

李明泽恍惚间想到，李鹤的一举一动，眉毛、眼睛、嘴巴，种种简单的一切，在他眼中都变得无限复杂。每一句话都有无限可能，举手投足都值得千百遍地考究。如果都用文字记录下来的话，李明泽能写一本《哥哥观察日记》。

比如说吃饭的时候，李鹤不知道为什么走神了，筷子好几次都没戳中那颗牛肉丸，送进嘴巴里之后，也不着急嚼碎，牛肉丸将他的腮帮子鼓起来，下嘴唇油汪汪的，泛着生动的光。

两人都没说话，李明泽刚开始还觉得有趣，不动声色地看着，慢慢地就不开心起来。不知道李鹤在想什么，因为什么而出神、烦恼，这让他觉得难受，就像简单的试卷上空了分值最高的一道题。

李明泽用筷子轻轻地敲敲碗边，说道："哥，想什么呢？饭都吃到下巴上去了。"

李鹤才回过神来，用手背胡乱在下巴上蹭了蹭，低头只看饭碗，轻快地说道："没事。"

李明泽的注意力一直在李鹤身上。

李鹤吃完饭站起来的时候，明显心不在焉，差点儿被桌子脚绊倒在地上。不等李明泽去问，他忙说："没事没事，我……出去抽根烟。"

天已经半黑，李鹤靠在天台的石栏杆上，吹着凉凉的晚风，久违地点了一根烟。

今天下午，他才到家，成叔嘴里叼着烟，把他招了过去，简短地说道："之前那个买卖，还记得吗？估计最近就能干了。"

李鹤都不记得当时他回答了什么。

这件事沉寂了这么久，他几乎要忘记了，一下子又提了起来。

李明泽终将会回到自己的原生家庭。

这个事实就像是一个定时炸弹，停了一会儿后，又随着成叔的这个消息重新开始倒计时了。

李明泽收拾完碗筷之后就坐在书桌前看书、写卷子，他通过小窗户能看到李鹤一直在天台上抽烟。

李鹤靠着栏杆，路灯的光只能照亮他的半边脸，他嘴巴微张，时不时吐出白色的烟雾，时不时夹着烟低头看看手机，也不知在想什么。

等李明泽回过神来的时候，他已经盯着他哥看了半个小时了，试卷还是空白的。

李鹤这种明显有心事的状态一直持续到了晚上睡觉的时候。

自从李明泽越长越高，他们就分开睡了，冬天也不一起，主要是这张床真的挤不下两个人。李鹤很㞞地搞了个热水袋，冬天抱着睡。

李明泽给自己架好床板，盘腿坐在上面，靠着床沿看书。

李鹤心不在焉，低头摁着手机往床那边走，不小心绊了一跤，李明泽都来不及扶他，他就直接跪在了床板上，床板发出了危险的“嘎嘣”一声。

李鹤疼得说话都打了个磕巴，揉着膝盖站起来。李明泽也连忙站起来，因为，床板裂了。

李明泽忍住笑，说道：“哥，你是不是长胖了？”

“滚蛋。”李鹤坐在床边揉发红的膝盖，“肯定是你那床板受潮霉了。”

这下好了，两人被迫挤回一个张床了。还没到夏天最热的时候，傍晚有些凉意，李鹤体凉，还不觉得有什么，不开风扇也能凑合睡。李明泽就不行了，热得烙饼似的来回翻身，又怕开风扇让李鹤着凉。

李鹤说：“开风扇吧，我盖个被子就行。”

李明泽是光着膀子睡的，他趴在床上，伸手去够风扇，背上都是汗，在月光下泛着光。风扇开了，开的是最小档，顿时凉风阵阵。

李鹤拽来被子盖住肚子，床嘎吱响，两个人无法避免地紧紧挨着，皮肤又热又烫。

“最近怎么样？”李鹤小声问道。

他上回去开家长会的时候，班主任特别提醒了家长们，高三学生压力大，又适逢青春期，心思重，在家要多和他们聊聊天，了解他们的思想动向，及时缓解压力。

“什么？”

“问你最近在学校怎么样？压力大不？”

李鹤说话的时候吹出来的气有薄荷味，他们新换了牙膏。

“挺好的，还行。”

“困了吗？嗯？”他越是不愿意多说，李鹤就越想要问，生怕李明泽读高三读憋屈了。

李明泽突然翻身坐起来，把李鹤吓了一跳。他问道：“怎么了？”

“没事，”李明泽说，“有点儿凉，穿上衣服。”

李明泽坐在床头，套上T恤，又重新躺下，声音闷闷的：“睡了，明天早起做听力。”

李鹤只好说道：“好吧。”

但其实李明泽一点儿都不觉得凉，反而热得慌，被衣服覆盖的皮肤迅速出了汗，把衣服黏住。今年的夏天怎么这么热？李明泽想。

第二天是周日，吃过晚饭李明泽就得回学校了。

李鹤轮休，不用上班，说好了送李明泽回学校。

李明泽本来还嘴硬说不用，但出门的时候心情还是很好的，谁知道两人聊着闲话走到巷口的时候，李鹤突然刹住脚步。

“要不你还是自己回去吧。”李鹤说，“我……我有点儿事。”

李明泽不高兴了，但他没表现出来，只是问道：“怎么了？”

李鹤掏出手机来看了看时间，推了推他，赶他快点儿走：“西餐厅有事，我待会儿要回去一趟。快点儿，别待会儿赶不上晚自习了。”

工作上的事，李明泽也不好说什么，他心情郁闷，应了一声，自己走了。走出一段，还是忍不住回头看了看，李鹤已经沿着巷子走远了。

李鹤很紧张，刚才走到巷口的时候，他不经意回头看了一眼，正好看见一个熟悉的身影闪进了他家。那身形微胖，但动作灵活，大夏天的还戴着鸭舌帽，无疑是人贩子郭保志。

他急匆匆地往回赶，一进门，见屋子里有三个人围坐在麻将桌边，一起抬头看他，眼神警惕。

李德业越老越干瘦，像只蝙蝠精，咧开的嘴里是常年抽烟、喝浓茶染出的黄牙。

“别紧张，老郭。”李德业拍拍郭保志的肩膀，“这是我儿子，李鹤，信得过的。”

郭保志相貌平平，比几年前见他的时候胖了些，小眼睛，蒜头鼻，混进人堆里马上就踪迹杳然，是一副作奸犯科的“好”相貌。他上下扫视了李鹤几眼，笑容憨厚，说道：“坐下说，坐下说。”

李鹤也不见外，多少年没作奸犯科，紧张到了极致反而平静了。他大马金刀地坐在麻将桌边，听他们三个人聊天。他们也没聊什么重要的内容，言语间听着像是要在这条巷子里租栋房子，用来当作存“货”的“仓库”。

李鹤心知他们口中的“货”是活生生的小孩子，不由得一阵恶心，嘴巴上还要顺着他们，开口问道：“郭叔，这次货从哪里来？”

郭保志看了他一眼，滴水不漏地笑着说道：“这你们就不用管了，帮我脱手就行，知道多了对你们也没好处。”

话里话外都是提防和警告，李鹤只好住了嘴，耐着性子听他们聊完了，把郭保志送走。幸好没打算把拐来的小孩放在他们家里，不然要是李明泽回来见到了，保管要闹，他正处在高三的关键时刻，李鹤不希望他掺和进来。

郭保志走了之后，李德业和成叔开始商量在哪里租房比较好。李鹤分神听着，越想心里越没底。他原本想的是，至少要打听一下李明泽大概是在岭安哪里被拐的，等李明泽高考之后，他就带着李明泽去那里走一趟，尽力找一找。

但今天一听，他突然发现，自己面对的是一个庞大而完整的拐卖产业链，而且，他无论如何也没办法做到在明知有千百个李小明正在遭遇悲惨的情况下，还冷眼旁观。

他可以做什么呢？他也不知道。

李鹤开始怀疑自己了，他不知道自己的做法到底对不对。

想着想着，李鹤低头掏出手机，给李明泽发了个消息：“小明，要不你这周末留宿学校吧，这周隔壁好像要装修，今晚已经开始了，挺吵的。”

隔壁的确要装修，但还没开始，吵不吵，李鹤就不知道了。

李明泽正在上晚自习。

教室里的灯光明晃晃的，省附中绿化做得好，偶尔有小飞虫飞进来，撞在灯管上，发出细小的声音。除此之外，就只有笔尖摩擦纸面的窸窣声。

李明泽感觉到手机在抽屉里振动了，没分神，直到下课才拿着手机到了走廊。

他高三文理分科选了理科，分进了重点班，当然明面上并不叫“重点”，但班里都是排在年级前列的学生，下课了也没多少人休息，绝大部分人还在奋笔疾书，少数人要出入，也是蹑手蹑脚的。

他一打开短信，看着李鹤短短的一句话，就发起了呆。无奈李鹤用的借口无懈可击，他如果反对的话，完全没有任何立场和理由。

“好的。”他回复。

李明泽的目光落在了刚刚走出教室的邱昊身上，叫住了他。邱昊一副没睡醒的样子挂在走廊栏杆上，问道：“干吗？”

李明泽问道：“你一般怎么和你哥相处？”

邱昊翻了个白眼：“邱嶙吗？我一般不和他相处。”

李明泽想了想，换了个方向，问道：“就我哥，最近总是心不在焉的，吃着吃着饭都走神，还叫我周末不要回家，留在学校学习，你觉得是什么情况？”

邱昊第一次见李明泽除了上台发言之外，说这么长的句子，而且态度这么谦和、虚心，他想了想，恍然大悟：“你哥该不会是谈恋爱了吧？之前我姐就这样，吃着吃着饭就笑了，特别瘆人。”

李明泽皱起眉头。

谈恋爱？李鹤？

邱昊幽幽说道：“不是谈恋爱，就是有事瞒着你，要不就是瞒着你谈恋爱……”

李鹤吃饭走神的时候笑了吗？好像没笑，又好像笑了。

李明泽想了又想，就像对照症状自查病症的多疑症病人，越想越觉得有病。

第九章 误会

第二个星期，郭保志又来了，租下了台球厅楼下二楼的房间。

这是个好选择，因为这一栋楼的背面有一座铁楼梯，通向无人的，污水横流的窄巷。当初李鹤报复成叔，套麻袋揍他就是从后厨出去走铁楼梯下去的。

成叔指派李鹤去给郭保志交两个月的租金。他去的时候，留意到郭保志租下的那间房隔壁的两间也租出去了。之前二楼一直都没人租，因为楼上就是台球厅，隔音不好，晚上很吵，房东一直空着当仓库。

没两天，三间房子都有人住进去了。住进来的人，表面上都不相识，都是从外地来打工的，但李鹤知道他们都是和郭保志一伙儿的，他从他们的对话中，听到了小心掩饰的南方口音。

为了证实，李鹤有一次路过的时候特意搭话拉家常。

“最近真热啊。”李鹤说道。

蹲在门前抽烟的年轻人，住在郭保志旁边，他见过李鹤帮忙交租金，于是看了李鹤一眼，给李鹤也递了根烟，“嗯”了一声表示赞同。

李鹤接过烟点着了，漫不经心地说道：“你们南边这时候也这么热吗？”

那年轻人浑不在意，吐了口烟，恹恹地说道：“比这儿还热。”

“是吗？”李鹤说，“你之前在南方哪儿，居然这么热。”

年轻人不设防，继续答道：“岭安。热得要命，得一路热到十一月，这儿还舒服些。”

李鹤还想再套话，隔壁房门突然打开，是郭保志出来了。他还是戴着鸭舌帽，白胖的后脖子上有红色胎记。他笑眯眯地看着李鹤：“哟，小鸟在啊。”

“郭叔，”李鹤示意一下手上的烟，说道，“抽根烟。”

那年轻人见郭保志出来了，不敢再说话，匆忙把烟摁灭了，回屋去了。

李鹤心里头一堆乱麻，晚上也睡不好。他翻来覆去地想，难不成他冲进派出所里面去报案吗？没头没尾的，谁会信他？再说，这样打草惊蛇，他绝对捞不着好。李德业以前就拿李明泽来威胁过他，他不敢冒险。

晚上睡不好，导致他白天上班的时候也没精打采，还下错了一单，给厨房赔了好多个不是。

西餐厅门边的铃铛丁零作响，周六客人多，李鹤打起精神过去迎接。进来的是邱悄悄和她两个小姐妹。

近来，李鹤很少见到邱悄悄。

邱悄悄这样聪明漂亮的女孩子，绝对不会吊死在一棵树上，更别说吊死在一棵对自己没意思的树上。她知道李鹤对自己没意思，也就不再自找没趣了。

邱悄悄见到李鹤还是笑眯眯地打了招呼："嗨，帅哥。"

李鹤突然想起来，他之前去省附中开家长会的时候，家长妈妈们在闲聊的时候他听了一耳朵。她们在讨论邱昊家，说邱家是省厅的。

他隐约记得，开学的时候入宿，邱家的父母也来了，他们在宿舍碰过面。上次他和李明泽去找沈小情，也去过邱家住的小区。小区十分高档，的确不像是普通人家住的地方。

点过单后，李鹤朝邱悄悄说道："好久没见，要不要留一下联系方式？有些事情想找你。"

他说得认真，邱悄悄不明所以，倒是她的小姐妹们兴奋极了，捂着嘴笑，小声起哄。李鹤有点儿尴尬，怕其他侍应生看过来，连忙说道："不是，有正事……"

邱悄悄朝他眨眨眼："好呀。"

等她们这一桌吃完下午茶的时候，李鹤的白班正好结束。邱悄悄让她的小姐妹们先走了，她点了咖啡和甜品，托着下巴看李鹤，问道："怎么啦？我不吃回头草哦。"

什么跟什么？

李鹤没搭她的茬："你父亲，是不是在省厅？"

"什么？"邱悄悄收了笑意。

"对不起。"李鹤意识到自己这个问题问得太冒犯了，连忙道了歉，斟酌着词句将原委简单地说了一下。

邱悄悄一脸茫然，压根没想到帅哥约她单独聊天是要聊这个，简直始料未及。

"你是说，你家附近有个违法犯罪的拐卖团伙？"

李鹤有些窘迫："如果你不愿意帮忙的话，也……"

邱悄悄马上打断了他的话："我当然愿意帮忙。但你要知道，现在只是你的猜测而已。我爸很少待在家，即使在家也不怎么和我说话，我把一个朋友猜测的消息告诉他，他只会觉得我很无聊。"

李鹤没有把李明泽的事情告诉她，听到这里，算是心里有了一点儿底。他接着说："之后会有证据的。只要你愿意帮忙就好，毕竟……比起我去报案，会快速、直接得多。"

邱悄悄拿起咖啡勺，把咖啡上的拉花搅乱了，嘟哝道："找我帮忙，你还不如去找邱昊。我们家，只有成绩好的，读省附中的才有地位，你懂吧？"

家家有本难念的经，李鹤不好多说，只勾了勾嘴角："看起来你比那小子要聪明一些。"

"行吧。"邱悄悄大方收下这个夸奖，把咖啡一饮而尽，结账走了。

她刚走，李明泽后脚就推门进来了。李鹤见到他才恍然想到，今天是周六了，上周没让他回来，这周说什么也没有借口了。

西餐厅里的人大都认识李鹤的这个优等生弟弟，纷纷和他打招呼。李鹤看了看时间，说道："我马上好了，换件衣服。"

他才进更衣室，李明泽就说道："今天很忙吗？"

旁边一个侍应生小妹笑道："还行啊，和平时差不多。"

"那怎么这么迟才下班？"

侍应生小妹朝窗边的卡座扬了扬下巴，揶揄道："你哥光顾着和美女在那儿聊天，忘记下班啦。"

李明泽的心往下一沉。他刚才来的时候，远远就见到了邱悄悄推门从西餐厅里出来。

李明泽对女性的审美很有局限，他不太能分清，也不太留意哪些女孩子是美的，哪些女孩子是平平无奇的。但即使迟钝如他，也觉得邱悄悄推门出来的时候，在夏日的阳光下，是美的。

李鹤喜欢这样的吗？

他们在约会吗？

李鹤换好衣服出来了，和别的侍应生交代了几句，推了推他，笑道："走了。"

回到家的时候，李鹤率先推门，见楼下没攒麻将局，郭保志也没上门，松了口气。他脑子里乱哄哄的，有一百样事情要想，压根没注意到李明泽不同寻常的沉默。

吃饭的时候，两人一如往常地聊天。李明泽没什么好说的，学校里的一切事情都那么平常，上课、下课，做卷、评讲，考试、排名。

唯一能引起波澜的，就是他在学校想起李鹤的时候。但过去的这两周，往常快乐的想念都变成了煎熬和焦灼，他甚至在写卷子的时候也变得烦躁了。他想让李鹤慢一点儿，等等他，他差不多能够长大了。

晚上他们还是挤同一张床，李鹤身上是柠檬味沐浴露的味道。

寂静的夜里，李鹤已经昏昏欲睡了，李明泽突然问道："哥，你是不是谈恋爱了？"

李鹤强打着精神道："没有啊，谁说的？"

李明泽说："如果你谈恋爱了，你会和我说吗？"

前几天一直睡不好，李鹤现在困得眼皮直打架。他翻了个身，嘟囔道："小孩子家家的，管这个干什么？快睡了，快睡了。"

又来了。

李明泽撑起身子，见到李鹤似乎已经睡着了，呼吸平和，梦里也在烦恼着什么似的，眉头微蹙。

他想说，他现在已经不是小孩子了。

他已经长得比李鹤要高出半头。他一直坚持锻炼，学习再忙也锻炼。他坐起来的时候投下的影子能将侧身蜷缩入睡的李鹤包裹在里头。但在李鹤心中，他还是孩子。

李明泽越想越难受，整个胃都像被填满了铅块，重重地往下坠，嘴巴里干涩得发苦。他忍不住从窗台的糖罐子里摸了一颗奶糖，撕开糖纸送进嘴巴里，意料中的甜却没有来，连糖都是苦的。

第二天不到中午，李明泽就收拾好书包，说要提前回学校去。

李鹤惊讶地问："这么早？"

李明泽没看他，低头整理书包里的试卷，答道："有本资料落在学校了，提前回去做。"

李鹤留意到他心情不佳，像他小时候一样，嘴唇抿成一条直线，小时候看着还像是倔强的小狗，现在轮廓长开了一些，看上去甚至有些不好惹。李鹤不知道他怎么了，问他，他也不回答。

李鹤只好在李明泽出门之前，上前抱了抱他："加油啊，李小明。"

李明泽只是淡淡地"嗯"了一声。

为了预防早恋，教导主任还特意开了晨会。头秃得像个羽毛球似的教导主任在上面讲着，下面的学生心不在焉地听着。

李明泽手里拿着单词小卡在背，嘴巴里念念有词。旁边的邱昊耳朵里塞着蓝牙耳机，在英语报上写写画画。礼堂里的人大多如此，没几个在认真听。

“现在正是关键时刻。成熟的果子才会更甜。”教导主任操碎了心，循循善诱，“喜欢的歌，静静地听，喜欢的人，远远地看，明白不？”

李明泽嘴巴停了，抬头看了一眼。

台下的高三生们笑成了一团，你推推我，我推推你。

教导主任企图把他的一套经验灌进青少年们的脑子里，企图让他们的脑子被知识和长辈的训诫装满，但孩子们脑海里天生就有一个广阔的空间去豢养不计回报的爱和不顾一切的勇气。

午读前有十五分钟，是学校广播站的电台时间，一般是读些美文，也允许学生投稿或点歌。这段时间以来，大多是播些励志名句和励志歌曲。

“让我们来看看这位同学的点播……”邱昊没睡醒似的声音从广播里传出来。

高三的教室里，大家都在埋头苦读。李明泽在看一道立体几何题，他皱着眉，手里用来画辅助线的铅笔不停地转着。

“哇……”邱昊的声音突然振奋了，他清了清嗓子，“这首歌，是我喜欢的，送给你听……”

座位上的学生纷纷抬起头来，整条走廊上，惊叹声不绝于耳，甚至有人跑出走廊去讨论。

一首歌，让整个高三沸腾了。

广播里响起温柔的歌声：“暗恋是一个人的事情，除你之外都知道这个秘密。你明明是从未拥有过的梦境，可我像无数次失去你……”

歌还没播放完，广播里就传出了教导主任气急败坏的怒吼声：“邱昊——”

"老……老师，别气，别气……我马上……马上切歌……"

大家哄堂大笑。

歌声戛然而止，教导主任一本正经地说道："请各位同学马上回到教室，准备午读，今天下午是本学期的第一次月考。"

邱昊赶在发试卷之前回来了，他一进教室门，同学们都笑了。他拎着不存在的裙角，在原地给大家行了个礼，被监考老师瞪了才赶紧回到位子上。

李明泽发起了呆，直到试卷传到面前，被前桌甩了几下，他才匆匆接过，一笔一画写上名字。

几张考卷做下来，李明泽都处于一种微妙的心不在焉的状态中。试卷还是写得满满当当，整整齐齐，但他的心思不在上面，可能是靠本能在做题吧。

试卷交了上去之后，班上的同学分成几堆在对答案，反复演算数学试卷的最后一道压轴题。

李明泽却没有这个心思，他从书包的最深处摸出之前放进去的奶糖，放进嘴巴里嚼，等奶味和甜味充盈了整个口腔，他才觉得好多了。

教室里的同学纷纷去饭堂吃晚饭了，李明泽不太想吃，他用校服外套盖住脑袋，趴在桌子上睡了。

校服外套将光线和声音都隔绝了，灯光影影绰绰，声音模模糊糊。一旦闭上了眼睛，脑海里又都是纷乱的思绪，各种想法在脑海里左冲右突，脑子嗡嗡的。

睡不着。

李鹤觉得有些奇怪，李明泽在家里的时候越来越沉默了。

两人相对吃饭，有时候一顿饭下来，一句话也不说。他们都不是多话的性格，但这样也未免太沉默了。有时候，李鹤看过去，会发现李明泽在看着自己发呆。四目相对的时候，李明泽又立马移开目光，装作若无其事。

李鹤开始以为他在学校发生了什么事，但看他成绩没有起伏，一如既往地优秀，和班主任通了电话，也没有任何异常。

说到底，李鹤是第一次养孩子，而且李明泽此前都是极为省心的，李鹤从来没有烦恼过他的教育问题。他坐在床沿上，表面上看着是在玩手机，其实目光一直落在李明泽做作业的背影上。

昏黄的台灯光笼罩在李明泽身上，李鹤伸出两根手指远远地比了比，发现李明泽的肩膀越发宽阔，从背面看，与成年男人没有差别了。

李鹤突然问道："你是不是不开心啊？"

过了一会儿，李明泽回过头来，摘下耳机，说道："怎么了？刚刚听听力呢，没听到。"

"没什么。"李鹤说。

李明泽点了点头就要回头继续做作业，李鹤又问道："你的糖是不是快吃完了？我给你再买点儿？"

李明泽转了回去，奋笔疾书，边写边说："学校有卖的。"

"哦。"李鹤讪讪地应了一声，站起来，说道，"不打扰你了，我……我出去走走。"

也不知道李明泽戴着耳机听到没有，李鹤伸了个懒腰，插着兜溜达着出去了。他才关上门，李明泽就摘掉了压根没有任何声音的耳机，搓了搓脸，撕了颗糖，糖纸被他攥在手心里。

刚才李鹤问他的问题他其实听清楚了，但不知道怎么回答。

他假装没听到的时候，李鹤脸上的失落和不知所措，让他心头闪过一瞬间的痛快，仿佛是将这段时间自己的忐忑不安尽数报复了。

想到这里，他又觉得不可思议。原来喜欢与讨厌是共存的，喜欢一个人的同时也可以讨厌一个人。

李鹤下楼去，发现楼下没组麻将局，没人在。李鹤想了想，出门拐个弯，绕到了台球厅后面。郭保志租的那三间房子的灯都亮着。李鹤还隐约听到了小孩子的哭声。

他心头一跳，绕回到前面，将手机掏出来，调到录音状态，又揣进兜里上楼去。走到二楼的时候，他装作路过，一眼就见到了在门口露出半个身子的成叔。

他故意大声招呼道："哟，成叔，这么巧？我正想上楼打两局球，一起？"

"嘘！"成叔忙说，"小点儿声。"

李鹤顺势过去，成叔把他拉进屋里，反手把门带上。

屋子里的灯都开着，站了好几个人，郭保志怀里抱着个孩子，很小，两岁左右，脸哭得红彤彤的，还有泪痕，郭保志手上拿着个奶瓶。

"这是……"李鹤小声说。

成叔说："孩子哭得厉害，奶里面加了东西，喝了就睡着了。"

孩子睡过去了，郭保志把孩子放在沙发上，让他睡。孩子睡得不安稳，头左右扭，挥胳膊蹬腿的。

李鹤看不过去了，在沙发靠背上拽了件衣服，垫在孩子的脑袋下当枕头。小孩子的脸蛋，触感软软的。

郭保志看向他："小鸟来了。"

李鹤扯出笑容来："郭叔，有什么要我做的，尽管吩咐。"

郭保志说："过两天有个买家联系我，你帮我去领一下？"

李鹤爽快地答应了，走之前忍不住回头看了一眼睡在沙发上的孩子，心里觉得难受极了。李明泽被拐过来的时候只比这个孩子大一点点儿，睁眼也哭，闭眼也哭，也是哭得脸蛋红通通的，可怜巴巴的样子。

李鹤顺手把录音文件转发给了邱悄悄，顺便约她明天见面。他心里琢磨着这个事儿，也就不再去计较李明泽的青春期的别扭言行了。

天气逐渐到了最热的时候，连体寒的李鹤也觉得燥热。洗过了澡之后，什么都没干，坐着就出汗。李明泽本来就比他怕热，旧T恤的短袖掖到肩膀上，背上还是被汗濡湿了。

睡前，李鹤推推他："热不热？都是汗，去外头冲一冲。"

李明泽说："不……不是很热，换件衣服就行了……"

李鹤："我热，我去冲冲，你先睡。"

天台上有个水龙头，李鹤把上衣脱了搭在一边，用长水管接在水龙头上。水管在白天晒得发烫，到了晚上，水还带一点儿温度，不凉。李鹤一身都是黏腻的汗，心头也烦躁，水管对着脑袋浇下去，爽得一激灵。

他小声哼着歌，虫鸣声窸窸窣窣，大裤衩湿淋淋地贴在身上，拖鞋踢踢踏踏踩在地上，一步一个湿脚印。

屋里灯已经关了，李明泽可能已经睡了，李鹤小声地带上门，就着窗外照射进来的月光，蹲下来在衣柜里翻找干的衣服。他把湿的裤子脱下来，扔到门外，光着屁股，抬脚的时候差点儿没站稳，扶了扶桌子。

身后的李明泽翻了个身，李鹤轻手轻脚地穿好裤子，爬到床上躺好。

“睡着了？”他小声问道。

李明泽正趴着，脸埋在枕头里，闷闷地应了一声。

李鹤又问：“你还记得小时候的事情吗？”

“多小？”

“很小很小，”李鹤问，“来这儿之前，来这儿的路上。”

李明泽顿了顿，说道：“不太记得了。来这儿好像坐了很久的火车，我一直哭，哭了又睡，睡醒了又哭，其他的……”

李鹤打断他的话：“别想了，我随便问的。”

李明泽：“嗯。”

李鹤一巴掌拍在他的背上：“不要老是趴着睡，压着肚子。”

李明泽说：“睡着了，别管我。”

李鹤哼道：“你小时候肚子疼还是我给你揉的肚子，这会儿神气什么……”

没一会儿，李鹤没了动静，像是睡着了。李明泽肚子压得难受，把脸从枕头里抬起来看了看他，松了口气。

他强迫自己在脑海里背古文，背《逍遥游》和《琵琶行》。难过的是，这些古文他都太熟悉了，倒背如流。他边背边分神想，要是李鹤能再帮他揉揉肚子就好了。

李鹤完全不知道他这些想法，一夜无梦，睡到天明。

第二天，李明泽问：“中午吃什么？吃过之后我回学校了。”

李鹤突然想到他今天轮休，和邱悄悄约了中午在西餐厅见。

他说：“我中午有事，你自己吃吧。”

“什么事？”

李鹤没想到他会问，没想好借口，一下子噎住了，半晌才回答道："约了朋友……"

"哪个朋友？"

"你审犯人吗？"李鹤说，"你不认识的朋友。"

李明泽皱起眉头："你哪个朋友我不认识？"

李鹤开门的手停住，转过身看向他，一脸费解又认真地问道："李小明，你怎么了？吃炮仗了？"

李明泽面无表情地说道："你有事瞒着我。"

"你也有事瞒着我。"李鹤扔下这一句话，开门走了。

李明泽深呼吸两口气，坐下来，拿出试卷和笔，企图静下心来。一个字都还没写，他"啪"的一声把笔拍在桌子上，抓起手机就跑了出去。

此刻，李明泽无比唾弃自己的行为。

他远远地跟在李鹤身后，既怕被发现，又怕跟丢。他绷着脸，越发觉得自己是个变态跟踪狂。他还以为李鹤要坐车，没想到李鹤拐了几个弯，过了几条马路，走进了西餐厅。

今天李鹤不加班，李明泽想道，难道他瞒着自己偷偷加班？

他还没来得及嘲笑自己异想天开，又见一个人跟着走进了咖啡厅，坐到了李鹤对面。两人对坐在窗边的卡座上，一起看着菜单。

那是邱悄悄。李明泽认识。

果然，他想。

李鹤和邱悄悄分别之后就回了家。他看时间还早，想着还可以跟李明泽一起吃个午饭。谁知道他回家时李明泽已经没在家了，书包也收拾走了，估计是回学校了。

李鹤给李明泽打了个电话，没人接，一声声忙音响在耳边。

他想给李明泽发个短信，想了想还是放下了手机。

不知怎么地，随着李明泽一天天长大，他们好像不知道该怎么说话了。他们原本是密不可分的两兄弟。可从李明泽上高中开始，时间就将他们两个一点点儿撕开了。

以前的李明泽太黏人，说不定现在这样才是对的。李鹤叹了口气想道。

他打开手机看了下日历，幸好，郭保志让他帮忙接买家的那天不是周末。李明泽不在，他就不用挖空心思编借口了。

他感觉青春期的李明泽就像个浑身上下都带着引线的炸药桶，不知道听了哪句话就会被点燃，发生爆炸。

最近是夏天最热的时候，天气预报每天播报各地高温，地图上处处标红，全国好几个地方的温度都超过了往年的最高温度。在李鹤的记忆中，就没有比今年夏天更热的夏天，只坐着什么都不干也冒汗。

大热天，李鹤穿着黑 T 恤，还戴着一顶黑色鸭舌帽，在人流量极大的长途客运站里杵着，像个大型吸热源。

客运站没有树荫，李鹤只能站在一个便利店门口，一边蹭着时不时从打开的门里面漏出来的空调冷风，一边在心里把郭保志翻来覆去骂了八百遍。

突然，有个穿花衣服的矮个子中年妇女走过来拍了拍李鹤的肩膀，吓得李鹤一激灵，绷紧了神经。那妇女见了李鹤，满脸堆笑，说道："好久没见到，长这么高了啊……"

这是郭保志告诉他的和买家的接头话。李鹤并不认识她。

"姨妈。"李鹤面无表情地喊道。

那妇女点点头，说道："走吧。"

她走在前头，李鹤跟在后头，皱着眉头左右看了看。左右都是带着大包小包，灰头土脸地等长途汽车的人。李鹤没看出有什么异常，也没有看出哪个人长得特别像便衣警察。

那天李鹤将录音发给邱悄悄之后，两人见了面，见面的时候，李鹤和邱悄悄的父亲通了电话，将今天来接买家的事告诉了他。邱悄悄的父亲明显是常年的上位者，说起话来滴水不漏，先肯定了李鹤的行为，但言下之意是要进一步取证，会让便衣跟着他上门。

电话的最后，李鹤问道："我想问一下，如果抓住了人贩子，以前被拐卖的孩子能找回亲生父母吗？很多年之前的。"

"一般来说很难，因为孩子大多都是辗转多人之手，但也不是完全不行。"

李鹤诚恳地道了谢。

"快走啊。"那妇女回头催道。

李鹤想，要是能让他一眼看出来，那也不叫便衣了吧？他赶紧收回目光，三两步地赶上去带路。

他在前面带路，那妇女在后面跟着。走出了长途汽车站，两人就一路无话。路上，李鹤试图搭话，但那妇女面无表情，嘴巴像是上了锁，李鹤索性也就闭嘴了。

李鹤将她带到台球厅那栋楼背后的铁楼梯处，领着她踩着咯吱作响的台阶上楼后，在门上敲了五下。

开门的是成叔。

那妇女压低声音说道："看看货。"

成叔让她进去。李鹤想跟进去，被成叔推出了门。

两人站在外面，成叔给李鹤递了根烟，自己也点了一根，说道："行了，行了，知道太多对你没好处。好好干，少说多做，最后亏待不了你。”

李鹤不想和他多说，反正他的任务完成了，于是随口找了个借口，转身就下楼。谁知道他一拐弯，就看见一个意想不到的人站在楼梯的阴影下面。

李鹤倒吸一口气：“你怎么在这儿？不是上学吗？”

李明泽杵在那儿，嘴唇发白，上面都是干皮，脸倒是红扑扑的，是那种不正常的红，眼神好像没有焦距，一看就是生病了。

李鹤赶紧上去拉住他，说道：“生病了？你们老师怎么没告诉我？快，回家去。”

李鹤拽着他回家去。李明泽可能是病蒙了，一路上都没说话。李鹤将他摁在床上坐好，就开始翻家里的体温计和备用药。

“我看到了。”李明泽突然说道。他的声音沙沙的。

李鹤不明所以地问：“看到什么？”

“看到你去约会了。”

李鹤摸不着头脑，转过身来，看着坐在床沿边的李明泽，将体温计塞到李明泽的手里，催道：“测测体温，别烧傻了。”

不用测李明泽也知道自己发着烧。

他甚少生病，一旦生病就不得了。他一整天的课都没有上，躺在宿舍里。邱昊给他带了饭堂的粥。

他躺在床上把被子裹得紧紧的，想起小时候生病的时候，也是这样裹着被子躺在床上，病恹恹的。李鹤则不停地烧热水给他喝。李鹤很急，烧水的时候还不小心烫了手，骂骂咧咧的。

第二天李明泽还在发烧，舍友建议他，不如请假去看看医生，顺便回家休息一下。

高三了，每个人都很怕生病，李明泽也一样。他不愿意耽误学习，但还是收拾了东西，向老师请了假回家。一路上，他整个人都昏昏沉沉的。他在巷子口一眼就认出了郭保志——因为后脖子上的那块红色胎记。

李明泽没有回家，反而是远远地跟着郭保志。他看见郭保志抱着个熟睡的小孩，顺着台球厅后面的铁楼梯上了二楼。不知道是因为发烧还是因为愤怒，他浑身都是烫的，嘴唇上起了干皮，用牙齿咬着撕掉了一点儿，尝到了铁锈味。

他还呆愣着，没一会儿，就见到李鹤领着个不认识的女的上楼了，然后就听到了成叔的话。刚才他还浑身发烫，这一下像是被一盆数九寒冬的凉水浇下来，浑身都冷了。

“我看见了郭保志。”李明泽接着说道，“他抱着孩子。”

李鹤面无表情地掀起李明泽的校服，将体温计塞到他腋下，说道：“夹住。”

李明泽低头看着他，愣愣地说道：“我都听到了，你在帮他们卖孩子吗？”

“不是。”李鹤硬邦邦地说道。

“你很缺钱吗？”李明泽说着拿起自己的书包，粗暴地拉开拉链，把里面的书倒了一地，又从最里面拿出自己的钱包，打开，把里面的钱全部倒在床上，“我存的钱全部给你，学费我可以自己交……”

李鹤大声说道：“不是！我是这样的人吗！我……你把体温计夹好！”

李明泽愣愣地坐在一堆书和零钱中间，整张脸还是红扑扑的，眼睛也红，水汪汪的，像只找不着家的小狗，可怜巴巴的。

李鹤又生气，又无可奈何。他站起来，左右踱步，不知道该怎么说，一回头发现李明泽还在愣愣地看着自己。

李鹤只好把事情都告诉他，不知道他听明白了没有，他看上去像烧傻了。李鹤只盼他别烧成脑瘫了。

李鹤："李小明，你得跟我道歉。"

"对不起。"李明泽从善如流道，"但你为什么不告诉我？你说过会马上告诉我的，你骗人了。"

他接着又轻轻地问道："找到了之后怎么办？把我送走吗？"

李鹤烦躁地挠挠头，说道："你不是小孩子了，不是我把你送走，你可以自己决定。我看看你的体温……快三十九摄氏度了，去医院！"

"不要。"

李鹤问道："不要什么？"

李明泽觉得自己如坠梦中，整个人都是飘的，所有的话都像隔了一层，听不清楚，脑袋嗡嗡地响，重得像灌了铅。唯一能听清楚的，是自己心脏的跳动声。血液飞速流动，发烫、沸腾。

他说："不要分开。"

"起来，去医院。"李鹤说道，"不是分不分开的问题。你长大了，迟早得独立。你不可能一辈子和我一块儿，懂吗？别坐着了！"

第十章 收网

李明泽是病晕了。李鹤这么想着。

李鹤扔给李明泽一件薄外套让他穿上，拽着他去医院。

一路上，两个人都沉默着。李鹤不知道该说什么。李明泽整个人都蒙了，时不时吸吸鼻子，在公交车的座位上都差点儿坐不住，一个劲往下滑。

他的脸是花的，泪痕干涸在脸上，李鹤抽了张纸巾给他，说："擦擦脸。"

李明泽好像没听懂他说的话，只是愣愣地看着他。李鹤嫌弃地"啧"了一声，把纸巾抖开，胡乱地在李明泽的脸上擦了擦。

到了医院，李鹤把他往医院的椅子上一摁，让他坐着，去挂了号，才带他去看诊。医生开了一堆药，还开了三天的挂水。

李鹤下意识地伸手去摸他的额头，就像小时候他生病了一样，好像没有刚才烫了。李明泽整个人都慢半拍，傻傻的。他抬头去看李鹤，李鹤像被刺了一下似的，赶忙收起手，喊护士来给他扎针。

李明泽小时候可娇气了。他怕扎针，但是脾气又倔，丝毫不想让人知道他怕痛，憋着眼泪还要装作无所谓。现在大概进步了一些，也可能是烧傻了，护士快准狠地扎针的时候，他不过是皱了皱眉头和鼻头。

护士姐姐见他还穿着校服，笑着问："疼不疼？"

李明泽慢慢地摇摇头。

李鹤看了看时间，该吃午饭的时候了。他转身往外走，走出去两步，回头一看，李明泽还坐在那里静静地看着他，呆呆的，也不说话，就这么看着他。

"饿了吗？我去给你买点儿粥。"李鹤说道。

李明泽点点头。

李鹤匆匆地从医院走出去，站在门外花坛旁边，原本想抽根烟，见来来往往都是病人就没点，只是叼着，脑子里来来回回咂摸李明泽说的话，用尽他二十多年来的人生经验，也没想出个所以然来。

李鹤把粥买回来了。他帮李明泽扶着碗。李明泽一只手扎着针，另一只手一点点儿地舀着吃。吃完后，李鹤扔个垃圾的工夫，回过头来就见他靠着椅子睡着了。

李鹤插着兜站在旁边，看着李明泽紧闭的眼睛，微皱的眉头，抿紧的嘴唇，看来看去也没看出来他这个优秀的脑袋瓜里面到底想的是什么。

一觉醒来，满满两大瓶吊瓶只剩下三分之一了，李明泽整个人都清醒了许多，刚才的记忆争先恐后地涌进他脑子里，他用没扎针的那只手捂着脸，简直想原地消失，羞愤欲死。他觉得自己简直完美诠释了什么叫"头脑发热"，是真的头脑发热，发热到三十九摄氏度那种。

“干吗？”李鹤问道，“想上厕所吗？”

他不问还不觉得，他一问，李明泽就真的觉得自己想上厕所了。他吃了粥又挂了水，小腹胀胀的。李明泽“嗯”了一声，自己撑着椅子站了起来，取下吊瓶。

李鹤赶忙站起来，接过他的吊瓶，说道：“我跟你去。

水挂完了，李鹤去叫护士来拔针，领着李明泽回家去。一切都很正常。

“我跟你老师讲了，在家休息几天，挂完水再回去。”李鹤说。

李明泽：“嗯，知道了。”

然后又是沉默。

沉默，沉默，沉默……沉默有如实体，横亘在两个人中间。

他不知道李鹤听明白了没有，甚至不知道李鹤听到了没有。像一个即将问斩的罪犯，刀架在脖子上，随时都有可能落下来。

还不如给个痛快。

“哥，”他说，“我之前说的……”

“吃药。”

李明泽“哐啷”一声撞翻了小桌子，药盒撒了一地，装好的热水也洒了。

李鹤大力拉开门，跨出去不到一步，又想起什么，回过头去，对着李明泽吼道：“记住吃药！”

李鹤把门摔上，边一步跨两个台阶，大步下楼去，一头扎进热烈的夕阳里才刹住车。外头还热呢，李鹤走得急，满头都是汗。想来想去，他拐了个弯进了网吧。

网吧今天的网管是韦正，他托着下巴坐在柜台。李鹤把身份证拍出来的时候，他才突然惊醒，原来是坐着睡着了。

“你……”李鹤看了看他的脸，问道，“你从哪个动物园逃出来的？”

韦正打了个哈欠，不明所以。

李鹤指了指他的黑眼圈：“你没事吧。”

“没事。”韦正虽然困，但看上去精神还不错，“钱的话……”

李鹤忙说：“不着急。帮我开台机子。”

网吧里冷气开得挺足。李鹤从冰柜里拿了瓶冰可乐，坐在开好的电脑前面，一时不知道干什么好。他个人的娱乐活动匮乏到了极致，电视剧不看，游戏也不打，最多也就在手机上划一划消消乐。

他开始担心李明泽在家里有没有吃药，中午只吃了粥，这个点了饿不饿，别待会儿病晕在家了都没人发现。

想到这儿，李鹤连忙把电脑关了站起来，在前台买了一包奶糖，拿着糖回家去，顺道又打包了一碗白粥和一碗螺蛳粉。粥是病号的，粉是他自己的。

李鹤一路拎回去，开门前还做了一下心理建设，绷紧了脸。谁知道屋子里已经收拾好了，桌子好好地摆着，看上去是吃过药了，打碎了的杯子也收拾了，李明泽躺在床上睡着了，缩成一团，像只虾米。

李鹤把吃的轻轻放下，轻手轻脚地翻出厚一点儿的被子给他盖上。才盖上，李明泽就睁开眼，可能是睡迷糊了，他没说话，嘴唇上都是干皮。

李鹤给他倒了杯热水，硬邦邦地说道：“醒了就起来，喝水吃粥。”

其实李鹤一进房间，李明泽就醒了，主要是因为螺蛳粉的味道太冲。之前有人在宿舍偷偷煮过，还没吃一口，就被宿管老师敲门了。用邱昊的话说就是，跟煮屎似的。

李明泽特别讨厌这个味儿，他有充分的理由怀疑李鹤是故意买的螺蛳粉。

两人对坐着吃饭，李明泽一口一口地吃没有味道的白粥，李鹤吃粉吃得满头大汗。

两个人都没说话，像是彼此对站在颤颤巍巍的跷跷板上，保持着微妙的平衡，谁先说话就会打破平衡摔下去。

最后打破这个僵局的是李鹤。他抽了张纸巾，把嘴巴上的红油擦干净，清了清嗓子，特别认真严肃地说道："我很理解你。"

李明泽没吭声。

"可能是你成长的过程中缺乏父爱，"李鹤开始瞎背查到的资料，"导致你对我太依赖了，你得学会独立了。"

李鹤说完就出去扔垃圾了，李明泽不紧不慢地吃完自己的粥。

刚才他一个人收拾满屋子的狼藉，突然想起了他很小的时候。他以为自己已经不记得了，原来还记得。

那时候他刚来，也是发烧了，浑身上下都烫，比现在还烫。他躺在陌生的地方，每天来来往往的人仿佛都看不见他，任由他躺着，只有李鹤搭理他，给了他一杯水。

收拾完之后，他累得躺在床上，那一瞬间他想明白了，如果李鹤就这么走了，不理他了，不要他了，那他就死心了。如果李鹤还回来，还扔不下他，那他就可以死皮赖脸地继续贴着。

快到晚上睡觉的时候，李鹤开始后悔自己为什么没有早点儿搞张新的床板，这尴尬而混乱的一天快结束的时候，他们还得挤在一张床上。

李鹤故意磨磨蹭蹭，在天台上料理一下早就死得差不多的花草。他用手指拨弄一下幸存的一小棵芦荟，往屋里瞅了瞅，觉得李明泽应该吃了药睡下了。

“唉——”李鹤叹口气，烦恼地抓了抓头发，撑着膝盖站起来，轻手轻脚地推开门——床上隆起一块。他悄悄走过去，李明泽睡在外头，他小心翼翼地跨过去，屏住呼吸，一点点儿地躺下，等躺好之后，才呼了一口气。

谁知道，一转头，就发现李明泽睁着眼，正看着他，差点儿把他吓得魂都飞了。

“我……你睁眼干吗？你吓死我了你知道不？！”

李明泽赶紧闭上眼睛，乖得不行，和下午嚣张的他好像不是同一个人。

李鹤在黑暗里瞪他一眼，没好气地问道：“还发烧吗？”

李明泽闭着眼睛说道：“不知道。”

李鹤想要伸手去摸他额头，手伸到一半又缩回去，赶紧闭上眼睛催促自己入睡。数羊数到两百了还没睡着，他睁开眼叹口气，发现李明泽还睁着眼看他。

李明泽赶紧又闭上眼睛，说道：“真的睡了。”

第二天李鹤要去西餐厅上班，早早就醒了，爬起来洗漱，出门买了粥，打算让李明泽病好之前天天吃粥。刚把粥放在桌子上，就见到李明泽醒了，躺在床上伸懒腰，伸了一半又停住，愣愣的。

李鹤说：“起来量体温，喝粥。”

李鹤给邱悄悄打了个电话，想知道接下来怎么办。

邱悄悄也很为难，她说："已经进入办案阶段了，我打听不到的。我爸说，你别打草惊蛇了，保护好自己就行了。"

李鹤答应了，心里还是没底。李明泽发了消息来，说体温三十八摄氏度，降下去一些了，自己去医院挂水了，中午吃了粥。李鹤本来不想回复的，想了想还是回了简短的一条："昨天买了糖，在抽屉里。"

下班回家的路上，李鹤顺道拐了个弯去台球厅后面。偶尔有一两声孩子的啼哭，但又很快安静了下去。

李鹤心里先是一松，证明孩子还在，还没被带走，然后又难受了起来，不知道孩子是睡着了还是被灌了掺药的牛奶。

李鹤杵了一会儿，没看到什么。他近日上班，这边的事情都没找他做，倒是李德业和成叔成天不见人影，估计是积极投身于拐骗事业了。

李鹤面无表情地想：都进局子去吧。

他拐个弯回家去，没走两步就见到了李明泽也往这边走。他吓了一跳，赶紧过去要拽着他回家。李德业和成叔估计也怕郭保志顾忌，没把李明泽的事情告诉他，要是让他知道了，估计不好办。

"你别过去那边知道吗？"李鹤吩咐道。

"嗯。"李明泽跟在李鹤旁边，生病这几天他好像瘦了一些，插着兜慢悠悠地往家里走，"我就是……想看看而已，不去了。"

再怎么装作不在意，李明泽对自己是被拐卖来的这件事，还是会在意的吧？

李鹤心情复杂，想着李明泽赶紧挂完这几天的水，养好病回学校去，省得他烦恼两人之间不尴不尬的相处，也免得耽误了李明泽学习。

这么一打岔，分床睡的事情又忘记了。

李鹤想，要是非要分床睡，岂不是坐实了两个人之间的尴尬吗？最好的处理方法就是一切如常，然后慢慢、慢慢地拉远距离，等李明泽过了这个劲儿，应该就好了。

晚上，李明泽就着热水吃了药，又量了体温。李鹤进房间的时候，他正好在看体温计，于是李鹤顺口问了一句："怎么样？还发烧吗？"

李明泽被他吓了一跳，体温计差点儿脱手了，拿稳了之后，一看："三十八度。"

李鹤皱眉道："都挂了两天水了，怎么还发烧？"

"不知道。"李明泽没看他，收拾桌面的药，"可能还要几天吧。因为平时没怎么生病，所以生起病来会严重一点儿吧。"

李明泽的脸色看上去还不错，没有昨天那么苍白，红润了不少，精神也不错，看上去倒像是好了。李鹤一阵疑惑，伸手要去够李明泽的额头，李明泽不自在地往后躲了一下，但还是没躲掉。

"不烫手啊。"李鹤说，"是不是我的手太烫了？你多量几遍啊。"

李明泽乖乖点头。

李鹤："糖先别吃了，回头咳嗽了。"

李明泽："好。"

到了第三天，李鹤依旧上班，李明泽自己去挂水，晚上回家的时候量体温还是差不多三十八度，李鹤整个儿疑惑了，也有点儿着急，跟他们班主任再请了两天假。

李鹤说："明天我再陪你去看一次医生吧，看看医生怎么说。"

李明泽说："你上班吧，我自己去就行。"

“好。”

又是干巴巴的对话。

李鹤本来就不是个特别正经的人，最不喜欢一板一眼，但这两天，两兄弟都是这样，玩笑不开，多余的肢体接触没有，有问有答。李鹤暗暗觉得有些焦躁，但又安慰自己，这样就挺好的。

晚上睡觉的时候，两人并排躺在床上，前所未有地安静，往常睡觉前都要聊聊天的。李鹤闭上眼睛，过了好久好久才迷迷糊糊，昏昏欲睡。他觉得身上一痒，可能是蚊子又可能是一阵微风。他没在意，翻个身，又睡着了。

起床之后，李鹤嘱咐李明泽量体温，待会儿把温度告诉他。

李鹤把昨天洗的衣服收了，推门进去的时候，里头砰的一声，李明泽手里拿着体温计，地上又摔碎了一个杯子，里头的热水洒了一地，还冒着热气。

“怎么这么不小心？”李鹤随口说道，“我收拾一下。”

李鹤没有责怪他的意思，一点儿小事，李明泽却一脸不自然，心虚极了，手上拿的体温计攥得死紧。

李鹤心里疑惑，问道：“你干吗？体温计给我看看，多少度？”

李明泽说：“和昨天差不多。”

李鹤越想越不对劲，伸手去拿体温计。李明泽一开始还躲了躲，看着李鹤要发火了，才绷着脸松了手。

李鹤一拿到手就发现不对劲了——体温计湿漉漉的，再一看，度数直接飙到了四十。他怒极反笑：“李明泽，你这是要煮熟了啊。”

李鹤甚少这样连名带姓地叫他，李明泽只不说话，每次他被训的时候就是这个倔模样，嘴唇抿得紧紧的。

“你蒙我干吗？你到底还发不发烧？你给我说老实话。”

李明泽说：“不发烧了。”

李鹤气得差点儿把体温计给摔了，说道：“我刚给你请了假。你还上不上学了？你到底想干吗？赶紧给我收拾东西滚回学校去。”

“对不起。”李明泽闷闷地道了个歉，站起来，一声不吭地开始收拾自己的书包，还是绷着脸。

李鹤心里还是气，抓起一个空药盒，往李明泽那边扔过去，砸中了他的后背。

李鹤深呼吸一口气，耐着性子说道：“你给我说说，你干吗这样？你不知道自己高三吗？开什么玩笑？要我好玩吗？”

李明泽没有转过去看他，又说道：“对不起。”

简直像一拳头打在棉花上。李鹤站起来，抓着李明泽的手臂，拽了他一下，让他转过来面对自己，说：“说话。”

李明泽这段时间瘦了些，五官轮廓更加突出，褪去了不少稚气，越发像个男人了。他说：“对不起，哥，我只是有点儿担心。”

担心人贩子那边出了什么岔子，李鹤受到牵连。

李鹤又气又急：“我说了，你别管这个事了，你得分清楚主次，懂吗？” 李明泽：“还有，我在想，如果我这次回学校了，下周末你会不会不让我回来了。你这几天，好像都不想搭理我了，也没有对我笑过。”

才刚刚觉得他成熟了，现在说出来的话又像个孩子说的。

李鹤心里感到一阵无奈，不知道是哪里出了差错，两兄弟会走到这一步。

他说：“你不能这样，我不能陪你一辈子。学习是你自己的，我不想因为我耽误了你什么。我没有不搭理你。我不笑很正常，你生病了我还笑个屁？”

李明泽不说话，张开手臂，上前一步，像是想要拥抱。李鹤一阵心慌，像应激的猫咪，一把将李明泽伸过来的手拍开，啪的一声，清脆又响亮。

李明泽顿了两秒，收回手，面无表情地拎起自己的书包，说：“我走了。”

留下李鹤一个人待在空荡荡的房间里。他愣了半晌，蹲下来，烦恼地抓了抓自己的头发。

脚边是之前李明泽慌乱间摔碎的杯子，碎片溅了一地，像是他们再也回不去的兄弟关系。

李明泽的老师发来他已经回到学校的信息，李鹤这才松了一口气。他上班也快迟到了，匆匆忙忙地跑出门。

李明泽没在，李鹤觉得整个人自在多了，一个人在床上滚来滚去也不怕碰到、挤到。

但他没有因此而感到轻松。他们的事，他没人可说，李鹤简直郁闷得要死了。他憋了一肚子的话，下班之后就跑去和沈小情吃饭。

沈小情的学校在本市，但离家并不近，她周末也不爱回家，所以两人一下子见面就少了。他们约在了沈小情的学校附近，大学附近总是有很多食肆、小店，性价比高。

到处都是青春洋溢的学生。两人对坐，都长得不赖，路过的人总要看他们。

李鹤满腹心事，拉了几句家常，问了问近况。沈小情见他心不在焉，伸筷子敲敲他的碗沿，说道：“想谁呢？”

“你觉得……”李鹤说，“你觉得我是不是应该谈个恋爱什么的？”

沈小情说：“你早该谈了，我总是怀疑你是不是无性恋……”

李鹤挠挠头：“但问题是，我好像没有能谈恋爱的人。”

“你就没喜欢过谁吗？”沈小情目瞪口呆，“一见不到就总是想，一天到晚老是想关心她，肢体接触就心跳加速，诸如此类。”

两人是坐在店铺外面露天的位置，人来人往，突然一辆电动车停在了李鹤后面。沈小情腾地一下站起来，明显紧张了，结结巴巴地问：“你……你今天，怎么……怎么过来了……”

李鹤转过头去，发现骑电动车的是韦正。

韦正原本一脸喜色，见到李鹤在一旁，脸一下子红了，也开始结结巴巴：“你……你也在啊，我……我路过，我……”

李鹤面无表情地装结巴：“你你你们聊，我我我我走了。”

两人闹了个大红脸。

满肚子烦恼的李鹤，结了账一个人揣着兜回家，心里憋闷得很，边走边踢路上的石子。他在家附近的小河边来回走了好几趟，抓着手机看了好几次，往常每天给他发消息的李明泽半个字都没有发来。

李鹤嘟哝了几句“臭小子”，溜达着一个人回家去。

回到家，李鹤发现楼下久违了的麻将局又开了，但是早早地散了场，只留下两桌横七竖八的麻将和满地的烟蒂。

李德业正靠在门边抽烟，见李鹤一回来就目不斜视地走进去，突然开口叫了一声：“喂。”

李鹤脑子里突然弹出了“我不叫‘喂’”这句话，差点儿笑出来。他面无表情地说道：“干吗？”

他们虽然说是父子，但李鹤一直以来都坚信，不是所有生了孩子的人都有资格做爹妈的。从李德业把他小时候养的狗炖了，还把他抽了一顿的那天起，李鹤就没再把他当爹，甚至没把他当人看，更何况他也没做多少好事。

蹲局子去吧，李鹤想。

李德业这两年老了许多，干瘦干瘦的，脸上都是沟壑，看上去更让人讨厌了。他说道："你这都快二十了，你……"

"二十四了。"

李鹤打断了他的话，头也不回地上楼了。他们没什么好说的，李鹤也不想听他到底要说什么。

还小的时候，李鹤就一直在想，李德业是不是挺恨他的，因为他跟他那个跑掉了的妈长得挺像的。

第二天，李鹤就知道为什么李德业要找他搭话了，说是过几天有个新客来了，还带了好些人，应该是个大单，需要李鹤帮忙望风。

李鹤原本不想掺和了，装作为难地说要上班，要推掉。

李德业又说了一遍，李鹤怕他们怀疑，毕竟当时是自己上赶着要插一脚的，这时候说自己要缩，怎么看都不合理，只好硬着头皮答应了，说自己会请假。

李德业给他塞了一沓钱，摸上去得有七八百。

李鹤："这是？"

李德业说道："上一单做成了，这是你的份。"

李鹤心里一突，觉得很不好受，又不能说不收，只能勉强扯出笑容，接过来胡乱揣进兜里，一回房间就把钱塞进抽屉深处，仿佛钱会咬手。他想着之后得交回去。

马上又要到周末了，一整个星期，李鹤都没有收到李明泽的消息，自然而然，李鹤也没有发消息给他。他不知道发什么，觉得发什么都不对，干脆就不发了。也不知道李明泽这周回不回。

李鹤苦恼地叹气，对着镜子看自己的发际线，觉得都要被李明泽给搞秃了。

那天是周五，李鹤只上了半天班，下午请了假。他心里总是惴惴不安的，去了郭保志那里报到。那里又多了几个孩子，都是小男孩，差不多大。李鹤都不忍心看了，心里在骂街。

下午四五点左右，来了几个人，领头的是个高瘦的男人，进来就说要看货。

李鹤在屋子里头没待一会儿，就被打发到外面望风去了。

好几个人都去望风了，李鹤和其中一个小混混守在一个平时极少人走的巷子口。那个小混混蹲着抽烟，李鹤却根本蹲不住，没有目的地左右踱步。这头平时根本没有人走，只有几个空荡荡的旧垃圾桶，在夏日里散发着不好闻的味道。

李鹤总是觉得心突突跳，静不下来，便问蹲着的小混混要了根烟。太阳快下山了，路口有风，李鹤点了几回都没点着，说道："我去拐角点根烟。"

那小混混打着哈欠说道："哦。"

李鹤叼着烟，拿着打火机，拐到了墙后，挡着风正要点，突然看到不远处的路边停了几辆车，下来了几个人，正朝这边走。

李鹤一阵紧张，点烟的手停下来，攥着打火机。领头的那个明显看见他了，抬手示意他不要出声，走近了之后出示了证件给他看。

李鹤心跳快得不像话，他指了指墙后，做了个嘴形，示意拐角后面还有人。

那人点了点头，几个便衣一下就把那个混混制服了，没让那混混说一句话，抓着他把他塞进车里了。李鹤把其他人望风的地方告诉他们。他们一点点儿地缩小包围圈，把台球厅那栋小楼给围住了。

李鹤蹲在他原本待的那个拐角，想把刚才没点着的烟点上，才发现自己的手紧张得都有点儿抖。他暗骂了自己一句没出息，深呼吸了两口气，平了平气，把烟点上。

这回总算是解决了吧？李鹤心想。

他烟还没抽两口，小楼那边突然传来了喊叫声，李鹤吓了一跳，烟掉在了地上，连忙站起来看过去。里头的人好像发现自己被围了，冲突很激烈。李鹤心里一沉，不会是还有别的盯梢的人吧？不远处还有几个便衣在外头守着，手上拿着对讲机。

“跑了几个？”李鹤忙说，“这边我很熟，那边还有条小巷子，可能从那里跑了，得赶紧，不然追不到。”

拿对讲机的那个马上派身边的两个人跟他去，还吩咐了李鹤要小心，支援在后面，马上就到，不要硬上。

李鹤匆匆答应了，领着两个警察就往小巷子里钻。这里的巷子跟蚂蚁地道似的，又窄，分岔又多，不熟悉的人很容易跑丢，但李鹤从小就在这儿钻，闭着眼都会走。

没一会儿，他们就看到了三个身影消失在拐角。

李鹤眼熟得很，心里暗骂，居然跑丢了三个大头。他脚程快，两个警察自不用说，李鹤带着他们抄了小路，从别人的店里穿过去，在下一个路口迎面撞上了这三个人——人贩头子郭保志、李鹤他爹，还有他爹的跟班。

三个人一眼就看到了他们，转身就要跑，李鹤都还没动，两个警察就箭一样地冲上去了。郭保志居然带了刀，明晃晃的，反射着夕阳，看得李鹤背脊发凉。

李鹤还没来得及有所动作，一旁的李德业就趁着两个警察一人对付一个，往岔路跑走了。

李鹤骂了一句，什么都没来得及想，追了过去。

李德业虽然身体底子好，但到底是老了，两下就被李鹤追上了。李鹤抓了他一把，李德业踉跄两步，脸上是穷途末路的疯狂神情。他也掏出一把小刀，是那种小水果刀，泛着冷光。

“你现在不跑说不定可以减刑。”李鹤喘着气，冷静地说道。

李德业恨恨地看着他，咬牙切齿：“我就知道，你跟你妈一个样，白眼狼。”

李鹤要上前，李德业疯了似的拿着小刀乱挥。李鹤怕被划到，连忙后退。李德业趁着这个空子，连忙转身就跑。李鹤听到了身后不远处有脚步声，知道支援快来了，心还没放下来，就见李德业逃跑方向的巷子口，路过一个人。

李鹤眼尖地认出，那是李明泽，那正是他放学回家的路。

李鹤吓得魂都飞了，像是蒙着眼睛走路，一脚踩空。他没来得及想为什么李明泽明明周六才回家，今天会出现在这里。他脑子一片空白，追着李德业冲过去。

李德业犹豫了，他不知道该不该跑到大路上，就在他犹豫的这半秒内，李鹤追上了。

李鹤从来不知道自己能跑这么快。他照着李德业的后背猛地一推，李德业被推了个踉跄，往前倒去，手撑在地上。

李鹤的心快跳到嗓子眼了，脑子却出奇地冷静、清醒，一脚把李德业手里攥着的小刀踢开。不远处的巷子口那里没人了，只有一辆辆车驶过。

可能是人被逼迫到了绝境，李德业的动作敏捷得简直不像是五十多岁的人，他顾不上被踢走的小刀，手边有散落在路边的砖头，估计是附近施工留下的，他瘦得青筋凸出的手抓起一块，回身就往李鹤头上拍过去。

李鹤没想到他这么狠，额角一阵剧痛，眼睛里进了砖灰，睁不开，一时天旋地转，朝后摔倒在地上。他还没来得及缓过来，额头上就一凉，还很痒，他知道，这是血流出来了，他想喊却喊不出来，因为李德业骑在他身上，掐住了他的脖子。

李鹤勉强睁开被血和灰糊住的眼睛，见到了李德业那张眼睛发红、五官扭曲的脸。

恍惚间，他想起了小时候他因为李德业炖了他的宠物狗而掀桌子，被李德业推到墙角用皮带抽的事。那时候，李德业也是这样，眼睛发红，五官扭曲，不知道是真的生气还是在发泄对他那个跑了的老婆的不满。

李德业被愤怒烧红的脸深深地印刻在他的脑海。他一直以为，他长大了，李德业一天天老了，他不再怕了，但在这个时候，脑海深处的恐惧又一次跑出来，攫住他的四肢，让他浑身发软，止不住地抖。也有可能是因为他被掐住了脖子，喘不过气来。

他的手拼命地在地上摸来摸去，试图能找到什么东西抓在手里，但抓来抓去都是徒劳。

突然间，李德业钳制住他的手松开了，倒在他身上。

新鲜的空气再次顺着被放开的喉咙涌进去，李鹤剧烈地咳嗽起来，喉咙一阵腥甜，火辣辣的，额头上传来一阵尖锐的痛。他勉力将压在他身上的李德业掀开，勉强睁眼看去。

是李明泽。

他穿着校服的白衬衫，手上拿着刚才李德业敲他的那块板砖。那块板砖上都是血，有李鹤的血，也有李德业的血。

李明泽脸上一点儿表情都没有，板砖从他手上落下来，掉在地上。他伸手想要去拉躺在地上咳嗽不止的李鹤，手上却都是黏糊糊的血。他把手往白衬衫上蹭，却蹭不干净，手伸出来又缩了回去，手指不住地抖。

李鹤勉强止住咳嗽，一把扯住他的手勉强站起来。手上黏糊糊，滑腻腻的，都是血。他的声音哑得像破风箱："没事。"

两人都没敢去看瘫倒在地的李德业。

李鹤看不见自己，不知道自己的脸上有多狼藉。额角偏上的地方豁了道大口子，又是血又是灰，脸上也都是血印子。

李明泽伸手想要帮他擦去，谁知道自己手上也都是血，糊得李鹤脸上更脏了。

李鹤急匆匆说道："你先回去，待会儿就说是我敲的。"

李明泽嘴唇发白，摇摇头。李鹤这才发现，两个人的手还紧紧地抓着，他手上也沾了血，连空气中都是铁锈味。

没一会儿，警察闻声而来，叫来了救护车把躺在地上人事不省的李德业拉走。李鹤因为头上的伤，也上了救护车。

李明泽说什么也不肯先回家，跟着上了车，手也不肯松，抓得李鹤手指都发麻了。

救护车上跟车的医生给李鹤简单处理了一下伤口，止了血，又给李鹤递了一包消毒湿巾，让他自己擦擦脸。他看不见，李明泽抽了一张湿巾帮他擦。李鹤不安分地要偏头去对着车窗玻璃，李明泽一只手捏住他的下巴。

“别动。”

李鹤这才意识到李明泽一直都没说话，这时候嗓子都是哑的，攥住湿巾的手还有些颤抖。李鹤心里一阵酸软，说：“我自己来，你喝口水。”

李明泽倔强地摇头，甩了甩因为紧张而僵硬的手，低低骂了一句粗话。

李鹤从来没听到过他说脏话，没忍住，笑了一声。

李明泽继续认真地捏住他的下巴，帮他擦脸上的血痂和灰，小声说道：“闭眼。”

李鹤怕他生气，没再笑了，安分地闭上眼睛一动不动。

救护车时不时地颠一下，李德业躺在旁边，吸着氧，人事不省，呼吸粗重，但这一切都没有打搅到他们。

李明泽认认真真地擦，比人生中任何一次考试都要认真，先擦干净鼻梁上的血痂，上面有细小的划痕，微微发红。李明泽小心翼翼的，生怕弄疼了他哥。

脸颊上也擦干净了，最后是眼皮。李鹤眼珠子在眼皮底下微微颤动，睫毛也在抖。李明泽留意到他的睫毛很长，闭上眼睛后，眼皮上有颗淡淡的痣，平时睁眼的时候都看不见的。

李明泽认真极了，好像这张熟悉到刻在心底的脸是他要探究的谜题。

“好了吗？”

李鹤感觉到他的手停了，呼吸不住地喷到脸上，一阵痒。他睁开眼，正好撞进李明泽专注的目光里，一时间忘了要说什么。他连忙移开目光，看向窗外。幸好医院马上就到了。

救护车一到医院，李德业就被拉去急救了，几个警察跟着。

李鹤心情复杂，不知道是希望他好好活着，还是希望他就这样挂掉。

李鹤的伤口很深，要打破伤风，还得缝针，医生说极有可能会留疤。李鹤并不在意，麻利地打了针，缝针的时候有些痛，但还在忍受范围内。李明泽不错眼地盯着他，好像生怕他疼晕过去。

李鹤忙说：“你去帮我买瓶水。”

李明泽好像不太愿意，直到李鹤说自己渴得难受，他才去的。李明泽匆匆地去，匆匆地回，还没进去，就听到李鹤在和警察交代刚才的事情。

“他掐着我的脖子，我就拿板砖敲了他的头。

“刚才那个？那个是我弟弟，他正好放学路过，我被敲了头站不稳，他一直拉着我，血都沾他身上了……”

警察告诉李鹤之后还会找他协助调查什么的，出来的时候正好和回来的李明泽擦肩而过。李鹤缝好针了，向医生和护士道了谢，拽着李明泽回家去。

出了医院，李明泽小声说道：“你说谎了。”

“嘘——”李鹤瞪他，“我又不是作奸犯科，这不是耽误你学习吗？”

李明泽眨眨眼，声音还有点儿哑：“我不怕。”

李鹤：“我怕行了吧。”

第十一章 新生

台球厅那栋小楼已经被围起来了，还有警车停在附近，不让靠近，警察们正在进进出出地取证。

李鹤他们家也被围起来了，他们兄弟一出现，四邻都像见着了美食的苍蝇，围上来嗡嗡地问个不停。

家里进不去，警察说取证还要些时间，让他们先去附近开个房，费用报销。

他们收拾了些东西，在李鹤工作的西餐厅附近的快捷酒店开了个间房，两个人都累得够呛，随便吃了点儿，洗漱一下就要睡。两人一人躺一张床，床软软的，但一时之间没有人睡得着。

李鹤听着外面的车流声，到了凌晨才迷糊地阖上眼。没睡一会儿，他听到重重的一声响，吓得一激灵，连忙坐起来，见是李明泽那头有动静，问道：“怎么了？”

“手机……手机碰掉了，没事。”

他的声音嘶哑，怎么听都不像没事的样子。李鹤忙打开床头灯，柔和的黄光中，李明泽脸色苍白，额头上都是冷汗。

“做噩梦了？”

李明泽再厉害，再说不怕，也不过是个十几岁的少年，迷糊中睡着，满头冷汗地从梦魇中惊醒，碰掉了放在床头的手机。

“没事。”他说，“睡吧。”

李鹤掀开被子下床，坐到李明泽床边，把床头灯拧暗，只一点点儿亮，就像小时候李明泽做噩梦的时候一样，摸摸他的脑袋，说：“我看着你睡。”

李明泽又缩回被子里，贴在李鹤的大腿边，小声地从鼻子里应了一声：“嗯。”

李鹤靠坐在床头，头一点一点的，昏昏欲睡，还没睡熟，旁边的李明泽在梦中一抖，又醒了，抱住李鹤，像溺水的人抱住唯一的浮木，身上汗津津的，声音还是哑的，凑在李鹤耳边说道：“哥，我做噩梦了，我梦见你死了。”

不等李鹤说什么，他又小声问：“我是不是杀人了？”

李鹤顾不上别的，手圈住李明泽的脖子，在他背上轻拍，像小时候哄他睡觉一样。

“没事，有我呢，快睡吧。”

两人都折腾到了天光乍破的时候才睡着。

早上李鹤是被闷醒的，醒来的时候发现李明泽整个人缠在他身上，紧紧压住他的大半个身体，脑袋拱到他的脖子下面，埋得死紧。

李明泽有些重了，个子又高，李鹤被他压得快要窒息了，轻轻地推了几下都没推开。

李鹤费了老半天劲儿才把李明泽从他身上扯开，下床去洗手间解决。洗手的时候，他照了下镜子，发现脖子上的掐痕吓人得很，跟上吊未遂似的，额头上的伤还包着纱布，过几天才能拆线。

快捷酒店的窗帘很厚，将外头的阳光都挡住了。李鹤微微掀开一条缝，阳光从缝里倾泻进来，李鹤生怕太亮了把李明泽弄醒，连忙又把那条缝挡上，小声打电话向西餐厅那边请了几天病假。

他轻手轻脚地换好衣服，出了门，没什么胃口，先去医院转了一圈。也不知道李明泽使了多大的劲儿，李德业被那一下砸得狠了，还没醒。李鹤心里有些惴惴不安。他知道大概这算是正当防卫，但万一老头真挂掉了，会不会追究呢？

病房外面有两个警察守着，李鹤没有多逗留，站在医院外面的阳光里，给邱悄悄去了个电话。两个人聊了几句闲话，李鹤犹豫着说道："我问你个事儿，你别往外说。"

邱悄悄一口答应了。

李鹤对她比较信任，斟酌着将李明泽的事儿告诉了她，问道："隔了这么久，还能找到……"

"亲生父母"这四个字到了嘴边，李鹤却没说出来，总觉得有些难以言表。

邱悄悄虽然感觉意外，但也忍住了没多问，想了想，说道："这几天我也听我爸在聊这个事情。你知不知道有个东西叫'基因库'？几年前才有的。如果父母曾经录入血样，那么只要孩子的血样数据也录入，对上了就马上能确认，公安局就能采血送检，很快的。"

"好的，"李鹤说，"谢谢。"

没有一对父母会不想念自己走失的孩子吧？

那只要将李明泽的血样送检，一下子就能找到他的父母了，简单迅速。

李鹤没想到这个问题居然这么容易解决，有些愣了，在阳光下晒得后脖子发红，才连忙回过神，外带了吃的回去。

他回去的时候，李明泽刚刚醒，坐在床上，一脸茫然，直到看到提着外卖回来的李鹤，才彻底地清醒了，傻里傻气地说道："哥，我还以为你不见了。"

"睡蒙了吧你？"李鹤说，"刷牙洗脸吃东西。"

李鹤的喉咙可能被掐伤了，吞咽东西的时候有点儿痛，只能喝粥。他小口小口地喝，从未有过这么斯文的时候。李明泽没有什么胃口，也是小口地吃，想问点儿什么，欲言又止。

李鹤主动说道："我去医院了，没醒。"

李明泽点点头。他胃里胀得难受，吃不下，又怕李鹤担心，强行吃下去一些。

晚上睡觉的时候，李明泽又做噩梦了，后脖子凉飕飕的，都是汗，惊醒之后都不知道自己梦了什么，血液滑腻腻的触感还留在手上，一看到李鹤脖子上的掐痕就后怕得脊背发凉。

他原本应该上完周六上午半天的课才放学的，但周五是期中考，周六的课不用上，学校给放了假。那时候他还和李鹤闹着别扭，两人谁也没给谁发信息。他沿着平时回家的路走，路过巷口的时候，看见两个熟悉的身影一闪而过。

李明泽走过了几步之后才回味儿过来那是谁，生怕出什么事才折回去看，没想到真的出事了。

他拐进巷子里的时候，李鹤被掐着脖子压在地上，满脸都是血，奄奄一息。他什么都没来得及想，捡起沾了血的砖头，狠狠地往李德业脑袋上砸。

这两天，这个场景总是出现在他的梦里，而且总是被噩梦添油加醋。

他不后悔砸那一下，只是后怕，止不住地后怕。一想到李鹤有可能因此而死了，从此消失了，或者受到了不可逆的伤害，他就觉得胃里难受得不行，又胀又坠，想吐。

李鹤见他又做噩梦了，没顾上多想，最后还是爬到了他的床上，将灯扭到最暗，打着哈欠说道："快睡。"

李明泽手脚并用，缠到李鹤身上，感受着他的体温，他的心跳，他的呼吸。

就是李明泽五六岁那会儿也没有这么黏人，李鹤感到一阵不自然，往外头挪了挪，李明泽箍紧了手，两个人之间一点儿缝隙都没有。

时间不早了，已经过了零点很久，李鹤只好作罢，不挪了。

李鹤还有点儿心虚，他没有把基因库的事情说给李明泽听，他直觉现在不是一个说出来的好时机，说出来只会让李明泽更加心烦意乱，但到底什么时候才是好时机，他也不知道。

该死的。

李鹤在心里骂了一句。

他发现李明泽动了动，连忙闭上眼睛装睡，听着动静。

李明泽小心翼翼地松开了他，下了床进了洗手间。他出来的时候，李鹤装作刚醒的样子，揉揉眼睛坐起来。

李明泽抓着背心的下摆掀起来换衣服。

他之前生病那会儿瘦了些，这几天又瘦了些，轮廓都立体了起来，眉弓形状锐利，鼻子高挺，身上也瘦了，肌肉的轮廓清晰了不少。李鹤不知道他什么时候把身板锻炼得这么好看，肩是肩，背是背，腰腹绷紧的时候有蓄势待发的力量感。

有人打电话来通知他们可以回家住了，两兄弟收拾了东西回去。

经过这两天，左邻右舍都隐隐约约知道发生了什么事，看向他们的目光带着探究和好奇，想要问点儿什么又不好开口。

家里没有预想中的那么狼藉，和原来差别不大，甚至还整齐了一些。

李鹤没有去动李德业的房间，也没有谁想去睡那个房间，两人还是挤回天台的小棚屋里。

李鹤琢磨着把这栋小楼租出去给商户，然后他们再在附近租个好点儿的二居室。

晚上，两人正吃着晚饭，电话又来了。

李鹤接起电话说了两声就挂了，脸上神色复杂，说道："那老浑蛋醒过来了，没死，脑震荡而已，可以好好地去坐牢了。"

李明泽愣愣的，一时间没有反应过来。

李鹤想到他那天满手都是血，衣服上也是，想要拉他却又缩回手的样子，心里又酸又软，忍不住伸手在李明泽的后脖子捏了捏，声音放缓："没事了，别怕。"

李明泽脑海里这几天紧绷的弦突然松了。

突然，李明泽捂着肚子趴在床上。李鹤吓了一跳，他推了推，李明泽还是不动。

李鹤慌了，赶忙把他掀过来，见他的脸和嘴唇都是白的，好像真的很疼。李鹤连忙去掰他的手，要撩起他的衣服下摆看他的肚子。

李明泽任他看，随后“扑哧”一声轻笑出来。李鹤停住动作，以为他刚才是装的，瞪他，张嘴又要骂人了。

李明泽的笑容顿时僵住，皱着眉从床上爬起来，冲出门去，弯着腰把刚才吃的几口饭吐了出来，把李鹤吓得不轻。

“怎么了？”李鹤跟在他后面拍他的背，“要不要去医院？”

吐出来之后舒服多了，李明泽喘着气，开了水龙头，侧着脑袋张嘴接了些水漱口，溅得半个身子都湿了，说道：“没事，这几天情绪不好，胃不舒服，养几天就好了。”

听见他说没事，李鹤的气又来了，哼了一声。谁都没心思吃饭了，冷着脸进去扒拉几口就把桌子收了，都没讲话。

李明泽漱过口之后还是喉咙发苦，便抓了颗糖吃，三两下嚼了，满嘴都是奶味儿，心情前所未有地轻松。看着李鹤板着脸忙里忙外，他甚至想要哼起歌来，但怕自己过于嚣张，只好拿出作业来做。

这栋房子从来没有这么安静过，没了楼下麻将碰撞的声音，没了李德业边搓麻将边骂骂咧咧的声音，舒心多了。外头时不时传来微弱的人声，还有虫鸣声。

李鹤洗漱完，趴在床上玩着手机。李明泽坐在书桌前补落下的作业，听见李鹤打哈欠的声音，把台灯扭暗了一些，怕太亮了打扰李鹤睡觉。

第二天，李明泽去上学，临走之前他还特意提醒李鹤，这周六早上要开家长会，发期中考试的成绩。李鹤认真地拿笔写在家里的框框里，其实不用写他也记得，老师早早地就发短信通知了。

周六那天，李鹤早早地就起了床，认真地换了身衣服。

初秋的天气还是热的，太阳猛烈的时候晒得人脑袋发昏。

为表认真，他没穿往常的T恤、牛仔裤，穿了件薄薄的灰色毛线衫和黑色休闲裤，衬得腿又长又直。

他脖子上的掐痕已经消了，只剩下淡淡的红，不认真看的话一点儿都不显眼。倒是额角上拆线之后留了道疤，缝针时候剃掉的头发还没长出来，没办法挡住。李鹤对着镜子看了半天，最后只能不管了，赶紧出门。

李鹤上回来省附中还是上学期放假前。学校里一如既往地青春洋溢，李鹤走在校道上，连脚步都不自觉放轻了一些。

他来得早，但教室里已经坐了好些家长了。孩子高三了，哪个父母不紧张？他们一坐下来就开始相互聊天，交流信息。

李鹤在李明泽他们班还挺出名，毕竟又年轻又帅的哥哥时常来开家长会，比谁都显眼。他才出现在班级门口，就有人大声招呼李明泽："你哥来了——"

李明泽在走廊上靠着栏杆，一听到招呼声就转过身来。他看着李鹤，咧开嘴笑了，露出一点儿牙，把李鹤领到自己的位子上。

李明泽个子高，坐在最后一排。李鹤坐下来，看到抽屉里整整齐齐地放着些书，桌面上干干净净。

他小声说："行了行了，你干自己的事情去吧。"

李明泽他们的班主任是个干练的中年女人，不煽情也不啰唆，发了成绩单就开始分析起数据来。李鹤一看发到手上的成绩单，数字密密麻麻，多得人眼花缭乱。见李明泽排名那一栏是一个简单明了的"1"，李鹤忍住脸上的笑，不由得挺了挺腰，与有荣焉。

各科老师都讲了一轮，最后班主任又出来了，声音放缓了一些，说道："高三快过去一半了，这段时间，孩子们和家长们都辛苦了，有孩子提议想要给家长写点儿心里话。"

有几个学生进来，手上拿着一沓沓信封，按照位子，分发给家长。

李明泽把写着自己名字的信封放在李鹤面前，还朝他眨眨眼。有些早拿到信的家长已经拆开在看了，有些感性的妈妈已经开始悄悄地抹眼泪，又怕被人看见难为情，轻轻地抽纸巾揩拭眼角。

李鹤更好奇了，不知道李明泽给他写了什么。

他赶紧拆开信封，展开信纸。

李明泽的字写得极好，笔锋遒劲锐利，一笔一画都力透纸背。

课室里的氛围既伤感又温馨，教室外面留下来偷听家长会的学生都有点儿不好意思，想要探头从窗台看看自家爸妈的反应，但又怕尴尬，缩头缩脑的。

正在看信的家长，有的板着脸，强行不露声色，有的却遮遮掩掩地又哭又笑。

大家向来都不善于直接表达和面对真实的感情。

家长会结束，家长们鱼贯而出，凡是和李鹤对上眼神的，都朝他笑了笑。

鉴于李明泽是全校闻名的学霸，大家都是又羡慕又嫉妒，表面上客客气气的，以前还企图从李鹤嘴里套出学霸的学习秘诀，谁知道李鹤一问三不知，茫然地说道："我都没怎么管过他，他自己挺努力的，我不知道啊。"

上了高三，还是省附中的高三，谁不努力啊？李鹤在不知不觉间收割了一波"仇恨"。

李鹤靠在栏杆上，探头往下看，一下子就看到了在楼下的李明泽。

他个子高，将普通的校服白衬衫撑得极好看，阳光落在他肩头，是跳跃的金色。他从旁边的女生手里分走半沓书，两人并肩走在树荫下。

那女生雀跃地说着什么，李明泽时不时答应两句，任谁看了都是舒服又熨帖的青春剪影。

李鹤撑着栏杆，心里头却不是滋味。

他对李明泽从小就保护过度，生怕他过得不开心，生怕他在学校被欺负，这几年才有意地拉远距离，但如今境况又不一样了。

李鹤从小学习就不好，甚至可以说他压根就没怎么学习过，数学尤其差。现在的境况复杂得就像数学题，条件还不停地变化，让人摸不着头脑。

李鹤站在走廊里，看着李明泽拿着书上了楼，很快他就出现在走廊尽头的楼梯口。

李明泽见家长会结束了，将手上的书交给了其他同学，想要赶紧收拾东西，和李鹤一起回家。

李鹤在走廊里等他，隔着窗户看他在里面弯着腰收拾东西，脸上都是笑，任谁和他说话他都笑，心情好极了，笑得眼睛都微微眯起来，好像刚才偷偷把落在肩上的阳光都收集起来，放进了眼睛里。

走在回家的路上，两人都没说话，但这时候的沉默，和之前两个人闹别扭时候的沉默不一样。

现在，即使是沉默，李明泽身上都散发着快乐的因子，李鹤也不由得被他感染得心情轻快起来，路上的一花一草一木也散发着与往日不同的光芒。

快到家了，小巷子里没什么人，李明泽清了清嗓子，叫道：“哥。”

李鹤警惕起来："什么？"

"那个，"李明泽问道，"信，你看完了吗？"

李鹤冷漠地说道："没有，扔了。"

李明泽假装看不见李鹤裤兜里露出来的信封一角，勾了勾嘴角，应道："哦。"

到了家，李鹤对着镜子看自己额角上的疤。疤有两三厘米长，在靠近发际线的地方，头发要是再长一点点儿应该看不见了。以后就不能剃寸头了，李鹤倒是无所谓，只是觉得寸头更加方便。

李明泽凑到他身后，也去照镜子，说："哥，我头发长长了，帮我剃剃。"

李鹤不置可否地哼了一声，一脸不乐意，但最后还是推着李明泽往外走。

李明泽把上衣脱了，坐在天台的小板凳上，高大的个子蜷成一团，低着头，等着李鹤给他剃头。李鹤一手摁在李明泽的后颈上，让他再低点儿头。

夕阳的余晖散发着余热，李明泽从小就体热，皮肤是烫的，背的中间有一道沟壑，一直往下延伸，肩背的肌肉在李鹤的手底下紧绷，带着少年人的紧致和蓬勃的朝气。

其实李明泽的头发没长多少，他只是眷恋剃头发这个行为所代表的亲密无间，就像此刻，电推子发出嗡嗡的闷响，贴着他的头皮剃掉头发。李鹤手指微凉，贴在他的脖子上，两人的影子在脚边交叠。

"好了。"李鹤轻吹一口气，吹走李明泽脖子上掉下的碎发。

李明泽抖了一下，被吹了一口仙气似的。

李鹤说："你……你知道有个东西叫'基因库'吗？就是专

门为了……”

李鹤喉咙干涩，闭着眼睛，艰难地将这句话说出来，谁知道还没说完，就被李明泽打断了，他说：“我知道。”

李鹤睁开眼睛，两人四目相对，李明泽说道：“今天下午开家长会的时候遇到了邱昊的姐姐邱悄悄，她跟我讲的。”

其实他不是今天才知道的，在很早之前，他就知道了。通过“打拐基因库”，他有很大概率找回自己的亲生父母。

但在这之前，他压根没敢提起过。一方面，他怕李鹤心里不高兴；另一方面，他知道，一旦听说了这个方法，李鹤一定会让他去试，但去试的话，警方务必会一问到底。那个时候，他还没有把握让自己和李鹤不受到伤害。

现在时机成熟了，整个贼窝都被端了，李德业也进局子了。

李明泽也曾在很多时候想到自己的亲生父母，会设想假如他没有来到这里，没有来到李鹤身边会怎么样，有时候他压根不敢多想，觉得这是对李鹤的背叛。

李鹤问：“那……你想吗？”

“我想，”李明泽说，“但我也不想离开你。”

李鹤来不及再说，李明泽紧接着说道：“你会一直陪着我吗？”

他问的时候，目光一直没有移开过。

他的眼神像正午的太阳。在正午的阳光下，一切都无处躲藏，李鹤只能遵从本心地回答。

“我会。”李鹤说。

等这一阵头昏脑热的劲儿过去了，李鹤又开始不安起来。他到底答应了什么啊？他没有答应什么啊。为什么李明泽的表情就像偷藏了骨头的小狗，恨不得摇起尾巴来？

李鹤忙说：“你得意什么？我没说什么啊。”

李鹤坐在原地，轻轻地摸了摸自己的嘴角，疼得“嗞”了一声，看着李明泽雀跃的背影，又觉得心情好了起来。

只要李明泽开心就好了，李鹤想，以后的事情以后再说吧。

血液采样必须要到市公安局。

那天早上，李明泽在学校请了假，李鹤起了个大早，两个人坐上车一起过去。在车上，李明泽看着窗外，李鹤说：“困吗？还有好多站呢，困的话睡一会儿。”

“不困，”李明泽摇摇头，“有点儿紧张。”

李鹤笑了一声，伸出手在他紧绷的后脖子上捏了捏，说：“不要紧张，如果……”

如果什么，他没接着往下说，李明泽可能太紧张了，也没在意。公交车有点儿颠簸，李鹤感觉自己的心也随之上下颠簸。

采样的过程非常顺利，一点儿都不复杂。他们填了些表，连同等候的时间，花了不到两小时。过于顺利了，两人都感觉有点儿不真实，李鹤甚至问了一句：“这就好了吗？”

负责接待他们的警花姐姐被这句话逗笑了，说道：“好了。之后会把血样送到司法鉴定中心，如果没有问题的话，就会录入基因库进行比对，两周之内会有结果的。”警花姐姐笑道，“祝你顺利。”

李明泽愣愣地点点头。

回去的路上，李鹤见他整个人都有点儿恹恹的，心不在焉，就带他去吃烤肉自助，去的还是他们吃了很多年的那家。老板比起前两年发福了不少，见到他们来了，主动送了两瓶冰豆奶。

心情并没有影响李明泽的食欲，他还是那样，以让人吃惊的食量不紧不慢地吃。李鹤早就吃饱了，在那儿给他接着烤，烤了一串又一串，看得李鹤第二遍都饱了，李明泽总算打了个饱嗝说自己饱了。

李鹤烤得手都酸了，连忙结了账把他领走。

李明泽吃饱之后好像回魂了，整个人都放松了不少。两人遛着弯回去。秋天已经悄没声儿地来了，河岸边的银杏树叶黄了一些，好像是秋的手不经意拂过，树叶簌簌地颤动起来。

"哥。"李明泽喊道。

李鹤："嗯？"

"哥。"他又喊了一声。

"干吗？"李鹤说，"听到了。"

采样的时候留的是李鹤的电话，搞得李鹤这几天都很紧张，上班的时候也时不时掏出手机来看，生怕自己错过了来电或者信息。一旦电话响了，整颗心都像被捏住，手忙脚乱地掏出来，发现不是，他又松了一口气。这样几次下来，李鹤觉得自己都短命几年了。

李明泽明显也很紧张。周末两个人正吃着饭，李鹤的手机突然响了，两人吓得差点儿把碗都扔了。李鹤急忙站起来，看都不看就把电话接起来，李明泽紧紧盯着他。

李鹤骂了一句才说："推销电话。"

李明泽"哦"了一声，明显是松了口气，却还要装出若无其事的样子，继续低头吃饭，搞得好像李鹤特别不稳重。但李鹤知道他比自己还要紧张。

李鹤重新搞来了一张床板，李明泽怎么都不肯分床睡，非要两人继续挤在小床上。李鹤只能趁他睡着后，自己爬到新床板上睡，谁知道到了半夜，觉得后背热烘烘的，睁眼一看，李明泽也从床上爬下来，贴着他的背睡。

李鹤想要推醒他，让他回床上去睡，谁知道才挪动了一点点儿，李明泽在睡梦中好像有所察觉，皱着眉头，跟着挪了挪，直到贴着他才罢休。

李鹤看得有趣，又往外挪了一些，李明泽又皱紧眉头，直接伸出手来，横在李鹤的肚子上，把他往自己那边一捞。

跟小时候一样，小磁铁。

李明泽刚来那会儿更夸张，能一晚上保持同一个姿势，一动不动地贴着人睡，也不起夜，也不翻身。李鹤每次半夜上厕所回来，就见李明泽坐在床上，揉着惺忪的睡眼等着，等自己躺下了，他才再次倒头贴着自己睡下。

缺乏安全感。

想到这里，李鹤原本想要把李明泽踹回床上去，又罢休了。他叹口气躺下，扳着手指头算，到明天就满两周了，怎么还没有消息呢？

说是两周，真的正好是两周。

两周期限的最后一天，李鹤总算接到了电话，声音很熟悉，是那天接待他们的警花姐姐。李鹤手心都出了汗，把电话按了免提，让警花姐姐甜美好听的声音外放出来。

李明泽紧贴着坐在他旁边，跟他一起听。

“你……”李鹤觉得喉咙干涩，清了清嗓子，“你好——”

“你好，”警花姐姐说，“经过比对，基因库里没有能对上的基因样本。”

李鹤愣住了。他做了这么久的心理建设，就是等着这通电话打过来，告诉他们找到了，没想到答案居然是这样。

他说：“那意思是？”

警花姐姐安慰道：“基因库也是这几年才推广开来的，不知道的也大有人在，不要太失落，我们会把基因样本储存起来，如果之后有比对上的，一定会第一时间通知你们。”

李鹤应了一声，李明泽接过手机说：“谢谢。”

“不客气。”

电话挂掉了，忙音在寂静的房间里响起，李明泽将免提关掉，站起来，说道：“走，吃饭去吧。”

基因库这个事情，好像是投入他们生活的一颗小石头，扑通一声，泛起一些涟漪，然后就杳无踪迹了。但李鹤知道并不是这样。晚上睡觉的时候，李明泽黏着他，问他：“哥，你说他们是不是也没想要找我？”

李明泽的声音沙沙的，也不知道他是真可怜还是卖可怜。李鹤连忙说道：“别乱说。你也听到了，很多人还不知道这个基因库呢。”

“嗯。”李明泽小声说，“哥，我只有你了。”

李鹤又何尝不是这么想。

他扪心自问，在失望之余还是有那么一丝窃喜，只有一点点儿，再多一点儿他就要唾弃自己了。

在李明泽回学校上学之前，李鹤和他商量道：“我想把这里租出去，然后我们在你学校附近再租套房子。”

这件事李鹤想了很久了，只是找李明泽亲生父母这件事一直挂在心上，现在既然暂时没有消息，那就先把这件事情提上日程吧。

李明泽没有意见，问道："那要我帮忙吗？"

"不用，你好好学习。"李鹤想了想，又问道，"你想住什么样的房子啊？太贵的可能没有办法。"

李明泽想也不想地说道："没有要求，和你一起住就行了。"

这件事很快就解决了。李鹤把这栋小房子租给了一家搞大排档的。一楼用来支摊子，二楼拿来住。租户还算爽快地给了钱。用他们给的钱在李明泽学校附近的旧楼租套二居室后，还有一两百块富余。

准备搬家之前，李鹤叫了韦正过来帮忙，一起清理旧房子里的东西。

李鹤说："不耽误你事儿吧？"

韦正摇摇头，说："没事儿。"

李鹤没忍住，还是问了韦正他妈妈的事情。

虽然韦正说得轻描淡写，但李鹤还是听出来了，一直住院，定期透析，三天两头出病危通知书，不过是吊着性命而已，但谁也说不出劝他放弃的话，只能叹口气。

"那，你跟小情……"李鹤问道。

韦正先是脸一红，然后又耷拉了脑袋，说道："别说了，我这样……"

李鹤又闭了嘴。

两个人默默地整理东西，不再说话了。

李德业的东西，除了一些证件，其他都被李鹤扔了个精光。

在清理李德业床头那个小柜子的时候，李鹤在柜子最底下找到了一张泛黄褪色的旧照片。照片里，他才几岁大，年轻时的李德业看上去还很精神、帅气，李鹤的母亲漂亮得惊人，一家三口都在笑。

李鹤看了看，最后把那张照片也扔进垃圾桶了。

把李德业的东西清干净，就只剩下他们兄弟的东西了。

李鹤和韦正一起把大件的东西搁到门外，等收废品的来收。

韦正看了看时间，差不多得去打工了，李鹤想要给他塞钱来着，他没收，骑着电动车一溜烟地走了。

李鹤回到家里，趁机把他们兄弟的一些零碎东西整理一下。

之前放在沈小情那儿存钱的小箱子已经拿回来了，一开始是存在家里不安全，后来是存习惯了。李鹤不放心把所有鸡蛋都放在一个篮子里，西餐厅的工资存在固定的工资卡里，一些现金存在小箱子里。现在小箱子里面是空的，钱都存起来了。

李鹤又往柜子深处翻了翻，柜底的陈年杂物都被他翻了出来。

有本破旧泛黄的作业本，李鹤拿出来抖了抖，里头掉出一块小布片，一点点儿大，本来是白色的，现在已经比枯叶还黄。

这是李明泽刚来的时候，李鹤从他的衣服上撕下来的姓名标，上头写着李明泽本来的名字——明泽。

姓明。

“李”是李鹤给他加上去的。

李鹤恶趣味地想，那会儿应该直接给他起名字叫李小明。

他又想，那会儿之所以没给他改其他名字，是想着迟早要把他还回去吧？

李鹤不多想了，把泛黄的作业本扔掉，把印着名字的小布片放进那个本来装钱的小箱子里。

第十二章 血缘

高三一直补课到腊月二十七。

放假那天，李明泽早早地收拾东西回家。李鹤带他去看租好的房子。

两兄弟的新住处在一片很老的居民楼里，虽然旧，但比起原来住的地方好多了。原来的家附近都是三教九流的人，脏兮兮、乱糟糟的，这儿好多了，住的都是老人家。

傍晚时分，趁着还有一点点儿阳光，早早吃了饭的老爷爷、老太太下楼遛狗，碰见了他们兄弟，问清楚是准备搬过来的，还给他们指路。

旧楼没有电梯，他们租的房子在五楼，楼道里已经有些暗了。楼道的灯虽然昏黄，但好歹还没坏，开关在楼道的墙上，李鹤摸了一墙的灰才摸到。

小小的两居室，一进去就是饭厅，两个房间门对门，厕所和厨房都不大，还有个小小的阳台。阳台上还留着前任房主的盆栽，看上去生机勃勃，没被最近的寒流击垮，爬着杆，开着最后一朵小白花。

家具大都是现成的，添些日用品和床上用品就行。

“怎么样？”李鹤不知道为什么有点儿紧张，“还行吧？”

李明泽看上去满意极了，看了一圈，唯一不太满意的就只有房间了。他说：“哥，我能跟你一块儿睡吗？”

“不行。”

“我怕黑。”

“你放狗屁。”

这儿离李明泽的学校不算特别近，离得近的房子房租都贵得很，但也不算隔得太远，步行二十来分钟能到，嫌累了坐一站车就行，堪称完美。

兄弟两人挤在小阳台上往外看，楼和楼之间隔得不远，能看到每家每户都亮起灯。不知道谁家在炒辣椒，食物的香味飘来，呛得李明泽打了个喷嚏。

两人心里都满满当当的。这里是纯粹属于他俩的家，是一个全新的起点。

李明泽说：“哥，等咱们搬过来，养只狗吧。”

“养什么狗？养你都够累的。”

李鹤曾经和李明泽讲过自己小时候养的被炖了的那只小狗，虽然只讲过一次，但他还记得。

“对了，”李鹤犹豫着说道，“跟你说个事。”

“什么？”

李鹤支支吾吾道：“你放假了，我今年的年假还有几天来着，就……我也从来没带你出去玩过什么的。我提前买了去岭安的车票，好不容易抢到的，想着你可能会想去看一看。”

李鹤从警方那儿打听过了，郭保志和他的同伙都是岭安人，小孩儿大都是从那边拐过来的，李明泽有很大概率也是从那儿过来的。

李明泽转过头来看着李鹤，久久没有说话。

“如果你不想去的话，也没关系，可以退掉的。”

李明泽直接说道：“哥，谢谢你。”

李鹤愣了愣，抬手拍了拍他的后脑勺，笑道：“有什么好谢的。”

这是李明泽长这么大以来第一次和李鹤出去玩，准确来说，是他长这么大以来，第一次出远门。

莫名其妙地，他有种小学生春游前的雀跃感。出发前一天晚上，他翻来覆去，难以入睡。李鹤正困着呢，感觉到他在旁边毛虫似的拱来拱去，差点儿一脚踹到他屁股上。

“你睡不睡？不睡出去跑一圈。”

房东过年回老家了，说房子水管还有点儿问题，等年后回来修好了再让他们搬进去，目前两人还是挤在旧房子的小床上。

外面寒风呼呼吹，被窝里倒是暖得惬意。

“哥，我睡不着。”

李鹤闭着眼睛，困得都迷糊了：“我睡得着，你别动了行不行？出个门兴奋成这样……小孩子……”

“我不是。”李明泽小声说，“我就是精神得很，不困。”

李鹤又差点儿眯过去了，“嗯嗯嗯”地敷衍他几声，将脸埋在枕头里。

李明泽还在他耳朵边闹他：“这两天好冷啊，可能会下雪，我们不多带点儿厚衣服吗？”

李鹤快被他烦死了，强撑着精神说道：“不用，那边可热了，厚衣服穿不住，睡觉吧我的祖宗，我困死了……”

“晚安。”李明泽说道。

第二天两人起了个大早，李鹤还困着，不住地打着哈欠。

李明泽像打了鸡血似的，带着早餐和外面的寒气进来，一点儿都不像是昨晚没睡好的样子，行李也被他好好地放在了门边。

李明泽年初五就要开学了，他们其实满打满算也就待个四五天，各自带一个背包，装几套换洗衣服也就差不多了。

李鹤也没有出过远门，两个人就像是初进大观园的刘姥姥，傻乎乎的。他们在火车站经历了取票、候车、检票、上车，心里没底还得绷着脸，谁也不肯说自己不会。成功找到他们的车厢坐下之后，两人都暗暗松了一口气。

从平洲坐火车到岭安要一天多，两人买了硬卧。李明泽个子高，李鹤让他睡下铺，这样舒服一些，自己睡中铺。

两人并肩坐在下铺，看着乘客陆陆续续上来，火车一点点儿地被填满。再过两天就是除夕了，上车的人都是大包小包、风尘仆仆的，但脸上都是抑制不住的开心，因为车往家的方向开去。

李明泽心里有些复杂。理论上来说，这辆车也是往他家的方向开去，但他体会不到这种单纯的快乐。

车很快开了，哐当哐当的声音不绝于耳。

李鹤看着窗外景色飞快地被甩到后面，楼房、马路不见了，慢慢地，外面出现大片大片的田野，正值寒冬，万物凋零，却是城市里少见的开阔。

过了那阵兴奋劲，李明泽开始犯困了，他昨晚折腾了好久才睡着。

李鹤把鞋子脱了，放到铺位底下，坐在床铺上玩手机，抬脚轻轻踢了踢李明泽，说道："你到上面去睡会儿吧。"

李明泽摇了摇头，也脱了鞋子盘腿坐上去。

和他们一个车厢的是一家四口，一对夫妇和两个半大的男孩，一直吵吵闹闹的，整个车厢都要被他们拆掉了。李明泽觉得自己耳边像有八百只鸡在打鸣。

李鹤见他没精打采的，实在是困了，跟他说："你靠着我睡吧。"

李鹤抓过枕头来抱着。李明泽压着软乎乎的枕头，靠在他怀里玩手机，李鹤拿着手机靠在他头顶上玩儿，舒舒服服的。

到了中午吃饭的时间，李鹤的肚子很响亮地叫了一下，低头一看，李明泽靠在他身上睡着了。从他的角度，能看到李明泽鼻梁上有颗淡淡的痣，之前都没有留意到。他的睫毛也长长的，在睡梦中一抖一抖。

对面的两兄弟总算消停了，在吃妈妈削的苹果。

李鹤把李明泽手里掉下来的手机拿起来搁到桌子上，把脱下来的羽绒外套捞过来，盖在他身上。

对面正在削苹果的妈妈看上去还挺年轻的，把一个刚洗干净的苹果朝李鹤递过来，李鹤没好意思接，摆摆手拒绝了。

那妈妈把苹果往自己大儿子手上一塞，小声说道："去，拿给哥哥吃。"

李鹤只好接过来。正好此时李明泽动了动，醒了过来，李鹤顺手把苹果递给他，他还迷迷糊糊的，想也不想，张嘴就咬了一口，爽脆爽脆的。

那妈妈笑了笑，说道：“哎呀，醒了？你哥哥真疼你啊，兄弟感情真好！我们家这两个小破孩子，老是打架，吵到你们了，真是不好意思。”

火车上的旅途无疑是乏味的。天色暗了下来，外面千篇一律的景色也都隐没在黑暗里，更加无趣了。兄弟两人慢悠悠地吃完了热腾腾的泡面，各自玩了一会儿手机，没一会儿火车上就熄灯了。

同一车厢的两个小屁孩疯了一天，早就累了，在自己的铺位上睡着了，夫妇二人坐在过道的座位上小声交谈着，车上时不时响起过路人放轻的脚步声。

李鹤依旧靠在角落里看手机，微亮的光打在他脸上。李明泽依旧靠在他怀里，倒是没有玩手机，而是仰起头看李鹤的下巴。两人用一副耳机听着歌。

“看什么？”李鹤小声问。

“哥，”李明泽有一把好嗓子，压低的时候沙沙的，“从这个角度看，你的鼻孔好大。”

李鹤：“滚。”

李明泽闷闷地笑了几声，又说道：“哥，你说，岭安好不好玩？”

“不知道。”李鹤说，“不过那里很暖和。”

“那里好像有好多花，我记得一点儿。”他说。

火车哐当哐当地穿越漆黑的田野，闪着微光的星辰挂在天边，温柔地俯瞰人间。

走出火车站的时候，李鹤的第一感觉是热，非常热。

大过年的，气温竟然有十五六摄氏度，出站的人流里，穿着厚厚长羽绒的兄弟二人怎么看都很憨。他们赶紧脱了外套，只穿着里面的毛衣。

这样的深冬，平洲的树早已经光秃秃了，这里街头的行道树依旧绿得葱郁，居然还有几棵树开着花，艳丽的紫红色花瓣藏在绿叶间。来往的女郎也穿得轻薄。空气湿润，仿佛浑身都浸润在水汽里。李明泽有些不习惯，吸了吸鼻子，总觉得皮肤黏黏的。

两人在车站直接打了辆车，司机的普通话不太标准，李鹤费了老大的劲儿也没和他说明白目的地，最后直接把地址给他看才顺利开车。

李明泽看着窗外，这里明显比平洲要繁华得多，高楼鳞次栉比，车辆川流不息。他看了又看，试图从这些陌生的景象里分辨出哪怕一丁点儿的熟悉感。

两人住的地方是中心区域的一个快捷酒店，规规矩矩的标间。一进门，李鹤就把行李一扔，呈“大”字形瘫在松软的床上。李明泽帮他把扔在地上的包捡起来，放在一边，将洗漱用品拿出来放进洗手间里，然后才拉开窗帘往外看。

外头就是马路，远处是一座高塔，马路边的树高大笔直，没有多少叶子，花朵硕大、火红。李鹤挤到他旁边，两人靠在窗边一起看。

“好多花啊！那红花叫什么？”李鹤问。

李明泽认真查过的，说道：“路上见到的紫红色的是紫荆花，这个红的是木棉花。”

李鹤来劲了，兴奋地说道：“走，咱们出去逛逛去。”

行程定得急，两人压根没想过做攻略什么的，漫无目的，纯粹走到哪儿算哪儿。岭安不算正儿八经的旅游城市，过年期间人不多，两人在街头散散步、看看陌生的景色也很舒服。

他们尝了很多好吃的，“大胃王”李小明来了这儿简直像狼入羊圈，敞开了狂吃，吃得李鹤都惊了，拼命劝他说：“饱了就别吃了，回头撑着了。”

李明泽嘴巴里还嚼着最后一口红豆钵仔糕，冷静地说道：“饱离不能吃还有很长的一段距离。”

他们走的这条岔路人很少，没有高楼，两边都是矮矮的红砖小楼，一栋小楼带一个小院子。墙也是红墙，虽旧，却不破，幽静舒服。李明泽驻足看了看，小院子里的花树探出墙外。

他说：“我仿佛记得，小时候住的也是这样的楼，院子里有开花的树。”

李鹤并肩站在他旁边，说：“别的呢？”

“不记得了。”李明泽摇摇头。

李鹤抬手捏捏他的后脖子，说道：“不要难过。”

“不难过。”李明泽笑了笑，“你陪着我就不难过。”

李明泽的头突然被什么东西砸了一下，疼得他叫了一声。

两人吓了一跳，低头找了一圈，发现是掉下来的木棉花。他们附近正是一棵高大的木棉花树，开着艳红的花朵，遒劲的枝干将蓝天分割成小块。

巴掌大的花砸下来是挺痛的。

“活该。”李鹤笑得弯了腰。

他们今年的生日是在岭安过的。

除夕那天，出门的人都是出来吃年夜饭的，各家各户都热热闹闹的。

兄弟俩在异乡街头闲逛，说说笑笑，一点儿也没觉得孤单、难受。入了夜，他们沿着江边的长堤走，对面的高塔亮着五颜六色的灯，倒映在水波里形成斑斓的光影。

夜晚了，风有点儿凉，从江上吹来阵阵水汽。

李鹤怕冷，穿着毛衣还是感觉有些寒意。李明泽抓着他的手揣进自己的兜里，马上热乎乎的。

路上的店铺基本都关门了，只有一家小店还热闹着，招牌上写着“精酿啤酒吧”，小小的店面，几张桌子支在路边，围坐的好像都是朋友，热热闹闹的。

李明泽突然说道：“我还没喝过酒呢。”

李鹤瞄了他一眼，说道：“小孩子家别喝。”

李明泽看了看手机上的时间，一本正经地说道：“马上过了十二点就十八岁了。”

“十七。”李鹤纠正他。

“算虚岁。”李明泽坚持道。

最后李鹤看在他马上要生日的分上，还是答应了。

两人到了店外面，支了张桌子，吹着江风喝啤酒。

李鹤以前喝酒也不多，最多就喝点儿啤酒。这家店虽说是卖啤酒，但冰柜里的酒他全没见过。他上班的西餐厅里常卖的几种精酿这里都没有，包装上大多是英文，最后他们只能让老板推荐。

老板打着哈欠，一副没睡醒的样子，给他们各来了一瓶。

酒很冰，玻璃杯壁上都是小水珠。李鹤喝了一口自己的，咸的，有一股清新的海盐味，还有点儿柠檬酸，还挺好喝。李明泽喝了一口自己面前那杯，整张脸都皱起来了。

李鹤幸灾乐祸地笑，拿过来闻了闻，一股苦烈的小麦味儿，还有点儿咖啡味道。

就算再不好喝，李明泽也认认真真喝下去了。李鹤怀疑除了螺蛳粉，就没有他装不进肚子里的东西。

桌子不大，两个大个子在桌子底下膝盖抵着膝盖。

踏入零点的时候，隔壁桌的男孩女孩们大声欢呼，唱着走调的“新年好”。

李明泽把一整杯酒都喝光了。李鹤忙站起来去结账，有些窘迫地对隔壁桌说了好几声“新年快乐”。

“走了。”李鹤结过账之后说。

李明泽只是看着他笑，屁股都不挪一下。李鹤心里骂了句“一杯倒”，去拽他。李明泽这下乖乖地站起来跟着走了，还回头朝隔壁桌那群人说了声“再见”。

两个人走在凌晨的江边，李明泽倒还正常，步子走得稳当。

“嗯……我有生日礼物给你。”李鹤说道。

李明泽看了看他，说：“我也有。”

李鹤把手揣进兜里，李明泽也把手揣进兜里，两人心里默数着“一、二、三”，一起掏出手来，摊开掌心。

在路灯的照映下，两人的掌心里各躺着一颗一模一样的奶糖。

两人不由得都笑了，交换了奶糖，撕开包装，塞进嘴里，奶香味冲走了残留的一点儿酒味。

深夜的江边压根没人，不知道哪里在放烟火，远处的高楼后面漏出一点儿光。

李鹤嚼着奶糖，含糊不清地说道：“生日快乐。”

“生日快乐。”李明泽说。

他说得那样真诚，说话时带着奶香味。

这里是他的故乡，他本该在这里无忧无虑地长大，但造化弄人，将他送到了李鹤身边。他们相依为命地长大，做一辈子的兄弟。

李鹤看着他，心脏像是被打满气的气球，一点点儿地被吹满，直往上升，顶得他鼻子发酸。

李明泽见他不说话，扭头向着波光粼粼的江面大喊：“哥！李鹤——”

李鹤从来没听到过他用这么大的嗓门说话，被吓得一激灵，猛地从背后去捂他的嘴。李明泽不让他捂，趁着三分醉发起了酒疯，躲开李鹤的手。李鹤挂在他脖子上，上蹦下跳。李明泽伸长脖子，把剩下的话喊完：“生——日——快——乐——”

李鹤直接箍着李明泽的脖子跳到他背上，压得他趴在江边的栏杆上。李明泽干脆反手把李鹤的腿兜住，背着他摇摇晃晃地走回去。也不知道他哪儿来这么大的力气，居然一路将李鹤背了回去。

李鹤自己也喝了些酒，在他背上一颠一颠的，差点儿睡过去了。

李明泽把李鹤背回房间里。一进门，李鹤想从他背上下来，李明泽没放手，将他直接扔到了床上。

两人最后都没洗成澡，胡乱擦了擦就裹着被子睡了。

第二天，李鹤是被手机铃声吵醒的。李明泽的脑袋拱在他的怀里，被吵到了，皱着眉头。李鹤闭着眼摸到手机，把电话给挂了。没一会儿，电话又响了。

李鹤只好强打精神坐起来，没好气地把手机拿起来。是个固话号码，看着眼熟。

“喂，你好。”

“喂，新年快乐，是李先生吗？我是上次接待你们采血样的薛警官。前两天，基因库那里有回音了，说是新入库的一个血样和您弟弟之前的血样比对上了，正好我今天值班，就赶紧告诉您，您如果方便的话……”

李鹤愣住了，刚刚醒过来没多久的脑子几乎没办法处理这些信息。

他低头一看，李明泽也被吵醒了，正趴在枕头上，眯着眼看他。

李鹤挂了电话，将手机放在床头柜上。李明泽已经醒了，两个人四目相对，一时间都不知道要说什么。

打电话来的是那天采样时接待他们的警花姐姐，警花姐姐说过年前入库的一个血样和李明泽的比对上了，让他们方便时亲自去一趟岭安。李鹤说他们现在就在岭安，警花姐姐还吃了一惊，将市公安厅的地址和电话告诉了他们，让他们过几天去一趟。

“我……”李明泽说，“你……”

李鹤掀开被子从床上下来，故作镇定地说道：“快起床，该吃早饭了。”

没等李明泽答应，他就进了洗手间，关上门，快速洗了个澡，换上干净衣服，然后撑着洗手池的边沿看着镜子里的自己，发了会儿呆才开门出去。

兄弟俩洗漱完，吃了个早餐，等李明泽把最后一个虾饺塞进嘴里的时候，李鹤才张嘴说话：“回头我就联系一下，正好咱们就在这边，看看能不能这两天把这件事解决一下，不耽误你开学。”

李明泽说：“好。”

虽然他们都不知道这件事情该怎么样“解决一下”，但李鹤把这件事情说得比吃饭还简单，天大地大也没有开学事大，一下子就让李明泽心里踏实了不少。

吃过早餐，李鹤就直接在路边打了电话。虽然是过年期间，但也有人值班。接电话的公安很热心，说马上帮他们确认和安排见面。挂了电话，李鹤看到李明泽正蹲在他脚边，下巴搁在膝盖上，看着过路的车发呆。

李鹤摸了摸他的脑袋，说道：“没事，你该高兴才是，走吧。”

没想到很快就收到了回音，说是另一边也很着急，想要赶紧见面。李鹤道了谢，约定好时间，回头一看，李明泽正坐在床边，低着头，不知道在想什么。

李鹤说：“早点儿睡吧，不然明天没精神了。”

睡觉的时候，李明泽放着自己好好的床不睡，跟前两天似的，拱到李鹤的被窝里头睡，李鹤压根没立场说他。

关了灯，房间里马上就黑了，窗帘留了一条缝，外面的灯光从缝里挤进来，一道光线投在他们的被子上。

“哥，”他说，“你睡着了吗？”

李鹤闭着眼睛，说道：“没。”

李明泽说道：“等我高考完，我们养只狗好不好？”

“好。”李鹤这次没有拒绝，其实他自己心里也想养。

“阳台还可以种花。”李明泽絮絮叨叨的，像个老头子，“哥，你为什么不学做饭？让我们吃了这么多年的外卖，以后等我学做饭算了。”

李鹤哼了哼：“这么大的口气，你就只会吃。”

“哥。”他叫道。

李鹤在被窝里窸窸窣窣地翻身，说道：“赶紧睡吧，晚安，李小明。”

一夜无梦。

第二天是平常得不能再平常的一天，天气如常，温度如常，一切都如常，但李鹤和李明泽都隐隐觉得到这是他们人生中极为特殊的一天。

李明泽早餐没吃多少，紧张得有点儿胃痛。他套上深灰色的毛衣，脸色不太好看。

李鹤也紧张："要不穿白色那件？这件好像有点儿旧了……算了，就这件吧……"

人生地不熟的，两人怕迟到，还是打了个车，直接到岭安市公安厅。他们进入大堂，说明来意，就有人带着他们上楼到了一个办公室外。办公室的门关着。

李明泽走在前面，他在门口停住了脚步，有些不安地回头看了看李鹤。当着别人的面，李鹤也不能多说什么，抬手捏了捏李明泽的后脖子，塞了颗奶糖到他手心，说："紧张得难受就吃糖。"

李明泽将糖捏在手心里，深呼吸一口气，把门打开。

门内有几张办公桌，旁边的木沙发上坐着个中年女人和一个高中生模样的少年。两人一听到开门声就紧张地站起来。那中年女人瘦高瘦高的，长发在脑后盘了个髻，穿着咖色的毛线连衣裙，戴着珍珠耳环和项链，温婉漂亮，像是才哭过，眼眶红红的。

李明泽有些无措，干涩地说了声："您好。"

给他们领路的警察像是见惯了这样的场景，给了他们一些互相对视的时间，才将他们领到办公桌前，说道："有些文件需要你们一起确认一下。"

在李鹤看来，这些根本就不需要确认。这位漂亮女士的眼睛、鼻子和李明泽几乎长得一模一样。原来他挺拔的鼻子是从他妈妈那里遗传来的，李鹤想。

他们都坐在了桌子前。

“贺小姐。”警察叫道。

那位贺小姐急忙应了，转头朝李鹤与李明泽笑笑，小声说道：“我叫贺宛。”

警察拿出来几份纸质文件，分别有两方的血液采样证明，还有比对结果的公证，还有一份是十三年前贺宛报案时的笔录备案，还附有一张小孩子的照片。

李鹤接过来看，是小时候肉乎乎的李明泽。那份笔录备案上面赫然写着他的本名“明泽”。

贺宛的眼眶又红了起来，有些窘迫。

李明泽想要安慰，却又不知道怎么开口。李鹤从自己兜里掏了包纸巾，抽了一张塞到李明泽手里，让李明泽递过去。

贺宛背过身去擦了擦眼角，说道：“谢谢，抱歉。”

手续办得很快，双方各签了些文件，站起来的时候，李明泽笨手笨脚的，差点儿弄倒了椅子，李鹤帮他扶住了。

贺宛介绍她身边一直沉默的少年：“这是我儿子，郑衡。小衡，叫哥哥好。”

李鹤暗暗皱了皱眉头，没搞清楚这是哪儿跟哪儿。

贺宛没有特指，她所说的“哥哥”是泛指了李家两兄弟，但那名叫郑衡的少年还是没开口，只是说道：“妈，我先回去了，我还有作业没写完。你不用送我，开车小心。”说完就走了。

贺宛有些尴尬，李鹤和李明泽又何尝不尴尬？

贺宛说道：“差不多到饭点了，我……我订了饭店，一起吃顿饭吧。”

兄弟俩都没有去过这么高档的饭店，高层可以俯瞰外面的江景，桌子和桌子之间隔得老远，有人在角落的三角钢琴上弹着舒缓的曲子。侍应生上来服务，他们看着精致的菜单发愣，贺宛贴心地帮他们一起点了。

“我……”贺宛说道，“警察和我说过你们的大概情况……小泽，你吃苦了。”

她说着又要哭了，吓得李明泽赶紧弹起来给她递纸巾。他心里并没有觉得自己吃过苦，贺宛对他的称呼让他觉得陌生而尴尬。

贺宛深呼吸了几下才接着说道：“我前不久看到新闻，才知道警方破了一起拐卖大案，孩子都是从我们这边拐过去的。小衡的爸爸让我去采个血样……”

李明泽低头默默地听。李鹤整理了一下自己满肚子的疑惑，斟酌着问道：“那……您的丈夫？”

贺宛知道他要问什么，有些窘迫地笑了笑，看了李明泽一眼，说道：“那时候……小泽丢了没多久，我就和他爸爸离婚了。他爸爸后来移民去了国外，前两年车祸去世了。我后来再婚，有了小衡，他今年刚读高一，比你小一些。”

李明泽像是在听别人的故事，脑袋嗡嗡的，除了点头，也不知道该作什么反应。

一顿饭吃下来，李鹤觉得自己压根没怎么吃下东西，另外两人也是差不多，桌子上剩了好多菜。

最后，贺宛小心翼翼地说道：“你们现在住在哪里？家里还有房间，来家里住吧，我开车过去接你们？”

于情于理都无法拒绝。见她情绪还是不佳，李鹤拒绝了接送的邀请，说他们自己可以收拾好东西过去。

贺宛没有再多说，将地址给了李鹤。分别的时候，她像是突然想起什么，从随身的手拎包里掏出来四个红包，给了李鹤和李明泽一人两个。

“新年快乐，身体健康，快快长大。”

贺宛的鼻子还红着，笑起来的神态和李明泽像极了。

李鹤和李明泽是打车走的。

出租车开走的时候，贺宛在路边目送着他们离开。起了风，贺宛裹了暗红色的披肩站在路边朝他们挥手，时不时擦一下眼角，瘦伶伶的，像个古董花瓶。

李鹤心里很不是滋味。李明泽张开手，手心里是李鹤之前给他的糖，他攥了一路，糖纸都捏皱了。他撕开糖纸，将糖顶在李鹤嘴边，李鹤张嘴把糖吃进去。

“她好像很难过。”李明泽不知道该用什么称呼去叫贺宛，最后只用了个含糊的“她”。

李鹤点点头，叹了口气，说道：“当然难过，你丢了这么久，终于找回来了。你难过吗？”

“还行。”李明泽看向窗外，路上时不时有巴掌大的红色木棉花掉下来，他说，“她身上挺香的，那味道我以前好像闻到过。”

顾不上沉默开车的司机，李鹤伸手把李明泽捞过来抱了抱。

下车的时候，李鹤问道：“你想去吗？不想去的话咱们就回去，车票是明天的。”

李明泽说：“不知道。”

李鹤知道他，如果真的不想待就直说要回去了，这么模棱两可是怕伤了自己的感情。他拍了拍李明泽的脑袋，说：“咱们待几天吧。”

兄弟俩收拾了一下东西，把快捷酒店的房间提前退了，拎着东西按照贺宛给的地址过去。

很漂亮的小区，和邱悄悄家所在的小区很像，绿化很美，小区入口那里有一棵很大的花树，在寒冬里开了一树淡粉色的花，密密匝匝的。

李鹤给贺宛打了电话，贺宛接到电话的时候可高兴了。

没一会儿，一脸不爽的郑衡出来接他们，没和他们说话，只是沉默着引路。看他这样，兄弟俩也不想给自己找不痛快，也就不说话了。

贺宛家是复式两层的，装修和摆设都很漂亮，也很温馨。男主人并不在，李明泽暗暗松了口气。

郑衡没说话，径自换了鞋上楼了。

贺宛有些尴尬，想要数落儿子，但又没说出口，只从玄关的鞋柜里翻出拖鞋，招呼两个人换鞋落座喝茶，用忙忙碌碌的身影掩饰掉尴尬。

她说：“家里还有个客房，李先生你住客房吧。小泽的话，可以睡小衡的房间，小衡在书房将就一下就行……”

李明泽忙说道：“我和我哥一间房就行。”

虽说是客房，但也舒服、漂亮，床很大，足够他们两个人睡。兄弟俩放下了东西，贺宛带上门离开了。李明泽坐在床沿上，房间里香香的，可能点了香氛之类的东西。李明泽如释重负地长长出了口气。

贺宛在厨房张罗晚饭，平时他们家都是阿姨来煮饭，但是过年期间阿姨回家了，贺宛亲自下厨，挽着袖子弄了吃的。

李明泽向来是又乖又绅士的，主动去厨房帮她的忙。李鹤想着让他们相处一下，也就没进去，在客厅里坐着玩手机，见郑衡下楼来喝水，依旧是一副别人欠了他二五八万的样子。

李鹤倒也不讨厌他，小孩子，气性大，他肯陪妈妈去公安局，还被指使着去接了人，应该坏不到哪里去。

厨房里，李明泽在洗菜，贺宛在往炖汤的煲里加水，絮絮叨叨地问他一些他们在平洲的生活。

李明泽没有详细说，粗略带过，贺宛也就没再细问，只问道："这几天玩得开心吗？还有哪里想去的？我带你去玩。"

李明泽想了想，说道："我小时候是不是住过一个小红楼？院子里有棵树，会开花的，我……我想去看看。"

贺宛沉默了。李明泽忙说道："不看也行，我……"

"可以去，房子还在。"贺宛说。

李明泽点点头，一时无话，只剩下水龙头里的水往外淌的声音。突然，水声里夹杂着若有似无的抽泣声，李明泽看过去，贺宛果然又哭了，吸着鼻子。他吓了一跳，手足无措地抽了几张厨房纸给她。

贺宛断断续续地说道："小泽，妈妈……妈妈对不起你。"

李明泽只好拍拍她的肩，不停地说"没事"。李鹤听见动静站起来探头去看，但想了想还是没进去，又坐了下来。他心里有种莫名的焦躁，但又不知道自己的焦躁从何而来。

晚上，他们早早地睡了。

李鹤侧躺着，手枕在脑袋下面，看着拉上窗帘的落地窗发呆。

"哥，你睡了吗？"李明泽又说道，"她为什么老哭？有那么伤心吗？看到她哭我挺难过的。"

李鹤含糊地应了一声，不再说话，假装自己快要睡着了。

躺在贺宛家的床上，他总觉得有些心虚。他突然意识到，自己与李明泽相依为命的这些时光，是人贩子的贼赃，是偷来的。

如果不是阴差阳错的话，李明泽应该日日在这样舒服的，散发着香气的房间里睡觉，他会挽着贺宛的手陪她去逛街，在这个冬天也开花的城市里快乐地长大。

第十三章 分离

第二天吃过早饭贺宛就要带着李明泽出门，李鹤自然也跟着。他弯腰在玄关处换鞋，贺宛有些尴尬，说道：“我带小泽出去一趟，很快回来。”

李鹤愣住了。

李明泽看看他们，皱起眉头，说道：“哥，一起去吧。”

“不了，不了，”李鹤慌忙说，“我……我今天有点儿累，我睡一会儿，你们去，你们去。”

李明泽不愿意，非要他一起去。李鹤忙把他推出门，把门关上，对着关上的门发了一会儿呆，挠了挠头。他想抽根烟，但又觉得在别人家抽烟不好，便作罢，打算上二楼睡个回笼觉。

二楼还有个小阳台，李鹤一眼瞄到了郑衡正站在外头，偷偷摸摸地夹着根烟抽。

郑衡见到李鹤正在看他，吓得毛都要奓起来了，慌慌张张地扔了烟头，差点儿把手给烫了。

李鹤靠在阳台门边，笑道：“哟，早啊。”

郑衡以为他们一起出门了，黑着脸。手上被烫的地方还痛呢。

李鹤从自己的兜里掏出烟，说道：“来，弟弟，借个火。”

郑衡盯着他看了半晌，最后还是把兜里的打火机借给了他。

李鹤靠在阳台栏杆上往下看，层数挺高的，看得人脑袋发晕。他看向还是没什么好脸色的郑衡，说道：“别黑脸了，我们过几天就走，不跟你抢妈妈。”

郑衡被踩了痛脚，大声说道：“你瞎说什么？！”

李鹤最喜欢跟这种脸上藏不住心事的人打交道了，吐了口烟，耸耸肩。

郑衡哼了一声，过了一会儿，又问道：“过几天就走？真的？”

“真的，过几天就走。”

李鹤说得肯定，也不知道是在说服郑衡还是说服他自己。

那一栋小楼和李明泽记忆中基本没差别，唯一不同的是久无人住，都败落了。他们没有进去，因为只是打开门而已，激起的灰就把贺宛呛到了，她猛地咳嗽了好几声。

她说：“这里地段虽然好，但实在太旧了，没租出去。”

李明泽站在院子里，院子角确实有一棵树，不太高，现在还是光秃秃的，没有叶子也没有花。

贺宛说：“这个叫鸡蛋花树，夏天开花的时候很香，你小时候喜欢把掉下来的花捡回家，一屋子都香了，还记得吗？”

李明泽摇摇头，这些细节他全都不记得了，只隐约记得，花的确是很香的。

附近都是这样的旧楼、老楼，多是外地人租住，过年期间静得不行，只隐约听到一两声鸟啼，还有汽车驶过的声音。

贺宛扶着树，看着分别了十数年的儿子，说道："我那时候正和你爸爸吵架，闹着分居，我心烦意乱的，带着你出门去玩，谁知道一恍神你就不见了。我找啊找啊，哭啊哭啊，哭得眼角、鼻尖都痛得脱皮了。后来我生病了，离婚又再婚，现在终于找到你了。让妈妈补偿你好不好？我们都会对你很好的。"

李明泽不说话，盯着其中一根枯枝，忍不住想，既然这么伤心，为什么过了这么久之后才去采血样比对？他突然觉得没意思极了，有点儿想他哥，不知道他哥在家干什么。

贺宛又说："妈妈知道你成绩很好，打算考哪个学校？有出国的打算吗？夏天的时候可以去看看你的爷爷奶奶，他们知道找到你了也很开心。"

李明泽突然又觉得很奇妙。从前他总是感到很奇怪，虽然李德业是个浑蛋，但李鹤也是有父亲的，还有李鹤那个时不时被提到的跑了的妈，而他孑然一身，不知道自己从哪里来，也不知道自己之后要到哪里去。

现在，他突然有了个妈，还有爷爷奶奶，孑然一身的人变成李鹤了。

李鹤现在在干吗？李明泽心头像有只蚂蚁在爬。

"我们回去吧。"他说。

李明泽本来想的是，李鹤一个人待在家里，肯定无聊死了，要么是看电视、玩手机，要么是睡觉。他推门进房间的时候没见到李鹤，仔细听了听声儿，敲了敲隔壁的门，门没关死，一推就开了。

李鹤居然在和郑衡打游戏，两个人一人拿着一个游戏手柄，嘴巴里各自咬着一根棒棒糖，盘腿坐在地上，估计是打到激烈处，两个人目露凶光。

李明泽皱了皱眉，叫道：“哥。”

李鹤分神看他，电视里的小人就死了。

郑衡把棒棒糖咬碎了，嘎嘣一声响，朝李鹤翻了个白眼，嘲笑道：“菜鸡。”

李明泽的眉头又皱紧了一点儿，觉得郑衡这样实在是太没有礼貌了。

李鹤却没有在意，放下游戏手柄，站起来伸了个懒腰，朝郑衡说道：“小孩子抽多了烟小心长不高。”

郑衡脸都绿了，生怕他妈听见，气得冒烟，顾忌着门外还站着个人才没有回嘴。

李明泽从小就乖得不行，不好逗，不像这个，一点就着。李鹤抓着李明泽往外拉，说道：“这么快回来啦？你去帮你妈做饭，我要睡会儿觉。”

李鹤把他推出去，关上房间门，呈“大”字形瘫倒在床上。

快吃晚饭的时候，这个家的男主人回来了。

郑衡的父亲郑继文是个大学教授，时不时会到国外的大学授课，当客座教授。他身姿挺拔，面容严肃。郑衡好像很怕他，在他面前像只鹌鹑，脸色都不敢摆。

郑继文像所有初见面的老师一样，问了李明泽的成绩，还问他打算报读哪个专业。

李明泽说不知道，他都没有考虑过这个问题。一直以来，他只是努力地学，争取在每次考试拿第一名，就像一个不断赶路的旅行人，只看着脚下，还没来得及抬头看看远方。

饭桌上，郑继文把“食不言，寝不语”这个美德发扬到了极致，直到搁下筷子才继续这个话题。他讲起自己执教的专业，讲的时候夹杂着一些英文。

李鹤压根没听懂他在讲什么，李明泽倒是听得认真。李鹤瞄了一眼郑衡，发现郑衡明显也在走神，正在用筷子去戳碗里剩下的一粒饭。

饭后，郑继文和李明泽的谈话在书房里继续。郑继文好像马上就将李明泽当成了自己好学的学生，可能自己的儿子平时实在太不争气了，李明泽又向来讨老师喜欢，他们聊得很认真。

李鹤戳了戳郑衡，小声说道：“你爸挺好的。”

郑衡冲他翻了一个白眼，径自上楼去了。贺宛也去洗漱了。

“我出去一下。”李鹤这句话落在了空落落的客厅里，也不知道是说给谁听的，说完他才觉得多余，揣上烟和打火机下楼去了。

李鹤在小区里闲逛了一圈。

天气不太冷，到处都是拖家带口出来遛弯的，还有遛狗、跑步的。他好不容易才找到了一个没有人的角落，坐下来点了根烟。

他前不久给李明泽的班主任请了假，班主任自然是着急的，但也知道李明泽向来省心，李鹤又语焉不详地说是家里出了急事，老师只好让他们尽快回来。

西餐厅那边就没有那么省事了。

李鹤不过就是个小领班，攒了一年的年假也就只有那么几天。他用尽这几年来兢兢业业工作的面子，才勉强多请了几天。经理还放了狠话，说，再不回来就滚蛋吧。

李鹤心里骂了句粗话，嘴巴里还得说“谢谢”，别提多憋屈了。

他把烟抽完，在风里散了散味道，转身往回走，正琢磨着给李明泽打电话让他开门，一转弯就看到了贺宛正站在楼下，明显是在等他。

李鹤礼貌地叫道："阿姨好。"

"你好，"贺宛说，"你年纪也不大吧？阿姨能叫你小鹤吗？"

李鹤打了个寒战，马上说道："他们都叫我小鸟。"

大概是这个称呼过于市井了，贺宛没有叫出口，只是接着说道："我们去那边坐坐？"

李鹤心里七上八下的，不知道她要干什么。

两个人在那棵重重叠叠开满浅粉色花的树下坐下，沉默着。

贺宛突然开口说道："那时候我把小泽弄丢了，婚姻也不顺利，消沉了很久，看医生、吃药的，折腾了一通，也一直没办法去工作，还得定时吃药、复查。"

李鹤知道她这是在卖惨，但也不得不心软。贺宛红着眼眶和鼻子的样子，让他不由得想起自己的妈妈——另外一个也很漂亮的女人。每次和李德业吵架甚至打架之后，她就是这样，红着眼眶鼻子，忍着不掉眼泪，坐在房间里摸摸李鹤的头。

"嗯。"李鹤应了一声，不知道该说什么好。

贺宛抬手擦了擦眼角，接着说道："我会对他很好的，继文也是个很通情达理的人，是他鼓励我去采血样的。我一直不敢去，总觉得要是找不到了，会更加失落……对不起，可能是我生病了，想法很消极。"

李鹤隐约知道她想说什么，站起来，揣着兜，烦躁地咬着自己嘴唇上的干皮。

贺宛说："他成绩很好，我们可以送他出国进修，去美国、英国或者加拿大，随他喜欢就好。他的爷爷奶奶在美国，暑假可以带他夏威夷玩。”

李鹤打断她的话：“他得回去上学了，高三下学期了，他们老师一直催。”

贺宛说：“我知道他现在读的高中很好，小衡读的学校也是省重点，我们有些关系，只要他愿意，马上就可以插班。他不愿意高考也行，他英语也很好，再补一下，可以直接申请外国的学校。”

贺宛说的这一切，完全超出了李鹤的生活认知。他一直被省附中的紧张气氛感染着，觉得高考是全天下最大的事情，如今才知道，原来不高考也可以。

“我还是想尊重小泽自己的想法，但是他很依赖你，我能看出来。”

李鹤一直沉默着，贺宛最后哽咽着说道：“我很爱他，我想补偿他，给他最好的。”

李鹤心情复杂，回去之后，早早地就爬到床上睡觉。

李明泽洗了头，毛巾搭在脑袋上进房间来，将毛巾扔到一边，钻到床上，拱到李鹤身边。

李鹤强打着精神，问道：“聊完了？”

“嗯，聊完了。”李明泽说道，“郑叔叔很厉害，他本科是修双学位的，计算机加金融双学位。他现在正在带研究生，计算金融学。”

好像很复杂的样子。李鹤正在走神，他说道：“你对这个很感兴趣吗？”

“是挺感兴趣的，但主要是他说得有趣。”

李鹤说：“金融？学什么的？”

李明泽长长叹了口气："不知道啊，学赚钱吧。"

李鹤再不懂也知道好像不是那么回事，在被子里面踹了他一脚："瞎说。"

李明泽闷闷地笑了几声，说道："能赚钱就行了，买大房子和你一起住。"

郑继文任教的大学在本省乃至全国都是排前列的。这所大学也是李明泽的目标之一。贺宛提议带李明泽去学校里参观一下，郑继文欣然答应，负责开车，捎上了郑衡和李鹤。

年已经过到了尾声，早春的气息在这座城市里格外明显，校园里人不多，树杈上开始冒出嫩绿色的新芽。

郑继文在和李明泽讲高考报志愿的事情，讲到最后，他说了一句："你成绩好，想报的都尽管大胆报。"他总是不苟言笑，法令纹很深，这时候竟然露出了一些笑容。

大概普天之下的老师遇到李明泽这样的好学生都是要笑的。

郑衡跟在后面，翻了个大大的白眼，嘟哝了一句"铁树开花"。李鹤在他旁边，差点儿被他逗得笑出来，问道："眼珠子都要翻到头顶上了。你成绩怎么样？"

郑衡的臭脸上摆明写着"哪壶不开提哪壶"七个字。

李鹤安慰道："没事，我成绩也不好，我高中都没读呢。成绩嘛，锦上添花，有别的长处就行了。"

"真的假的？"郑衡哼了一声，小声说道，"要是我爸妈也这么想就好了。"

到家的时候，李鹤没上楼，说想在小区里走走，李明泽也要跟着他一起。

两人就开始绕着小区遛弯，这是他们这段时间以来第一次除了睡觉之外单独相处。李明泽在说着些什么，李鹤完全没有听，他走神了，插着兜往前走，时不时“嗯”一声。

李明泽突然停住脚步，皱着眉头看李鹤：“哥，你怎么了？”

李鹤好像这才回过神来，没有看他，而是看着远处，说道：“如果啊，我是说如果你留在这边上学怎么样？你妈妈会把你照顾得很好的，你可以寒暑假去看我，不对，我来看你……”

他话都没说完，李明泽就一脸难以置信地打断了他的话：“什么？我为什么要在这边上学？我们不是马上就要回去了吗？”

李鹤见他急了，且声音越来越大，立马安抚道：“不是，你别急啊！听我说行不行？你如果在这边的话，你妈妈会对你很好的。她的条件，嗯，比我们原来好，嗯，好很多。你……”

他说不下去了，因为李明泽就这么瞪着他，好像不认识他一样。

两人沉默相对，过了好久，李明泽说道：“你别想甩掉我。”

“我没有！”李鹤大声说道，“你怎么就不懂呢！你……”

李明泽没有让李鹤继续说下去，冲过去抱紧他，眼眶边缘都是红的，像头发怒的小狮子。

李鹤被他吓得都愣了，死命推开他，手脚并用，一个要推，一个不让推，跟打架似的。最后，李鹤猛地抵住他肩膀，狠狠地推开，推得李明泽踉跄着退了几步。

“你疯了！”李鹤低声吼道，“冷静点儿行不行？！”

李明泽被刺激得不轻，跟跑了八百米似的，喘着粗气，拳头都攥起来了。

李鹤快被他搞疯了，脑袋都要炸开了，气急败坏地说道：“你能不能清醒一点儿，我是你哥，我这是在替你着想！”

“我不想留在这里。”李明泽面无表情地说道，“高考完之后我就去当家教，学费我可以自己攒。”

“不是这个问题。”李鹤说，“我这是心疼钱吗？我心疼钱我把你养这么大干吗？我闲得慌吗？”

李鹤觉得自己快要炸掉了，想摔点儿什么东西，可手上只有手机。他不管不顾地把手机往李明泽身上扔，手机砸中了李明泽的胸口，然后屏幕朝下，摔到了地上。李鹤只觉得心头一阵闷疼，也不知道是在心疼手机还是心疼李明泽。

不过是个手机，李鹤也没使全力，李明泽却被砸得又退了两步，胸口被手机的边角戳到。他转身回去了。

李鹤蹲下捡起自己的手机，原本好好的屏幕现在裂了道突兀的缝。

李鹤也不知道自己在楼下蹲了多久，直到脚都蹲麻了才站起来。他捶了捶腿，跟个老头子似的，往回走。

晚饭的饭桌上每个人都很沉默，李鹤没什么胃口，强撑着吃下去一碗饭。

晚饭后，李鹤为了不跟李明泽面对面再吵起来，一个人去了二楼的小阳台。趴在栏杆上看出去，万家灯火闪闪烁烁的，比天上的星星还要亮。

身后的玻璃推拉门响了，李鹤回头一看，是贺宛。李鹤条件反射似的，一见到贺宛胃就难受得一阵阵往下坠。

见到李鹤一脸戒备，贺宛有些尴尬，反手把门关严实，裹紧了身上的家居服外套，站到他旁边，犹豫着开口说道：“你们今天是不是吵架了？”

李鹤懒得说话了，只是“嗯”了一声。

贺宛吸了吸鼻子，说道：“我今天在阳台上，看……看到了，你们……”

李鹤转过头看她。

贺宛急忙说道：“我没有别的意思，我……我还是希望你考虑一下我上次说的话。小泽他……他很优秀，他以后也一定会很优秀。”

李鹤狼狈地转回头，依旧看向远处的灯火，抿着唇不说话。

“我之前也在大学教书，已经评到副教授了，但因为抑郁症的事情，被完全否定了学术资格。没有办法证明自己，我很难受。”贺宛焦躁地抠弄自己的指甲，低着头说道，“或许，或许你可以时不时来看他。”

她退了一步，李鹤却没有松一口气，反而更难受了。

“这么多年来辛苦你了，我……我可以给你一笔钱，没有了负担，你可以做点儿自己想做的……”

李鹤感觉自己被冒犯到了，大声说道：“我不图你的钱。”

贺宛闭了闭眼，说道：“对不起。”

“我想想。”

贺宛走了，李鹤觉得自己浑身上下都软得没有力气。他靠着阳台的栏杆蹲下来，蹲得脚麻了，干脆直接坐在了地上。

风静静地吹过，屋子里昏黄的光照射进来，暖暖的黄，像凝固的蜂蜜。

但李鹤突然清醒地意识到，这些都和他无关。

他不心疼钱，这么些年来，他花在自己身上的钱屈指可数。他也不添新衣服，旧手机用了一年又一年，可他不想让李明泽也一直这样。他查过了，郑继文在国外大学当客座教授，那个专业，一年的学费是八万美金，对李鹤来说，这是个天文数字。

他知道，如果他选择带着李明泽离开，李明泽一定会二话不说地跟着他走，贺宛一哭二闹三上吊也没辙。但这样的话，李明泽就永远错过了另一条路上的风景。

他以后会不会后悔？

李鹤静静地想了很久，直到冷风把他吹得打喷嚏了，他才回了房。

李明泽已经睡了，睡梦中也锁着眉头，嘴唇抿着，露出一点儿稚气。

李鹤轻手轻脚地爬上床，钻进被窝里。李明泽在睡梦中忘记了他们的龃龉，习惯性地挪到李鹤身边去，贴着他，迷迷瞪瞪地问道："哥，我们什么时候回去？"

李鹤说道："马上就回去。"

房间的窗帘没有拉严实，阳光从外面照射进来，李鹤一下子就醒了。他平躺在床上，脑子非常清醒。他在被窝里踹了踹李明泽的屁股。

李明泽在睡梦中哼哼唧唧地醒来，还困着，嘟哝道："干吗？"

"我们出去玩吧。"李鹤说，"过两天就走了，好好玩玩。"

听到"走"字，李明泽瞬间就清醒了。他揉了揉眼睛，掀开被子坐起来，说道："好啊。"

李鹤回绝了贺宛要开车载他们的建议，直接带着李明泽出门了。

他们漫无目的地沿着贺宛家附近的长堤走，吹着江风，走累了一人租了一辆单车往前踩。李明泽故意在李鹤前面骑成了蛇形。李鹤猛地撞在他的后轮上，撞得李明泽龇牙咧嘴，裆痛。

李鹤笑道：“该。”

他们在路边随便挑了一家自助餐吃饭，不算贵，但也不便宜。李明泽大方地说：“哥，我请你吃，我有私房钱。”

李鹤没有回绝。李明泽不失大胃王风采。两人结了账还是扶着墙出去的，引得侍应生纷纷侧目。

他们买了票，上了岭安最出名的地标建筑——一座高高的塔。

两人坐着观光梯，一路上到了最顶上。上面人不多，有一段路是玻璃地板，李鹤小心翼翼地伸出脚，一步踩实了才敢迈第二步。李明泽在旁边看得好笑，轻轻地推了他一下。

“啊……”李鹤吓得大叫，“你想死啊！”

李鹤扶着玻璃墙，小心翼翼地往下看，大半个城市尽收眼底，地上的人和建筑变成小小的模型，城市是缤纷多彩的。两个人都把脸贴在玻璃上，认真地俯瞰城市，天边时不时有飞机飞过。

李明泽一转头，发现李鹤侧着脸在看自己，他问：“看我干吗？”

李鹤轻轻一笑：“看你好看。”

李鹤笑起来很好看。他靠在玻璃墙上，阳光将他的侧脸照亮，他的眼角微微上挑，笑的时候眼睛眯起来，下巴扬着，懒洋洋的，好像晒太阳的猫，心满意足，等着别人去挠他的下巴。

他们从塔上下来，太阳开始下山，起风了，好像有些要降温的趋势。李鹤只穿了一件薄薄的针织毛衣，有点儿哆嗦。李明泽也只穿了单件，没法借衣服给他。

“咱们回去吧，有点儿冷。”李明泽说。

李鹤最后看了一眼西沉的太阳，橙黄的光把天边的云映照得像蘸满颜料的棉花团。

“嗯，回去吧。”他静静地说道。

他们是坐公交车回去的，车上有一个空位，他们谁也没有坐，都拉着车厢的吊环站着，肩膀随着车身的颠簸碰来碰去。李明泽心情好得很，微微低头在李鹤的耳边说话。李鹤分神看着路上的车和人，还有交通灯。

一路都是绿灯，畅通无阻，畅通得让李鹤烦恼。下车的时候，李鹤回头看了一眼抛下他们驶向远方的公车。

李鹤一夜没睡。他闭上眼睛听着李明泽的呼吸声。这是他听了十几年的小夜曲。他一直静静地听，听到东方既白，第一缕阳光完全不顾他的想法，如期而至。

李明泽醒的时候，李鹤翻了个身，装作熟睡的样子。

贺宛之前就说了，要带李明泽去见见他小姨。临出门前，贺宛说她有点儿不舒服，转而拜托郑继文带李明泽去。

“哥，我出门了。”他说。

李鹤梦呓了两句，又扯过被子盖住头，等到楼下传来关门的声音才坐起来，吸了吸鼻子。

贺宛坐在楼下的沙发上，看见李鹤提着行李包下来，马上站起来，说：“我送你去机场吧。”

李鹤没有拒绝。他坐上了贺宛的车的后座，面无表情地看着窗外。贺宛也没有说话。他们沉默了一路。

车到了机场，贺宛停好车，说道：“你没有什么话留给他吗？”

李鹤比谁都要清楚，李明泽是世界上最倔的小孩，他不知道什么是妥协，只会一头扎进去，一条道走到黑，碰到南墙也要把墙撞破。李鹤不想他后悔，哪怕他现在因为分开而难过，以后也不会因为错失机会而后悔。

这是最好的选择，也是对李明泽来说最好的路。

李鹤从小就习惯把自己手上最好的东西给弟弟，这一次，他给李明泽的，是一条康庄大道，不会被人歧视抹黑，不会因力有未逮而遗憾终生的路。

“不用了。”李鹤说道。

李鹤开车门下车，贺宛帮他打开后备厢。李鹤手上发软，没有力气，不太重的行李包差点没提起来，还是贺宛帮他提了一把。

“不用送了。”李鹤平淡地说道。

贺宛颇有些手足无措，张开手。李鹤躲了一下，犹豫之后还是和她松松地抱了一下。她身上的确是香香的，很好闻，是一个妈妈身上该有的味道。

“一路平安。”贺宛说，“对不起。”

李鹤从来没有觉得贺宛对不起谁，如果说谁真正有错，那就是人贩子。他没有回答，转身走了。

他买的是很早的机票，生怕自己反悔似的。这是他第一次坐飞机，却意外地顺利和平静。当他找到自己的位子，将行李举起来放在行李架上的时候，行李袋的侧兜掉出来一张陌生的银行卡，李鹤捡起来，上面贴了张便条，娟秀的字迹写着密码。

李鹤把行李放好，坐在了靠窗的位子，手攥紧了那张银行卡。

飞机起飞的时候，李鹤的耳朵很难受。飞机平稳之后，他将窗户的挡板打开，整个城市变得迷你，比那天在塔上见到的还要小。

他在高空上，而李明泽留在了地面上，变成了小小的一点，留在了下面的城市的某个角落里。

李鹤原本以为自己要哭，但他没有，只是吸了吸鼻子，靠在座位靠背上，闭上眼睛休息。

李明泽去见了自己的小姨。

小姨长得和贺宛很像，也是个温婉的美人。她带了一些李明泽小时候的照片，讲了他小时候的一些趣事。他们一起吃了一顿饭，还算轻松愉快。

回到家的时候，李明泽换了鞋，心里还想着将带回来的照片给李鹤看一看。上了楼打开房门，发现里面没人，他再一看，李鹤的东西收拾了个干净，剩下的都是他的东西。

他像被人重重打在后脑勺上，瞬间有点儿头晕目眩的。

他转身下楼，贺宛正站在楼下，和郑继文说着什么。

李明泽问道："我哥呢？出去了吗？怎么没和我说？"

"小泽……"

贺宛走过去想要拍他的肩膀，李明泽一下躲开，问道："我哥呢？"

"你哥哥先回去了。"贺宛尽量缓慢而平静地说道，"他也同意让你留在这边。他辛苦了这么多年，接下来妈妈会好好照顾你的。转学手续我们马上就可以办好。如果你觉得高三很累的话，咱们准备出国也行。"

郑继文在旁边皱着眉头，并不认同妻子的做法，但他碍于身份，只是叹了口气，没有说话。

李明泽问道："是你让他走的吗？"

"我们商量过了，这是对你最好的安排。"贺宛眼眶红了，但忍着没有哭，而是急匆匆地说道，"他照顾了你这么久，我们给了他一点儿补偿，他也可以重新开始自己的生活……"

李明泽转身就要出门，贺宛说："小泽！你哥哥的飞机这个点已经落地了！"

李明泽背影僵硬，停在了玄关。他愣了很久，转身上楼，将门摔上后，站在房间中间发呆。就今天早上，这里还有另一个人的痕迹，可现在，整个房间空荡荡的，只有床单和被子有些皱，显示那里有人睡过。

他一遍遍地打李鹤的电话，一直是关机。

有人敲门，李明泽以为是贺宛，大声说道："让我一个人待着可以吗？！"

门被扭开了，不是贺宛，是郑衡。

门打开的瞬间，楼下贺宛和郑继文的说话声传了进来。贺宛一边抽泣一边说着："继文，你不懂，我不想他活得这么辛苦，他过去十几年已经很累了……我不能说，我想……"

郑衡反手把门关上，把贺宛的声音挡在外面。

"你……"郑衡说道，"你哥让我给你的……"

李明泽接过来一看，是一包没开封的奶糖，是他们一直吃的那种。李明泽红着眼眶，将那包奶糖猛地扔掉，糖砸到墙上，外包装被摔破了，里面的糖噼里啪啦撒了一地。

郑衡什么也没说，出去了。

李明泽整个脑袋都是晕的，过了好久，也可能只是一会儿，他走到墙边，将那撒出来的糖又一颗颗捡起来。他捡得很慢，因为他的手一直在抖，捡着捡着，他的肩膀也开始发抖。

他手一松，才捡起来的糖又全部撒了。

他靠着墙边坐下，缩成一团，大滴大滴的眼泪不住地掉到地板上。

第十四章 再见

李鹤从早春的岭安回到了晚冬的平洲。

一出机场，他就裹上了黑色厚羽绒服。

路上灰扑扑的，光秃秃的枝丫横七竖八地伸向天空，每个人都裹紧衣服行色匆匆。不久前才经历的春天，好像只是一个转瞬即逝的梦。

他一直在走神，回家的路上好几次差点儿绊倒。

他下了飞机之后也不敢开手机，怕电话被李明泽打爆了。

李鹤在路边的小店借了固定电话，给房东打了电话，告诉他那个房子不租了。房东很生气，李鹤没心情和他多说，只说押金不要了，很抱歉。

挂了电话，他往家里走，想到临走前，李明泽和他说，要养一只小狗，还要种些绿植，遥远得好像是上辈子的事情。

他回到家，房子里空空荡荡的。不过才走了几天，屋子里就有一股不通风的灰尘味儿。李鹤没有心思开窗通风，如释重负地把行李一扔，呈“大”字形瘫倒在床上，开始琢磨接下来要做的事儿。

首先，不能再待在这里了。要是待在李明泽能找到的地方，那么他的离开就没有意义。他是没有根的野草，在哪里都能活，李明泽是要扎根长成参天大树的。

接下来，接下来，接下来要干吗？他完全不知道。

李鹤的思绪乱了，开始不可抑制地走神，脑子里像绕了一大堆乱毛线，怎么整也整不出线头。他在床上翻了个身，抱着被子，把脸埋在里面。被子里都是熟悉的味道，既是他身上的，也是李明泽身上的。他们的味道一样。

楼下有人拍门，李鹤惊着了，一个鲤鱼打挺坐起来。他穿上鞋子，三步并作两步下楼，猛地拉开门，门外站着的是一脸焦急的沈小情。

李鹤愣了一下，自嘲地笑了笑。

想什么呢？李明泽就算长翅膀了也不可能这么快回来。

“干吗？”沈小情担心地问道，“不认识我了？撞坏脑袋了？”

李鹤抬手抹了把脸，侧身让开道，说道：“进来吧，怎么了？”

沈小情跟着他进了屋。她坐在床沿上，李鹤坐在书桌的椅子上，书桌上还摆着李明泽临走前刚写完的试卷，整齐地叠着，等着开学要交的。

他又走神了。沈小情见他一脸恍惚，原本想要说点儿什么，又闭了嘴，想了想才开口道：“你不是前几天就该回来了吗？怎么才回来啊？手机又打不通，吓死我了。”

李鹤低头看自己的鞋尖，轻描淡写地说道：“有点儿事，耽搁了。”

沈小情见他好像不想说，就没追着问，开始瞎扯淡，从最近的天气聊到她上学期的期末考，又说到附近新开的哪家店很好吃，有空一起去吃。

她的声音清脆，黄莺似的，叽叽喳喳，一下子把空空荡荡的房间填满了。

李鹤就这么听着，觉得不用思考的感觉挺好的。

“啊，对了，”沈小情说道，“我谈恋爱啦。”

李鹤这才抬头：“啊？”

那天是一个平常的周五，沈小情上完下午的最后一节课，和几个同学一起从学校里出来，才出学校门，见到校门口不远处有个人扶着电动车杵着，一见到她就转身要走。沈小情大喊一声：“韦正——”

韦正一个激灵，跨上了电动车。

沈小情一个箭步冲过去，拽住他，说道：“你做贼啦？见到我就走。”

这段时间，韦正时不时会骑电动车从沈小情学校过，两人偶尔会遇到，时不时还一起吃顿饭。两人手头都不宽裕，有时候在路边买了烤串，沈小情撩起裙子就坐在韦正电动车的后座吃，有时只是两人刚好碰到，在冬日里的校道上一起走一段路。

今天却好像有点儿不对劲。韦正抓着电动车把手的手很用劲，手背上的青筋都凸出来了，眼睛、鼻头红红的，要么是被冬天的冷风吹红的，要么就是……

沈小情探头去看他的脸：“你哭啦？”

韦正摇摇头，过了一会儿才小声说道：“我妈去世了。”

沈小情倒吸一口气，有点儿无措地左右看看，不知道怎么安慰他。最后沈小情把他从电动车上拉下来，推着他的电动车，领着他去了路边的小花坛边。

他坐在长椅上。她靠坐在电动车的后座上，低头看着他头顶的发旋，良久，伸出手拍了拍。

韦正抬头看了看她，不自在地揉揉眼睛，面无表情地说道："有沙子。"

沈小情"哦"了一声，抬手揉揉眼睛，说道："真的有，我眼睛好像也进沙子了。"

韦正又低下头。

两个人就这么默默地在那儿坐着，等到太阳都下山了。路上的车来来往往，偶尔有沈小情的同学路过，沈小情远远地朝他们摆摆手。

过了好久好久，韦正吸吸鼻子，说道："你以前说得对……"

"什么？"

"你说人要认命，"韦止说，"要是我认命了，我妈可能不用拖这么久，早就解脱了，她也不用因为我欠了别人的钱而担心。"

沈小情站起来，说道："哎，怎么能这么说！"

韦正打断她的话，低着头，继续一股脑地说道："我……我很喜欢你，但是你不会喜欢我的，我也得认命……"

沈小情急了，大声说道："你认什么命啊！我没说不喜欢你啊！你乱讲什么！"

韦正猛地抬起头，眼眶还红着，蒙蒙的，搞不清楚状况。

沈小情后知后觉地红了脸，用脚尖踢了踢他的小腿，狠狠地说道："谈恋爱要男生先表白你懂不懂？"

韦正抬手揉了揉眼睛，说道：“又……又进沙子了。”

沈小情坐在他身边，揽住他的肩膀，小声说道：“节哀，一直以来辛苦了。”

韦正高大的身躯弓起来，靠在她肩膀上，无声地哭湿了她的袖子。

沈小情看着李鹤说道：“我也想明白了，无论认不认命，都不要和自己较劲儿。得找自己舒服的活法。人生苦短，要读书、赚钱、谈恋爱，哭完了要笑，笑完了也可以哭，就这样。”

李鹤静静地看着他，说道：“我……”

沈小情小声地问道：“到底怎么了？能说吗？你弟呢？”

李鹤在心里筑了一道堤坝，将汹涌的水流挡住，却把自己憋得难受。他发现只要开了个头，倾诉比他想象得轻松得多。

他说了很多，从人贩子的事情说起，说到他和李明泽在岭安过生日那个夜晚，他还能想起李明泽当时的眼神，全世界所有的阳光、星光和月光都在眼睛里。

全部都讲完了，李鹤才抬起头来，看向沈小情。

沈小情猛地从床沿上弹起来，走到李鹤身边，手足无措地说道：“别哭啦。”

李鹤刚想说“我没哭”，抬起手就摸到自己脸上湿湿的，有眼泪。

沈小情张开手抱住他。

堤坝被拆走了，汹涌的洪水撞得他五脏六腑都发痛，眼泪突然就止不住了。他好久好久没有哭过了，哭得气都要喘不过来了，好像全世界最委屈的孩子。

沈小情一直在拍他的背，小声哄道：“没事了，没事了……

一直以来辛苦了。”

李鹤再收到李明泽那边的消息，是一年后。

李鹤换了手机换了号码，但他一直存着贺宛的号码。贺宛告诉他，李明泽后天的飞机，飞去美国。李鹤看着那个短信，没有回复，静静地愣了很久。

到了那天，李鹤还是提前到了岭安。他穿着黑色的卫衣，扣了一顶黑色的鸭舌帽，揣着兜，等在远处。

没多久，他就远远地看见了李明泽。李明泽好像又长高了，明明没多久没见，李鹤却觉得他的脸都长得不一样了，眉弓的弧度越发凌厉，嘴唇紧紧地抿成一条直线，推着一个很大的行李箱。

贺宛和郑继文都来送他，后面还跟着一脸不情愿的郑衡。

李明泽和贺宛松松地抱了一下。郑衡侧着身，一眼瞅见了躲在不远处的李鹤，惊得张嘴就要喊。李鹤忙瞪他，伸出食指抵在嘴唇上不让他说话。

李明泽看向郑衡，郑衡耸了耸肩，装作若无其事。

“我走了。”他说道。

李明泽推着行李箱大步地走了，走了两步，回过头，刚才郑衡看着的那个角落空无一人。

李鹤躲在了一群外国游客背后，看着李明泽高大的背影消失在转角处。

他在那里站了很久，站到贺宛他们都走了，他还站着。

机场巨大的落地玻璃窗外，一架一架飞机起飞，飞向邈远的天边。

李鹤走出机场，岭安一如以往，是春天最早降临的城市。机场外面种了一排柳树，早春柳絮飘飞。

风吹柳絮，茫茫难聚。

他想，十几年前，上天开了个玩笑，把李明泽送到他身边，十几年后的今天，李明泽终究还是飞走了，他们彻底分开了。

三月的岭安，天气古怪得很，一会儿阴沉沉的，一会儿下雨。空气中都是水汽，黏糊糊、湿答答的，墙壁上仿佛都要冒出水来。

没下两天雨，又放晴了。明媚的阳光把到处都晒得热热烫烫，树枝上冒出嫩绿的芽，温度飙升，没有了春寒料峭，连毛衣都穿不住。

“行了，别拖地了，待会儿越拖越湿。”李鹤靠在柜台上打了个哈欠，吩咐道。

正要拖地的是店里的兼职工小丁，在附近大学读大二，戴个眼镜，傻乎乎的，但听说成绩很好。

成绩很好的小朋友李鹤都很喜欢。

“哥，那我下班了？”小丁问道。

李鹤抬头一看时间，正好十点，是时候打烊了。他说道：“你下班吧，路上小心点儿，我来锁门。”

小丁兴高采烈地下班了，李鹤慢慢悠悠地收拾着。

这家店李鹤开了四年了，他以前有做西餐厅的经验，后来盘了个店，做些咖啡、奶茶，还有小点心。店面不大，但附近就是商圈、写字楼，生意虽算不上红红火火，但也不差，照顾温饱是没有问题的。

正要锁门回家，店里的电话响了，是外卖。

这个点儿了，点外卖的只有附近加班的格子间社畜了，李鹤把电话一接，果然是老熟客了。

往常送外卖的都是小丁，但今天小丁已经下班了，李鹤干脆揽下这个活儿，将咖啡和茶点准备好，锁好门，打算送完外卖直接下班。

已经十点多了，外面的马路上依旧车水马龙，高楼大厦上面依旧亮着不少灯，城市的夜晚总是很迟很迟才真正来临。

李鹤照着地址摁了电梯里的二十四层，直接送上去。出来拿外卖的是个很年轻的小妹妹，和李鹤核对餐品后转账。

李鹤抬头瞄了一眼玻璃门里面，里头工作的人都穿着正装，像永远不知疲倦的陀螺。早就过了下班时间了，一个个的电脑屏幕却都亮着。

李鹤收到了手机转账，伸手帮小妹妹顶着打开的玻璃门，就在他准备松手关门转身离开的一刹那，好像看到一个熟悉的身影出现在远处的角落，而后一闪身进了某间办公室。

"谢谢啦。"两手拎着咖啡的小妹妹说道。

"不客气。"

李鹤回过神来，松开手，玻璃门关上了，他转身走向电梯，没有勇气再回头确认一眼。

回家的路上，李鹤插着兜走在夜晚无人的小路上，哼着歌路过一个个昏黄的路灯光圈，地上每一个圆圆的光圈都像一个独立发光的恒星。

他不由自主地想起那个一闪而过的身影。

应该是认错了吧。

李明泽应该在美国，他会一路读到硕士、博士，或者取得李鹤听都没听过的成就。

一开始，李鹤总是认错。

他卖了房子离开平洲，在岭安落脚，走在路上，偶尔会一错眼看到熟悉的身影，当他火急火燎地追上或躲开的时候，就发现是认错了。到后面，他都习惯了，每次心头一跳的时候，他就告诉自己，是认错了。

李鹤租的房子在一个旧居民区里。楼层不高，三楼，楼和楼之间的间隔很近。现在将近十一点了，不知道哪家妈妈还在歇斯底里地辅导小孩做作业，烟火气十足。

一房一厅带一个小阳台，除了少一间房之外，和他们当时在平洲租的房子像极了。

李鹤才把钥匙插进锁孔里，门后面就发出了嘤嘤嘤的狗哼声，门一打开，一只大狗扑到李鹤身上。

“起开！起开！”

李鹤踉跄着进门，带上门，蹲下来狂撸狗头。这只狗是他住在这里的第一年在路边捡的，也不知道是什么品种，土黄土黄的，越养越胖，光会吃喝拉撒，特笨。

但好歹也是个伴。

洗过澡后，李鹤趿拉着拖鞋在屋子里走来走去，笨狗就跟在他屁股后面，时不时会踩到李鹤的脚后跟。李鹤特别喜欢拖鞋在家里走路的声音，啪嗒啪嗒的，感觉有人气，热闹一点儿。

睡觉前，李鹤习惯性地拉开床头抽屉的第二层，抽屉里空荡荡的，只躺着一封信。他拿出来，小心翼翼地展开——年头久了，信封和信纸都泛黄发脆，他生怕弄坏了。

信纸上面的字迹工整好看，笔锋遒劲，力透纸背。

上面的每一个字，李鹤都能背下来，他小心地把信重新叠起来，放回到抽屉里，关上窗头的台灯，缩进被子里，伸出手拍拍被子，笨狗呜呜叫着跳上去，严严实实地帮李鹤压着被子，沉甸甸的，很有安全感。

第二天下起了毛毛雨，天气凉飕飕的。春雨贵如油，路上的嫩叶子都亮晶晶的。

天气一凉，想喝热奶茶、热咖啡的人就多了起来，小丁跑进跑出地送外卖，李鹤坐在柜台后面听着外面沙沙的雨声，托着腮昏昏欲睡。

到了中午，李鹤总算挪了挪屁股，站起来伸了个懒腰，打算炒个蛋炒饭，多加点儿鸡蛋慰劳跑断腿的小丁。

丁零——

门边的挂铃被打开的门碰响了，李鹤忙说道："欢迎光临——"

走进来几个正装打扮的男女，站在门边拂掉肩膀上沾上的水珠。其中一个抱怨道："下雨了，早知道叫外卖好了。"

"没事，午歇还有一会儿，这里安静，可以坐坐，Chris 说这里的蛋糕不错。"

最后走进来的高大男人"嗯"了一声，脱下外套，将衬衣的袖子挽起来，一抬头和目瞪口呆的李鹤正好四目相对。

他抬手看了看表，说："别坐太久了，上午那份市场评估还没做完。"

几个人一阵哀叹。

李鹤杵在那儿突然尴尬起来，忙去拿菜单，差点儿绊到右腿。他将菜单递过去，接菜单的正好是李明泽，李鹤又愣住了，没松手，两人像借着菜单拔河。

对面的女生看了看，问道：“怎么了？你们认识？”

李鹤还没想好要怎么回答，李明泽已经抽走菜单，低头翻看起来，毫无波澜地说道：“不认识。”

李鹤浑身僵硬，低头记下他们点的单，转身去做了。

几个人点的都是美式，还有半个戚风蛋糕分着吃。李鹤一边做，一边分神去瞄他们。他们聊着工作，夹杂着许多李鹤听不懂的名词，还有一些英文。李明泽不太说话，只偶尔搭一句，也不往这边看，李鹤就放下心来大胆看他。

李明泽比他最后一次见的时候好像又高了些，现在已经比他高一头，身板也结实了很多。

白衬衫将他的肩背勾勒得特别好看。他二十二三了，五官脱去了稚气，棱角清晰、尖锐了起来，不再剃寸头，微长的头发用发胶整齐地弄起来，三庭五眼，没有表情的时候看起来有些严肃。

李鹤用大勺子舀了满满一勺糖，全部往李明泽那杯里加，搅了搅，往小碟子上放了几颗奶糖，送了过去。这是惯例了，凡是来消费的客人都送的。大玻璃碗装了很多放在收银台，随手都可以拿。

李鹤躲在不远处，看着李明泽抿了一口咖啡，五官皱了起来。他心里大喊：该！

“怎么了？咖啡太苦了？我喝着还好啊？”

面对同事的询问，李明泽努力咽下那口甜得发苦的咖啡，面无表情地说道：“没事。”

女同事开心地拿起小碟子上的糖，开心地说道：“哇，有糖。”

李明泽把自己的那颗推出去，说：“你们吃吧，我不吃糖。”

外面的雨突然下大了，把窗外的绿叶打得发颤。

门边的铃铛丁零零响，是小丁回来了。他出门的时候仗着雨小，没撑伞，回来的时候被淋成落汤鸡，一进门就打了个喷嚏。

李鹤忙翻了条毛巾给他，让他赶紧去把衣服换了。

外面的雨下得大，店里面只有絮絮叨叨的谈话声，显得特别宁静、舒适。

李鹤托着腮坐在柜台后的高脚凳上，对着李明泽一顿猛看，但李明泽就是不回头，坐他旁边的同事倒是察觉到了李鹤的视线，回过头来好奇地看李鹤，李鹤冲他一笑，继续看。

小丁换过衣服出来，一头乱发跟草似的，半湿不干，他问："哥，还有外卖要送吗？"

李鹤忙说："没了没了，你歇着吧。自己冲杯热茶，别回头感冒了。"

他话还没说完，那头李明泽就站起来了，外套搭在手臂上，抬头看表，说道："该走了。"

李鹤和他朝夕相处了十几年，他抬抬眉毛李鹤就知道他是怎么了。这是生气了，至于为什么生气，李鹤倒没想明白。这是怎么了？在国外读书读得脾气越来越大了？

"剩下的蛋糕帮你们打包一下吧。"李鹤说。

外面的雨还没停，李鹤把店里的几把伞全部借给他们了，看着他们一行几个人撑着伞消失在雨幕里。

李鹤长长地叹了口气，小丁正被一口热茶烫得龇牙咧嘴，问了句："怎么了？"李鹤看着他，语重心长地说道："你还年轻，你不懂。"

店里的伞都被李鹤借出去了，幸好傍晚的时候雨停了，十点多了，李鹤还不说下班。小丁试探道："哥，十点了……"

李鹤回神了，看了看时间，说道："你先走吧。"

没一会儿，归心似箭的小丁就跑了，店里就剩下李鹤一个。他无聊地玩手机上的游戏，外卖电话响了的时候像被针扎了似的一下跳起来去接。果然是李明泽他们那一层的外卖，李鹤一一记下要求，哼着歌儿准备。

他锁好门，拎着满手的咖啡和茶点出门。

下过雨的小路湿漉漉，泛着光，空气清新。李鹤摁了电梯上到二十四层，没想到等在外面准备接东西的不是上回的年轻小妹妹，是李明泽。他的领带解了，顶扣也解了，衬衫挽到手肘，加班加到眼睛都熬红了。

"啊……"

李鹤站在打开的电梯门后面，愣住了。电梯门又要缓缓关上了，李明泽大步过去，摁住开门键，李鹤这才匆匆地从里面出来，低着头，一边数手上的东西一边说道："都齐了。啊，这个红丝绒蛋糕是送的。"

李明泽面无表情地应了一声，接过这堆东西。

"多少钱？"李明泽问。

李鹤说了个数目，掏出手机给他扫二维码。李明泽一扫，出来的是李鹤的微信。

李鹤眨眨眼，说道："开错码了。哦，这个是我微信，你可以加一下。"

送完外卖的李鹤走在回家的路上，看了看微信，没见到好友申请，骂了一声，把手机揣回兜里，插着兜晃晃悠悠回家了。回到家，他带着家里的笨狗出去遛了一圈，到家洗漱完，躺在小沙发上开始看着天花板发呆。

发了一会儿呆，他掏出手机给沈小情打了个电话。

沈小情接了电话，打着哈欠问道：“大哥，这都几点了？什么事？”

“那个，”李鹤说，“这几年，李明泽有没有回去找过我啊？算了算了，”李鹤又说道，“不想听，你别说。”

沈小情深吸一口气，大骂：“李小鸟，你神经病是不是？三天两头给我打电话问这个问题，问了又说不想听，你到底想听还是不想听？挂了，老娘要睡觉了。”

电话那头忙音了，李鹤把手机屏幕朝下盖在肚子上，又叹了口气。

当时他卖房子都是拜托沈小情和韦正出面的，他换了电话、换了地址后，再也没有回去过。这些年来，他总是在想，李明泽究竟回去找过他没，但是他一直不敢听答案。

找过？那李明泽面对已经卖掉的房子是怎么想的？没找过？为什么？李明泽恨他了吗？

无论是哪个答案，只要想一想，李鹤就觉心里闷闷地难受。

他一个鲤鱼打挺从沙发上弹起来，吹了声口哨把自家狗叫过来，使劲地挠狗的下巴。狗傻乎乎的，眯着眼张开嘴享受。

李鹤自言自语：“今天真难过啊。但是又挺开心的。”李鹤站起来，伸了个懒腰，“睡觉去了。”

第二天，李鹤精神满满地起床，他从来没有觉得上班这么快乐过。连阴沉沉的天气都没有打消他上班的积极性，出门前他甚至还照了照镜子。

他也没有留寸头了，毕竟要常剃，没人帮他剃，他又懒得总是到理发店报到，所以他把头发留长了一些，长到能在脑后扎个小羊角，扎不住的散碎头发任由它们散落着。

很不羁。

李鹤看了看镜子里的自己，有些不满意，但也没有别的办法了。

中午的时候，店门果然又响了，李鹤兴高采烈地抬起头，发现李明泽没来，来的是他的同事，一个人，就是那天坐在李明泽旁边和李鹤对视的那个，挺精神的一个小年轻。他直接坐在了李鹤对面。

“嗨。”李鹤和他打了声招呼。

“很失望？”他问道。

“什么很失望？”

“没见到Chris很失望？”那年轻人眨了眨眼，笑起来有个小梨窝。

李鹤有些蒙，问道：“谁？”

“李明泽啊，”他说道，“你们认识吧？”

李鹤恹恹地扫他一眼，说道：“认识啊。”

那年轻人托着下巴，饶有兴趣地看着李鹤冲咖啡，说道：“你们有故事吧？我一眼就看出来了。”

李鹤手一抖，差点儿把咖啡壶摔了，说道：“什么？”

李鹤清了清嗓子，觉得自己这样没见过世面的样子实在是太丢脸，反将一军：“你和他很熟吗？李明泽。”

“还行吧。”他说，“同一批进来实习的。他履历漂亮，教授给他写的推荐信，夸得天花乱坠，大家都和他关系挺好。你呢？

你和他很熟吗？”

李鹤正要继续问，门又响了。两人一起看过去，进来的是李明泽，手上拿着那天李鹤借出去的那几把伞。他是看天气不好，特意来还伞的，一进门就看见他那个花蝴蝶似的同事正和李鹤相谈甚欢，脸一下就黑了。

“我叫Ethan，”他朝李鹤吹了声口哨，“下次见啊！蛋糕很好吃。”

李明泽侧了侧身，让开道让他出去，不发一言。

李鹤看见他手上的雨伞，说道：“放门边那个伞架里就行。哎，先别走，我给你打包个蛋糕回去吃呗。”

“不用了。”李明泽硬邦邦地说道，“我不喜欢吃。”

李鹤见他要走，急了，冲上去拽住他，说道：“聊聊？”

李明泽一副拒不合作的样子，那副样子，李鹤熟悉得很。

他眉头皱着，嘴唇紧紧抿成一条线。他从小到大发脾气都是这个样子，要是以前李鹤火大的时候就冷着他了，但现在不行啊。

李鹤急得不行，又不能这么死命拉着。

就在这时候，李鹤手机响了，他空出一只手来掏手机，见是沈小情的电话，连忙接起来。

沈小情说道：“对了，昨晚忘记跟你说了，下周记得早点儿回来，你是伴郎啊！”

李鹤计上心头，大声告状：“我告诉你，我遇到李小明了，他就在我旁边，我邀请他来着，他不肯去参加你的婚礼！”

沈小情愣住了，反应了两秒，然后大吼道：“李小明，你要是敢不来就是不把我当姐姐，你敢不来试试！”

她嗓门大，没开免提都让李明泽听清了。

李鹤挂了电话，无辜地说道："她这两年当了老师，嗓门越来越大了。"

沈小情大手一挥，把两人的机票都包了，反正是淡季，也不贵。

虽然李鹤知道李明泽绝对会给沈小情面子，但到了出发那天，他还是有点儿忐忑，等在机场门口，心里七上八下。

李明泽还是准时来了。他今天穿了卫衣和牛仔裤，看上去不像穿着正装的时候那么严肃、冷淡。

他们一路无言地办好登机手续。

李鹤站在机场的大落地玻璃窗前，外面下着蒙蒙细雨。岭安的春天就像一条永远拧不干的毛巾，湿答答的。天色阴沉，时不时有飞机飞上天。李鹤想到，四年前，他就是在这里，偷偷地看着李明泽离开。

"走了。"李明泽站在不远处催促他。

李鹤匆忙跟上去："来了来了。"

他们的机票是一起买的，座位连在一起，李鹤坐在靠窗的位置，他抬手把装行李的包放上行李架，李明泽就站在他身后等，下意识抬手帮他托了一把。客机的过道窄，还有人等着通过。

放好行李，李鹤连忙钻进自己的座位坐下。

飞机很快就起飞了，两个人排排坐。李鹤意识到两人得在这飞机上近距离相处两个多小时，趁此机会，他又说道："咱们聊聊？"

李明泽戴起卫衣的帽子，帽子宽大，把他眼睛也挡住了，一副要睡觉不说话的样子。

也不知道是真睡还是假睡，反正李明泽一路都闭着眼，简直就是个无缝的鸡蛋，李鹤压根没处下手。他叹了口气，看向窗外，想到好几年前，他们一起坐火车来岭安的时候，虽然有着对未来的迷茫，但更多的是踌躇满志。

谁也没料到，他们再一次一起踏上这条路途，是这样的情形。

外面是千篇一律的蓝天白云，李鹤也睡着了，睡着睡着就歪到了李明泽那边去，飞机降落时的颠簸才把他颠醒，他一脸迷糊地左右看。

李明泽指了指他的脸："擦擦口水。"

什么老梗了？他才不会信。

李明泽面无表情地说道："真的有。"

李鹤忙抬起手背一擦，真的有！他脸都红了，抽了纸巾一顿擦。

李明泽已经从位子上站起来了，他个子高，一伸手就轻松地拿下了行李。他把李鹤的行李放在座位上，转身去给前后座的女士搭把手。

两人从机场出来的时候，都深深地吸了一口冷冽干爽的新鲜空气。

三月的平洲才刚化雪没多久，还不算暖，路上的车明显变多了，高楼大厦也多了。李鹤许久没回来了，一时间看花了眼。

是韦正来接他们。

当时李鹤卖了房子之后，没要韦正还的钱，反而又借了一笔钱给他。韦正盘下了一个商铺，一半做小卖部，一半做五金。他本来就是什么都会一点儿的人，又肯努力，没多久就连本带利把钱还上了。

韦正拦了辆出租车，识趣地没多问，只是和他们都打了招呼，仿佛李明泽的出现顺理成章。

李鹤问："沈小情呢？怎么没来接我？"

“她正发脾气呢。婚纱窄了，她嫌自己减肥不够努力，出门沿着河堤跑步去了。”

李鹤心想：沈小情，不愧是你。

李鹤和韦正在聊些有的没的，李明泽就默默地看窗外的景色。出租车停在了一处旧居民楼下。几年前沈清就不经营她那个发廊了，搬了家。

韦正说：“五楼506号，我就不上去了。”

两人上去，开门的是沈清，还是和以前一样烫着卷发，穿着花裙子，只是样子年轻了许多。李鹤听沈小情说她现在是附近广场舞团的领舞，文娱活动可丰富了。

“沈姨。”两人一起叫了一声。

沈清喜出望外，赶紧把他们迎进去，一坐下就问：“哎呀，多久没见了！小明啊，听小情说你出国了，可算回来了？小鸟啊，你也不带着弟弟来看看你沈姨。”

她话一说出口，李鹤马上感觉到客厅里氛围尴尬。他不知道该怎么回答，李明泽也没说话，幸好这时候沈小情回来救场了。她还像以前一样，高挑又漂亮，像四月明媚的春光，鲜活地在枝头闪烁。

沈小情一回来就把两人安排得妥妥当当的。

“姐姐婚礼预算不多啊，租不起酒店给你们住，凑合睡吧。我妈房间收拾过了，床单、被套什么的都是新换的，你们睡那儿吧。”

李鹤和她说话自在多了：“我是伴郎啊！也就是说，到时候我得起个大早，从你这儿出发，接上新郎，然后再来接你，我闲得慌？”

沈小情大手一挥：“就是这么回事！凑合吧，凑合吧，办个婚礼把我烦死了。”

明天就是婚礼了。家里都布置上了，到处都是红色，大红双喜，连给李家兄弟俩睡的床也都是一片大红，看得李鹤一阵别扭。

他没话找话：“你睡外头还是里头？”

李明泽也不自在，杵在床边，低头看地：“都行。”

“那我睡里头吧。”李鹤嘟哝道。

准新娘和准丈母娘早早地就睡了，房间里黑灯了，李鹤也不想吵到她们，早早地洗漱完，爬到床上准备睡觉了。

李明泽在投行实习，为了参加婚礼，把周末的加班给推了，本来就很不好意思，工作上的电话接个不停，他自己一个人到阳台上去讲电话了。

李鹤心想，也不知道阳台上风大不大。

他有心吩咐李明泽小心不要着凉，但李明泽轻轻开门进来的时候，他却只是翻个身装作睡着。他感觉到床的一边微微塌下去，然后是窸窸窣窣的声音，李明泽躺下了。一时间，整个房间里都安安静静的。

李鹤背对着他，睁着眼睛，在黑暗中看着墙上贴的红双喜。

突然，李明泽轻轻地喊了一声：“哥。”

声音很轻，比春天夜里吹过的风还要轻，李鹤就像在风中伸出手的人，感觉到了，却抓不住。

第十五章 和解

婚礼简直就是“兵荒马乱”的代名词。

天还没亮，什么化妆师、伴娘，杂七杂八的人全部涌进家里来。李鹤都还没睡醒，迷糊着被沈小情催着换衣服。

李鹤这辈子就没穿过西装，还是这种正儿八经的三件套，他犹豫地说道：“大姐，你给我的这马甲是不是有点儿小……”

沈小情正和化妆师讲妆容，懒得理他，说道：“合适，显腰细。”

一群伴娘在那里叽叽喳喳地笑。

李鹤对着镜子折腾领结，折腾了半天扣不上，双下巴都挤出来了。满屋子的人都在忙活，没人顾得上帮他。

突然，李明泽走了过来，站在他面前，小声说道：“松手。”

李鹤下意识地松开了手，扬起下巴。李明泽穿着水蓝色的休闲衬衫，低头帮他扣领结。从李鹤的角度，能看到他颤动的睫毛，直挺的鼻梁，还有鼻梁上那颗痣，还在老地方。

李明泽扣得认真极了，专注又投入，他微微低着头，仿佛做着全世界最重要的工作。

旁边的喧闹声李鹤都听不见了，他鼻子一酸，一句憋了好久的话突然说了出来："对不起。"

李明泽手上动作停了停，又飞快地松开手，说道："扣好了。"

李鹤收拾得人模人样的，总觉得领结在脖子上勒得慌，浑身不自在，但他看见比他更加人模人样的韦正，他心里马上平衡了，因为韦正看起来紧张得像是马上就要晕厥过去了。

"不要紧张，"李鹤揶揄道，"大不了明年再结。"

韦正：一点儿都没有被安慰到呢。

不过照李鹤看，他们也不用明年再结了。李鹤连伴郎的催开门的台词都没说完，过场都没走一个，沈小情自个儿把门打开了，哭得一把鼻涕一把泪地扑到韦正怀里，把韦正扑了个踉跄。

婚礼的地点在郊外，那儿有一大片四季常绿的草坪，人工湖旁边有个红砖小教堂。

这还是沈小情和她妈差点儿打架才定下来的地方。沈清原本坚持要在市中心的一个老牌饭店里办的，沈小情一看那里老旧的龙凤装潢就拒绝了，好说歹说才定在了这里。

室外搭了篷，摆了白色桌椅，用鲜花和绢带装饰。天气还有些冷，但请来的都是亲近的亲朋好友，大家也没有什么意见。

教堂里面渐渐坐满了人，阳光透过彩色花窗玻璃打在地上。

"我的眼线花没花？"沈小情第十次问道。

"没花没花，你最美了。"李鹤问道，"差不多了。"

教堂的门吱嘎一声打开，李鹤把胳膊肘递给沈小情让她挽着。本来这个位置应该是新娘的父亲的，沈小情提议让李鹤来的时候，李鹤还拒绝了，后来禁不住她说了好几回才答应。

“走了。”李鹤小声说道。

沈小情拿好花束，挽住李鹤的手，两人一起沿着鲜花瓣铺成的路，走进教堂里。洁白的婚纱后摆拖拽在地上，白得好像是冬天最后一捧雪。

李鹤穿着整齐的三件套，肩宽背挺，腰勒得很细，略长的头发整齐地束起来，整个人精气神都不一样。

沈小情的手有些抖，踏出去的第一步差点儿因为鞋跟太高崴了脚，幸好李鹤扶住了她，就像过去的二十多年一样，稳稳地扶住了她。

《婚礼进行曲》的旋律好像自带神奇的魔力，一下子，整个教堂里的人都陷入了神圣的童话氛围里。

李鹤领着沈小情，走完这短短的几十步，在松开她之前，小声说道：“祝你幸福。”

沈小情将手搭在新郎的手心里，回头看了李鹤一眼，漂亮的眼睛里闪着泪光，她没说出来，但李鹤知道，她想说的是“你也是”。

牧师念着证婚词，坐在第一排的沈清早已经泣不成声，李明泽坐在她旁边，给她递纸巾。李鹤坐回李明泽的旁边，一起静静地看着，听着。

戴在沈小情手上的戒指是韦正自己做的，平平无奇的素圈，是他花了好久才弄出来的。

牧师说：“现在新郎可以亲吻新娘了。”

新郎、新娘接吻了，观礼的人鼓起了掌，沈清哭出了声音，李明泽拍着她的背安慰她。李鹤忍不住鼻子一酸，但忍住没有哭。李明泽回头看了他一眼，李鹤朝他笑。

伴娘从手提小竹篮里抓了一把又一把的花瓣到处撒。

如果在二十年前，李鹤和沈小情想都不敢想，生活还可以这样甜。

仪式过后，他们都到了室外，吃准备好的宴席。沈小情换了一条轻便的白礼裙，和韦正一起端着酒杯一桌一桌地敬酒，李鹤跟在他们身后。

沈小情家的亲戚不多，韦正就更不必说，在他妈妈病得不轻的时候亲戚就已经不来往了。参加婚礼的大多是两方的好朋友，都不兴传统中式婚礼不停敬酒那一套，大家也就是喝个开心。

李鹤也开心得很，开心的程度不比婚礼的主角低。等敬到李明泽的那一桌时，李鹤已经有些微醺了，脸上发红，精神却格外亢奋。他在那一桌喝到第三杯，酒正要送进嘴里，李明泽突然伸手拉住他胳膊肘。

大家的目光都集中在新郎、新娘身上，李鹤小声问："怎么了？"

李明泽轻皱着眉头，说道："别喝了吧。"

李鹤的叛逆心被酒精激发起来了，他想，呵，这时候不装不认识了吗？最后他还是把那杯酒给喝了，并且快乐地继续喝了好多好多杯。虽然只是度数不高的香槟，但也架不住喝得多。

到最后抛花球的时候，沈小情抓着花球，大喊道："李小鸟，你人呢？"

李鹤喝得有点儿晕，从角落的椅子上站起来，直接一步跨到椅子上，站得高高的，大喊道："我在这儿！"

沈小情抡圆了胳膊，一把将花球扔到李鹤的脑袋上，砸得李鹤没站稳，天旋地转地往后摔，幸好李明泽一直站在他旁边，把人和花球一起接住了。李明泽的鼻梁却被李鹤的后脑勺砸了，疼出了泪花。

最后散场的时候，还是李明泽把李鹤背回去的。李鹤倒也不是不能走，只是整个人发蒙，坐在路边不肯走。李明泽干脆把他背起来。李鹤的手圈住他的脖子，花束拿在手上，凑在李明泽脸侧，一路都是花香味。

到楼下的时候，李鹤挣扎着要下地。

夜已经深了，居民楼的灯只剩下几盏还亮着，李鹤一屁股坐在小区的花坛边上，不肯走了。李明泽叹了口气，蹲在他身前，无奈地说道："回吧。"

李鹤看了他一眼，说道："你不是不认识我吗？"

李明泽没想到他这时候提起这茬，站起来，走也不是，不走也不是。李鹤以为他生气了要走，低头看着手上的花束，小声说道："对不起。"

李明泽沉默着。

李鹤说："对不起……你能跟我聊一聊吗？不要装作不认识我了……"

寂静了好久好久，李鹤都以为李明泽已经走了，抬起头去看的时候，才发现李明泽依旧静静地站在他面前。

今天的天气格外晴朗，夜晚的天空都是闪烁着的星星。

"你知道吗？"李明泽平静地说道，"我回来过很多次。在你刚走之后没多久，我就回来找你了。我没告诉任何人，用我自己的零花钱买了车票，坐了一天一夜的车回来。房子是空的，小情姐和小正哥都不肯告诉我你在哪里。我没有地方可以去，身上也没有钱了，像一只丧家之犬。小情姐帮我买了回岭安的车票。"

"我妈妈，贺宛，她以为我跑回来找到你了，但我又灰溜溜地回去了，你知道我有多难堪吗……”

李鹤低着头，手肘撑着膝盖，脸埋在手心里。

李明泽的声音有点儿发抖，但还是勉强保持着缓慢而克制的语速：“我说我不吃糖，不是故意气你的。我再也没有吃过了，整整五年都没有，因为吃起来都觉得是苦的。

“我在国外四年，修了两个学位，成绩特别好，但我总觉得自己不够好。如果我再好一点儿，你是不是就不需要这样离开我？”

李鹤觉得头很痛，是真的痛，像针扎一样，不知不觉间，手心湿漉漉的，都是他自己的泪水。

李明泽不说话了。

李鹤抬起头，李明泽就这样站在他面前，比起四年前他最后一次见的时候，高大、成熟了很多，像能肩负起所有的悲伤和责任。

但李明泽的脸上不知不觉也淌满了泪，眼眶和鼻子都红了。

“你不用说对不起，虽然我也恨过你，特别是在国外的时候，越想你就越恨你，但我再见到你的时候，一见到你，我就原谅你了。”李明泽哽咽着说道，“哥，我好想你——”

李鹤胡乱地抹掉脸上的泪水，李明泽也因为自己突然间的情绪崩溃而羞耻，两人躲开对方的目光，将脸擦干。

“回去吧。”

李明泽的声音里有浓浓的鼻音，他背过身去蹲下来，李鹤爬到他背上。

短短的一段路，李明泽走得很慢。

经历过刚才的情绪波动，本就有些醉醺醺的李鹤更加疲惫了，额头上的青筋突突地跳着疼，但他一路上都在问，问了很多问题。

从美国的天气，问到李明泽的学业，他絮絮叨叨地问，李明泽认认真真地答。两个人在繁星满天的夜里，一问一答，声音都是轻轻的。

李鹤试图通过这些问题的回答拼凑出李明泽独自成长的五年时光。

说着说着，李鹤趴在李明泽的肩头昏昏欲睡，上一秒还强打着精神前言不搭后语地问，后一秒头就歪在李明泽的颈侧睡着了，手上拿的花束倒是没掉。

这一觉睡得踏踏实实。在梦里，他回到了小时候，他走在路上，背上是丁点儿大的李明泽，他一路背着李明泽走在回家的路上。

李鹤是半夜渴醒的。喝酒之后喉咙干涩，头又痛，他揉揉眼睛醒过来，从窗帘缝里往外看，天只亮了一点点儿。这动静吵醒了李明泽，他皱着眉头眯缝着眼睛看了看，迷迷糊糊地说道："蜂蜜水，给你留的。"他的声音还是沙哑的。

李鹤愣愣地应道："啊。"

李明泽扒拉了个枕头抱住，继续说道："你昨天喝多了，没给你洗澡，只换了衣服……"

李鹤杵在那儿，还想听听他有什么下文，没想到李明泽一句话说完就又睡着了，脸压在枕头上，五官都皱了，怪可爱的。

李鹤一口灌完那杯蜂蜜水，甜滋滋的，很润喉咙。他抓了件干净的衣服，轻手轻脚地闪进浴室里。

李鹤洗完澡，把水关了，换好衣服，湿漉漉的头发上搭条毛巾就出去了。天还早，不到六点，沈清已经醒了，正在厨房里倒腾早餐，看来昨天婚礼上哭成泪人也没有影响她什么。

"小鸟啊，什么时候走？"

李鹤说：“沈姨早，我们坐中午的飞机回去。”

沈清说：“吃了再走，姨给你们做好吃的。”

李鹤说了声“好”，脑袋上搭着毛巾回房间里，一推门就看到李明泽已经醒了，正站在床边背对着房门换上衣，肩背舒展的时候肌肉线条极其流畅。

他想起昨晚聊天的时候，李明泽说起在国外的时候，跟着泰国的同学练过一段时间泰拳，虽然是作为爱好，但看起来效果很不错。

李明泽洗漱完回来，李鹤正在吹自己的头发，李明泽极自然地接过吹风机。李鹤靠着床，盘腿坐在地板上，让李明泽帮他吹干头发。

“还是有点儿麻烦。”李鹤嘟哝道，“等天气热起来得剃掉。”

李明泽认认真真地给他吹，渐渐干爽的发丝在他指缝间摩挲，温暖又舒服。

他说：“哥，我给你剃。”

“嗯。”

他们一起乘坐中午的班机回到岭安，落地时的心情和出发前大有不同。李鹤不在的这两天，店里没有休店，小丁一个人张罗着，虽然没送外卖，但也累得够呛，见到老板回来，开心得快跳起来了：“哥！你总算回来了——”

李明泽是打算送他回了店里，然后顺道回公司加班的，听到这声喜出望外的呼唤，脚步在店门处顿了顿，抬头扫了李鹤一眼。

李鹤一脑门问号，怎么聊也聊过了，哭也哭过了，还生气呢？

“我先回去了。”李明泽说。

“哎，”李鹤说，“带个蛋糕去吃。”

“不用了。”

李鹤莫名其妙，看着他拐个弯消失在店外。

小丁这两天着实忙坏了，李鹤放他早点儿下班，自己在店里打扫一下卫生。很快就到了晚上，他磨磨蹭蹭了很久，终于准备下班的时候，李明泽带着一起加完班的同事来照顾他的生意了。

李明泽的花蝴蝶同事格外显眼，一进门就机敏地觉察到气氛和以往不同，在柜台的玻璃冰柜挑甜品的时候，小声对李鹤说：“你们和好了？”

李鹤无奈地说道：“我是他哥。”

几个人吃吃喝喝一番，到了最后，李明泽说：“你们先走吧，我还有点儿事。”

李鹤去洗了个手出来，发现店里就剩下李明泽一个人，正在帮他收桌上的咖啡杯和甜品碟。李鹤说：“哎呀，这就走了？还打算给他们两个蛋糕带走。”

“别送了，”李明泽说道，“你开店还打算盈利吗？”

原来不是不爱吃，是精打细算。

李鹤欣然答应了，动作麻利地收拾好店里，哼着歌下班。李鹤住得近，走路下班就行。他插着兜走着，和李明泽有一搭没一搭地闲聊，舒服得不可思议。

他们只不过才离开了两天，岭安的天气却已经发生了变化，比前几天暖多了，空气中蕴含的水汽越来越多，隐约还能听到轰隆隆的雷声，是今年的第一声春雷。

到了楼下，李鹤挠挠头，有些尴尬地说道：“上去……坐坐？”

李明泽也突然间窘迫起来，摸摸鼻子，说道：“很晚了，我先……回去了。”

李鹤也不知道是遗憾还是松了口气，“哦”了一声，道了晚安。

走之前，李明泽上前松松地抱了他一下，是一个时隔多年的拥抱。李明泽说：“哥，晚安。”

李鹤上楼去，从对门的房东阿姨那里领回自家的笨狗，对房东阿姨谢了又谢。

笨狗两天没见他，热情地抬起前爪扒在他身上，疯狂地在他脸上舔来舔去。李鹤差点儿招架不住，拼命说：“好了好了，够了——”

他牵着狗回家，趴在阳台上，发现李明泽居然还没走远，依稀能见到背影。他的狗绕在他腿边摇着尾巴蹭来蹭去，傻乎乎的。

李鹤养在阳台上的不知名小花冒出了嫩黄花苞，小小的一个，预示着蓬勃的生命力。

一年之计在于春，春天确确实实地来了，一切都以更好的面貌重新开始了。

春天向来是很美的，风开始变得又暖又柔，嫩叶在枝头抽芽，无名的小花开遍每一个角落，大家的厚衣服都收起来了，街头的女郎渐渐鲜活漂亮起来。

春天一向如此，但李鹤的感觉是如此明显。

李明泽几乎每天午歇的时候都来，有时候是他一个人，有时候带上他的同事来照顾生意。晚上如果下班得早，赶上李鹤关店前，那他们会一起在春日的晚风里走一路。

李鹤总觉得有哪里不对劲。他不由得怀疑是不是他们分开太久了，好像和以前的相处模式不一样，但这种改变又是那么新鲜，让他根本分不出心思出来思考。他只是享受这样的春天，希望一直这样下去。

“哥——”

李鹤忙转头去看，发现是小丁在叫他。

“干吗？”

小丁看了看店里没人，小声说道：“那个帅哥是你弟弟啊……”

“是啊，怎么了？”

“他是不是……不太喜欢我？”小丁犹豫着说道，“我每次和他打照面，他脸色都可差了，是不是我哪里冒犯到他了？”

“没有吧……”李鹤皱起眉头想了又想，“他性格挺好的，没理由不喜欢你啊。”

小丁还要再说，李鹤的手机突然响了。他接起来一听，脸色就变差了，急匆匆地挂了电话就要跑回去，出店门的时候正好和往这边来的李明泽错过了。

李明泽在拐角那头，只看到李鹤匆匆跑出来，隐约听到他对小丁喊道：“小美生病了，我带她去医院——”

李明泽正要叫他，谁知道李鹤跑得飞快，一下就没影了，只留下他站在拐角处。

李鹤第二天没去店里，只有小丁在。小丁每次见到李明泽来，都夹起尾巴做人，笑脸相迎，生怕哪里惹得李明泽不高兴，在老板耳边吹吹风，自己就被炒了。

如此两天，小丁都要心力交瘁了。李明泽总算问了他：“我哥呢？”

小丁心里大喊：这又不是我哥，你哥你自己问啊！

表面上，他只能小心翼翼地回答：“他家小美生病啦，好像做了小手术，这几天都得照顾着，来不了。”

谁知道，李明泽一听，脸更黑了，从第二天开始就没再来了。等李鹤终于回到店里，发现李明泽连着几天没来了，只好问小丁：“我弟呢？怎么这几天没来？”

小丁：神啊，放过小丁吧。

李鹤这才反应过来，他和李明泽都没交换联系方式。那天他故意让李明泽扫他的二维码，谁知道李明泽那时候还别扭着，没加。后来两人说开了，李明泽准时来报到，他就把这茬忘到脑后了。

恰在这时，门边的铃铛响了，李鹤忙探头去看，几个人先后走进来，李鹤都熟，都是常和李明泽一块儿的同事，但就是没有李鹤想看到的人。他郁闷地缩回去，无精打采地和他们几个打了招呼。

奋战在李家兄弟八卦第一线的 Ethan 果然凑上来了，小声问道：“你们吵架啦？”

李鹤一脑袋问号：“没有啊，好好的啊。”

Ethan 一脸不信：“那干吗你不来店里，Chris 也不来店里？肯定是吵架了啊。”

李鹤说：“我有事才没来的。他去哪儿了？中午不休息？”

Ethan 吹了声轻快的口哨，说：“老板大发慈悲，今天只加半天班，我们顺道来吃东西，Chris 下班啦。”

“回家了？”

“我知道他去哪里了。”Ethan 笑道。

李鹤把店扔给了可怜的小丁，承诺这两个月给他加工资。

李鹤跟随着导航，一路摸到了 Ethan 发给他的地址处。是个健身俱乐部。李鹤说自己想要了解一下，前台小姐姐就兴致勃勃地把他领进去了。

转了一圈，李鹤总算在角落的拳台那里找到李明泽。

李明泽说自己在国外的时候跟着同学练过一下泰拳，说“练过一下”实在是太谦虚了。他戴着拳套，一个滑步后退，转身抬腿侧踢，教练手臂上厚厚的硬垫被踢得发出砰的一声巨响，教练的弓步都没稳住，往后踉跄了一下。

李明泽说了声“抱歉”，收腿扶了他一下，一回头就看到站在不远处的李鹤。

李鹤眨眨眼，抬手朝他挥了挥，说道：“嗨。”

李明泽估计在这个健身房时间不短了，和这里的人都很熟。教练和前台小姐姐都离开了，留下他们两个人说话。李明泽还喘着，摘了拳套，汗湿的刘海抄到脑后，身上的衣服都被汗浸成了深色。

“你怎么来了？”李明泽手肘撑在拳台的栏杆上，问道。

李鹤挠了挠头，说道：“我这几天有事没去店里，今天才知道你没来。最近很忙吗？”

“还行。”

李鹤本来还以为李明泽要接着问他什么事，但李明泽没问。为了不冷场，李鹤只能没话找话“这个泰拳，难不难啊？好玩吗？”

“挺不错的，要试试吗？”

李鹤点了点头，李明泽伸手将他拉上拳台，拿了个新的拳套给他套上。

李鹤觉得挺新鲜的，像模像样地照着刚才看到的样子摆了个姿势，说道：“你不拿个垫子挡一下吗？回头打疼你了。”

李明泽笑着说道：“你打不中我。”

这就过分了。

李鹤的胜负欲一下子上来了。他哼了一声，送出去两个直拳。

李明泽微微闪身就避开了，上前一步，抬手架住李鹤出拳的手，侧身别住他的腿，用了个巧劲。

李鹤觉得自己瞬间就失去了重心，轻呼一声就要倒。本来这一式的目的就是要把对手摔倒，李明泽真怕他摔着了，扶着没松手，反倒被带着摔下去了。李鹤躺在地上，李明泽撑住地没压到他。

李明泽垂下眼睛，撑着地站起来，伸手把李鹤也拉起来，说道："我先去冲一下，等我。"

李鹤坐在健身俱乐部的吧台处等他，没一会儿，李明泽就洗漱好换过衣服出来了，身上满是沐浴露的清香。

他们吃完饭，一起回去。走了一路，李明泽突然说道："哥，能跟我去个地方吗？"

李鹤点点头，跟着他走。他们停在了一个院子外面。正好是春天，院子里的花树抽了芽，冒出白色的花苞。

李鹤问道："这里是？"

李明泽掏出钥匙，将院子的门打开。里面是一栋二层小红楼，虽旧，却不破。

李鹤跟着他走进院子里。

李明泽说道："这里是我小时候住过的家，原本已经很旧了，我去年回国之后，就一直在修整这里，里面很快就可以住人了。哥，我想和你一起住在这里。

"等到夏天，院子里的鸡蛋花开了，会很香。"

李鹤看了看他，正要说话，李明泽开口打断："你先别着急回答。我很想和你一起住在这里，就像以前那样。"

"我……"李鹤愣愣地说道。

李明泽看着他的眼睛说道：“这几年我一直在想，你当初离开我，是怕我不成熟，怕我太冲动，但过了这么久，我还是……”

李明泽站在这里，眼前是他小时候住过的小院，这里有夏天开花的树，是他所有关于童年的美好回忆的存在之处，眼前还有一个人，是他生活的所有色彩。

如果说他是无处落地的风筝，那么李鹤就是那根线，无论他飞得多远，这根线也绑在他的身上。

李鹤恍然间觉得，两人分开的那几年时光一下子就消失了，李明泽还是那么赤诚又认真。

天地突然寂静，李鹤好像听到自己脑袋里嗡嗡响，他没有办法思考，过去的这许多年，或是开心或是艰难或是悲伤，所有的情绪涌上心头。

天色已晚，路上行人却不少，趁着这舒服的春夜出来散步，他们走在灯光里，走在三两行人的欢声笑语里，烟火气十足。

李鹤想起他这几天不对劲，问他：“这几天怎么了？”

“没什么。”

“还说没什么，”李鹤撇了撇嘴，“你眉毛一抬，我就知道你在想什么，明明就是生气了。”

李明泽无奈，把生气在意的原因说出来之后，自己都觉得不好意思。

“就这样？”李鹤揶揄地说道，“别人叫声‘哥’你就不高兴了？都随便叫的啊！我叫你‘哥’也行。”

李明泽脸更红了。

李鹤逗他玩：“哥哥！哥哥——”

“别叫了！”

李鹤又说道：“你想认识小美是吧？我带你去，她可热情了。”

李明泽跟着李鹤一路回家，隔着门就听到了挠门的声音。李鹤一开门，一只棕黄色的大狗就扑了出来，围着两个人的脚边团团转，嗅来嗅去，脖子上还戴着伊丽莎白圈。

李鹤把一人一狗带进门里，说道：“有时候回来得晚，会拜托房东帮忙遛遛她。前几天她生病了，做了个小手术，照顾了她几天。”

李明泽说道：“哪有给狗取名字叫‘小美’的？”

李鹤低头揉了揉狗头，笑着说道：“小美女就叫‘小美’啊！小美啊小美，你真可爱。”

小美是只热情的大狗，第一回见陌生人，只不过嗅了几下就自来熟了，直接趴在李明泽的膝盖上喘气，张着嘴，吐着舌头，笑容可掬，要不是有伊丽莎白圈限制着，可能早就扑上去舔脸了。

李鹤礼貌性地带李明泽参观了一下房子，其实也没有什么好参观的，房间、客厅、阳台、厨房和厕所，小小的一套房子，收拾得干干净净，一人一狗在这里也住了几年了。李鹤在阳台上给小花浇水，说道：“你现在住哪里？”

“在上班的地方附近租了个房子。”

李鹤看了看时间：“那不算远，你再不回去就晚了。”

李明泽站在他旁边，靠在阳台的栏杆上看着他浇水，说道：“不回去不行吗？”

“也不是不行……”李鹤看着刚开的小花，差点儿没留意把半壶水都浇下去了。

李明泽笑着说道：“那我去洗澡。”

李鹤翻箱倒柜给他找睡衣，找那些穿得松松垮垮的扔给他，说道："走走走，洗澡去，快点儿洗，我也得洗呢。"

等李鹤也洗完澡了，推门进卧室的时候，看见李明泽正靠坐在床头。床头柜上昏黄的台灯照亮了他半边脸，他正在看手机，刘海软趴趴地盖在额头上，即使是在处理工作上的事情，他的嘴角也带着一点儿笑。

李鹤觉得心里熨帖，好比大冬天喝下热汤，舒舒服服的。

他从另一边钻到被窝里，说："睡了。"

"那是什么？"李明泽问道。

李鹤探头去看，原来是床头柜下层的抽屉半开着，估计是他不在家的时候，狗子捣乱拱开的。他忙伸手去关抽屉，说："没什么——"

"我怎么看着眼熟？"李明泽说道，"好像是……"

李鹤的手不够快，抽屉里的那封旧信被李明泽拿在了手里打开，他说："要不要我亲口读给你听一下？"

"不要！我不听！"

信被搁在床头柜上，纸页泛黄，岁月留痕。

第二天是李鹤先醒来，李明泽还趴在床上睡着。没一会儿，李明泽也醒了，挤进浴室里，李鹤正在对着镜子拨弄自己的头发。

"哥，早啊。"李明泽问，"头发要剃吗？"

李鹤想了想又改主意了，额角的疤要挡一下，还是不剃了。

李明泽说："那你给我剃吧，我想剃。"

现在时间离两个人上班都还早，李明泽脱了上衣，在阳台铺了几张报纸，摆了张小板凳，弯着腰坐下。

李鹤把旧推子从柜底翻出来，幸好还能用，帮李明泽一点点儿地剃头发。没敢剃太短，碎头发一点点儿地落在李明泽的肩膀上，落在地上。

李鹤一点点儿地帮他把肩背上的碎发拨弄走，摸了摸他新剃好的毛茸茸的头。

李明泽回头说道："我先去上班了。"

李鹤"嗯"了一声，说："好，晚点儿见。"

李明泽收拾好自己，走了。

李鹤泡了杯咖啡，拿着咖啡杯站在阳台上看着他的背影，突然想起 Ethan 昨天说的话："对了，Chris 申请了 MSCF 研究生，在全美最顶尖的学校，明年就去读了，你知道的吧？"

五年前的分别，除了李明泽不成熟之外，李鹤觉得自己也不成熟。回想起来，他觉得还会有比直接离开更好的解决方式。

他在家里想了很久，从柜子底下摸出一个东西来。

当天晚上，李明泽加班到了很晚，等他下班路过李鹤的咖啡厅的时候，李鹤正坐在柜台后面打哈欠，没走，正在等他。

李明泽推开门，门铃清脆的丁零零响，把李鹤的注意力吸引过来。

李鹤泡了一壶热的柠檬茶，一人一杯，切了一小块红丝绒蛋糕，两人分着吃。

蛋糕吃到只剩下一小块，李鹤冷不丁问道："你是不是明年还要回美国念书去？"

李明泽叉子上的一小块蛋糕掉回到碟子里，他说道："谁跟你说的？"

“没人跟我说的话你就不跟我说吗？”李鹤问道。

李明泽从椅子上站起来，在店里来回踱步，有些烦躁。他说道：“我没打算不和你说，但我还没想好，我如果说了，你……”

李鹤用叉子轻轻敲了敲李明泽的杯沿，说道：“坐下。你别急啊。你怕我又跑掉吗？书你肯定是要继续读的，我听说你申请的学校和专业都特别好。这样吧，找一天时间我去你妈妈那里拜访一下。”

李明泽看着他，不知道他的葫芦里卖的什么药，最后只能点点头。

还是那个小区，李鹤再来时，心情和当初大不一样了。

两人一路上了楼，来开门的是郑衡。他长大了不少，听李明泽说，他现在在本市的一个大学读书，学业虽比不上李明泽出色，但也不差。

郑衡看了看李鹤，又看了看李明泽，看了好一会儿才侧身让他们进来。

贺宛知道他们要来，早早地在沙发上坐着等了。她比起前几年老了一些，但不明显，看上去气色不错，情绪稳定。

她差遣郑衡去泡了一壶茶，李明泽倒有些坐立不安。李鹤看了他一眼，说道：“你要不先回避一下？”

李明泽说什么也不干，定下心来，稳稳地坐着。

李鹤从兜里掏出一个东西，放在桌子上，推给贺宛。那是一张银行卡，上面贴了张纸条，写着密码，纸条已经泛黄，笔迹褪色。

李鹤说道：“这里面的钱，我也不知道有多少，但我都没动过，可以还给你了。”

贺宛看了看卡，又看了看他，李明泽更是死死地盯着那张卡，不知道在想什么。

“当时我走，是为了他好，不是为了钱，这些钱我也不需要。”李鹤平静地说道，“那时候，他还是个孩子，我也不成熟。现在，他已经长大了，可以做出自己的选择了。”

李明泽还没说话，贺宛突然说道：“那时候你走了，他突然也跑了，过了好几天才回来。那天下雨，他淋了雨，回来就生病了，发着烧睡觉的时候一直在叫哥哥。小泽一直没有叫我妈妈，直到他后来回国，我告诉他我碰巧在路上遇见了你，知道你在咖啡厅工作，他对我说‘谢谢你，妈妈’。我后来想，你养他的时间比我还长，不该由我来替你们做决定。”

李明泽别开头，不说话。

李鹤看了看他，说道：“你来说吧。”

五年前，李明泽是被动的一方，现在，他终于也参与到他自己的人生抉择里，但他的想法从来没有变过，他不要和李鹤分开。

他说：“我之所以不说我还要回美国读书，是因为我怕你又走了。学业我一定会继续，因为这是我的兴趣所在，我不会放弃。但我……”

李鹤说：“你怎么不问问我呢？我都等了这么久了，不介意再等等。说不定我也可以趁这个机会，读读书进修一下什么的，再不济，我还能去看你呢。”

一切都说清楚了，李明泽放下了心头大石。

贺宛看着他们，这次没再哭了，她说：“小泽，你要好好的。”

李明泽站起来，抱了抱她，真心实意地说道：“妈，谢谢你。”

等到春天离开了又回来，李鹤在岭安的机场再一次送别即将要飞去美国的李明泽。

贺宛和郑继文一家也来了，他们说过话之后就先离开了，把离别之前最后的时光留给他们。

又是春天，柳絮纷飞。

眼看时间马上就到了，李明泽还是不舍得走，李鹤从包里掏出一包奶糖，塞给他，临走前撕开一颗，塞进他嘴巴里，笑着问道："还觉得苦吗？"

李明泽被塞了颗糖，嘴巴里都是奶香味，甜滋滋的，他笑道："甜的。"

番外 弟弟与哥哥

李鹤的大黄狗去世了。

当初他和李明泽分开，一个人在岭安开店生活，收养了这只金毛串串。他从小就喜欢狗，想养狗，意外收养了大黄狗之后，大黄狗就成了他那段时间的精神支柱。

关店回家之后，家里不再是空空荡荡的，一开门，热烘烘的大黄狗就热情迎接他。

大黄狗去世之后，李鹤消沉了好长一段时间。李明泽见他伤心得不行，帮他定制了和大黄狗一模一样的小狗摆件送给他。李鹤看了之后，先是开心，因为那个摆件活灵活现的。再然后，他就消沉起来了，摆好之后就不说话了。

李明泽半夜起床的时候，见阳台还有亮光，走过去见是李鹤。

李鹤还没睡，俯身靠在阳台的栏杆上抽烟，烟头明灭，和天上的星星一起闪烁。他低垂着眼睛，不知道在想什么，吐出来的白烟模糊了他的眉目。

李明泽推门出去，轻轻说道：“哥，怎么还没睡？”

李鹤叼着烟，含糊地说道：“马上睡了，你快回去。”

李明泽没听他的，从搁在一边的烟盒里抖出一根烟，叼在嘴上，点着了。

“想什么呢？”李明泽问。

李鹤瞪他，嘟哝道：“没大没小。”

随着年龄增大，他们之间的年龄差不再像以往那样明显。李明泽也越发成熟，从外表到想法都是。

很多时候，他们交流起来不再像兄弟，而像是年龄相当的朋友。有时候，李明泽显得比他哥还要成熟稳重。

不等李明泽再问，李鹤抖了抖烟灰，自顾自说道：“在想以前的事。”

“多久以前？”

“很久很久以前，”李鹤说道，“你还没来的时候，那时候我有只小狗呢。”

“后来呢？”李明泽把手撑在栏杆上，托着下巴，听得很认真。

李鹤挤了挤眼，笑着说道：“后来小狗没了，你就来了。”

李明泽配合地轻轻“汪”了一声，李鹤乐不可支，甚至还伸出手指在李明泽的下巴上勾了勾，仿佛真的在逗小狗。

李明泽没有问小狗怎么没的，这段故事他知道。很久以前沈小情就咬牙切齿地给他讲过这个事。李鹤的小狗被李德业给炖了，李鹤发现之后把李德业正在炖狗的锅给掀了，就因为这样，李德业还抽了李鹤一顿。直到现在，李鹤大腿后面还有一道发白的陈年旧疤。

这导致后来李鹤再也不敢养狗了，大黄狗还是意外收养的。

说到这里，两人都没话了，默默地挨在一块儿抽烟。往下看是凌晨的城市，并不是漆黑一片，到处都有灯，和天上的星空遥相辉映。夜风有点儿凉，但他们挨在一块儿，互相取暖，并不觉得冷。

李明泽偏头去看他哥，两人离得太近了，他能看见李鹤眼角的一点儿细纹。

他有时候总想，要是换过来就好了。换过来，他是哥哥，李鹤是弟弟，这样他就可以去照顾他，给他买小狗，带他吃好吃的，让他做想做的事情。

“睡吧，”李鹤说道，“晚安。”

晚上睡觉的时候，李明泽做了一夜的梦，梦到了很多小时候的事情，还梦见自己当了哥哥，李鹤个子小小的，是弟弟，跟在他身边。

往常早上，一般是李鹤会起得早一些，买菜或者煮早餐，但是第二天早上李明泽醒来的时候，并没有听到动静。他从床上爬起来，打着哈欠出了房间，没见到他哥，反而有个陌生人站在他们家的客厅里。

是个小孩儿，也就只到李明泽的腰那么高，瘦瘦的，白皮肤，警惕地瞪着他。

李明泽愣了三秒，脱口而出：“哥？”

小孩奶声奶气的，紧张地后退了半步：“你是谁啊？”

李明泽开玩笑说道：“我是你哥。”

小孩认真地打量了他好一会儿，最后似乎是妥协了，半信半疑地喊道：“哥。”

李明泽感到满足。

没多久，缩小版李鹤就被李明泽用家里的奶糖和叫的炸鸡外卖给收买了。小孩就是小孩，特别容易满足。

李明泽坐在桌子另外一头，看着对面的小孩吃得直打饱嗝，心里格外满足。

吃饱喝足，李明泽提出要出去玩，缩小版李鹤完全没有意见，小短腿在椅子上面晃啊晃，满眼写着期待。

“来。”李明泽朝李鹤伸出手。

李鹤屁颠屁颠地跑过去，把小小的手放在李明泽的手心，两人大手牵小手地出门。李明泽完全就是鸡妈妈心态，什么好吃的、好玩的都想买给他，只要李鹤多看两眼，他就买。

缩小版的李鹤明显懂事极了，路上眼馋什么也不说，只是看，李明泽问他，他还说不要。

“已经饱了。”他摸了摸圆滚滚的小肚子，皱着眉头一本正经地说道。

李明泽不管三七二十一全部给他买了，一时吃不下、用不上也不要紧，全部带回家。这架势恨不得搬空货架。

小孩子精神少，没一会儿就揉眼睛、打哈欠了，但还是强撑着。

李明泽个高腿长，走起路来不自觉就快，李鹤在他脚边亦步亦趋，差点儿绊倒了。李明泽干脆一把将他抱起来。李鹤一开始还满是不自在，手撑在李明泽的肩膀上，但后面还是忍不住困意，搂着李明泽的肩膀睡着了。

李明泽一手抱着他，一手拎着买回来的东西，回家去。

到家的时候，李鹤已经睡得不省人事了，整张脸压在李明泽的肩膀上，流出来的口水把李明泽的衣领都浸湿了。李明泽第一次带小孩儿，有些笨手笨脚。他笨拙地将李鹤放在沙发上，从房间里拿了小毯子盖在他身上。

李明泽盘腿坐在地上，靠在沙发上，也有些困意，想着等小孩醒来，要带他去买小狗。

“早餐好了，快起来——”

李明泽揉着眼睛坐起来，早晨的阳光温柔地洒满了整个卧室，早餐的香气通过半开的房门传进来。李明泽有些恍惚，看到李鹤正围着围裙在厨房里倒腾早餐。

他走出去，李鹤边把早餐盛进碗里边问他：“梦见啥了？睡这么沉，叫你好一会儿了。”

李明泽说道：“梦到了你是我弟弟。”

李鹤白他一眼：“你才是弟弟。”

李明泽突然说道：“哥，待会儿吃了早饭出趟门。买只小狗，咱们一块儿养。”

李鹤看了看他，小声说道：“好吧。”

早晨的城市一点点儿地苏醒过来，路上车水马龙，不大的房子里，他们一边闲聊着一边吃早餐，有说有笑。

这是平凡的一天，也是接下来的每一天。